U0014334

華文創作百變天后

凌淑芬 著

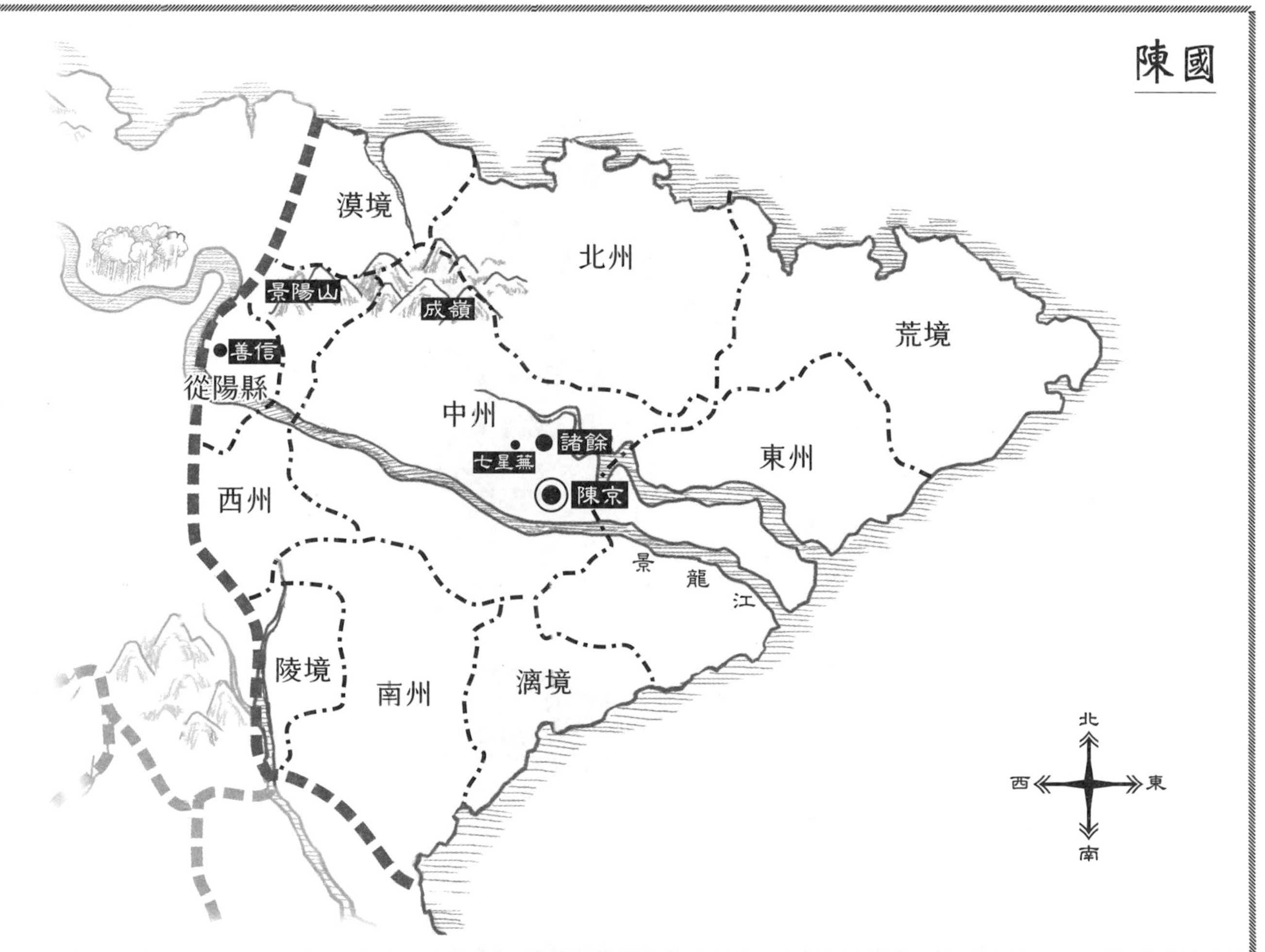
陳國
漠境
北州
荒境
景陽山
成嶺
善信
從陽縣
中州
諸餘
七星蕪
陳京
東州
西州
景
龍
江
陵境
南州
濱境
北
西
東
南

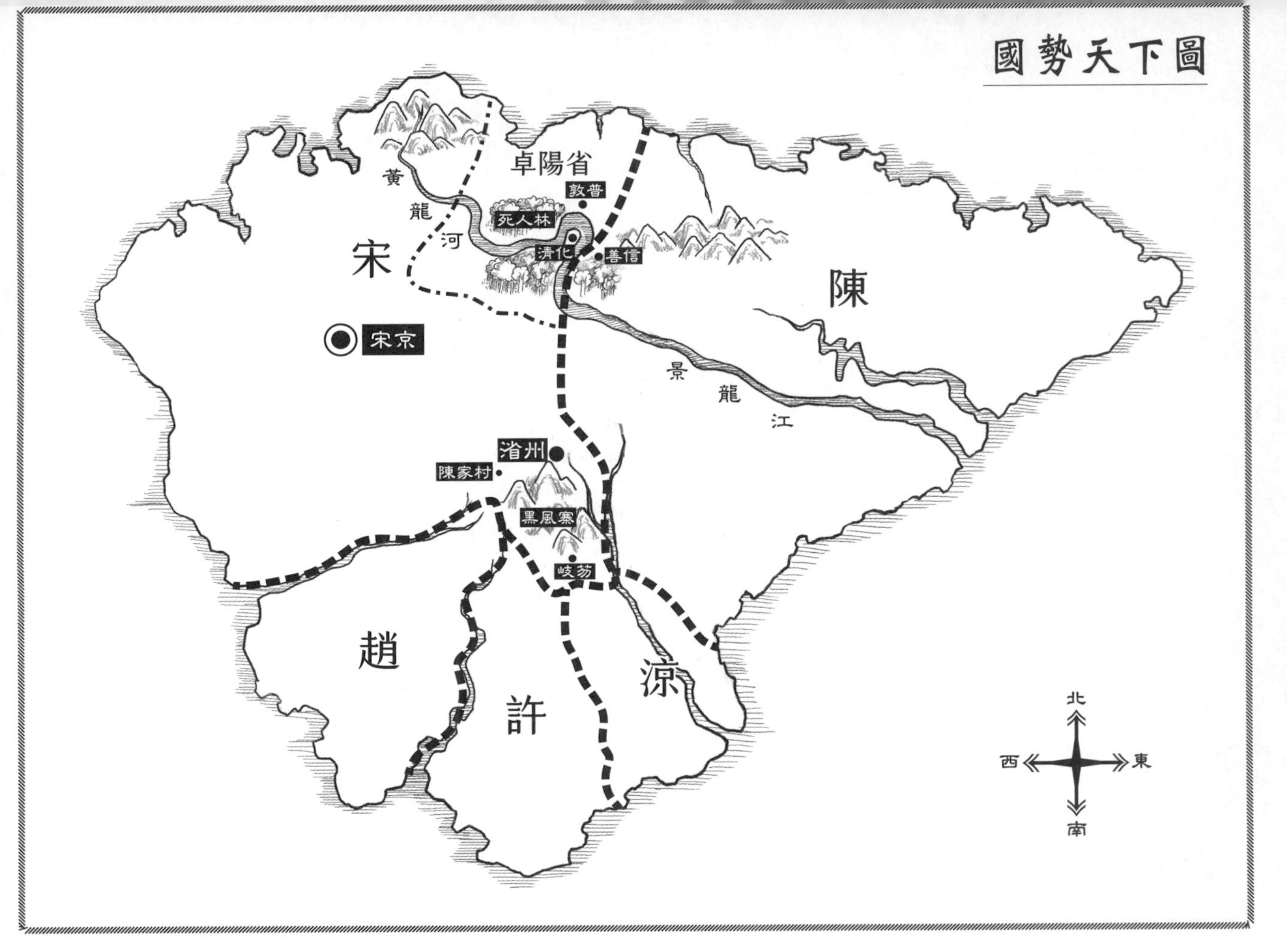
國勢天下圖
卓陽省
敦普
死人林
清化
善信
黃龍河
宋
宋京
陳
景龍江
淯州
陳家村
黑風寨
岐芴
趙
許
涼
北
西
東
南

序幕

西元二一九三年　醫學院大門口　葛芮絲二十一歲

李敏浩剛步出校門口，一道窈窕的身影匆匆追了上來。

「博士，我可以和你談談嗎？」

「啊，這不是我最喜歡的學生嗎？」李敏浩一看清追出來的人是誰，立時露出親切的笑容，手一招示意她陪他一起走到停車場。「葛芮絲，妳選好專業導向了嗎？」

葛芮絲遲疑了一下，沒有立刻回答。

「那還用說？當然是生理導向，神經外科。」旁邊冷不防蹦出一個人來插話。

李敏浩轉身一看，又笑了出來。

「啊，這不是我最喜歡的……呃，另一個學生嗎？」即時改口。

「博士，你該不會跟每個學生都這麼說吧？」凱特．央笑了出來。

本世紀的醫療教育走精英制，著重於人才的及早培育，因此高中畢業的優秀學子若有心當個醫生，這時就要開始準備了。

他們必須先通過一個「ES測驗」——這是針對醫學院系統所設計的評量測

驗，獨立於傳統的SAT高中評測之外，唯有在ES得到高分的學生才有資格申請醫學院。

申請到學校之後，前兩年是大學預科，上的是一般大學基礎課程和一些基礎醫理教育，預科成績過得了才可以繼續進修，否則便被刷回一般大學系統。唸完預科之後就是五年的醫學院，畢業時考醫師資格，考上了當一年的實習醫生，之後進入各大醫院擔任住院醫生，開始他們的行醫生涯。

由於醫療已經變成一門競爭的行業，每間醫院都想延攬最頂尖的人才。以前是醫學院畢業那年他們才開始到校園搶人，現在甚至往前推進到醫學院的第三年，各大醫療機構就到校網羅成績優異的學生，希望將來加入他們的實習生計畫。

葛芮絲不愧是凡德博士的女兒，十六歲已經完成高中學業，進入醫學預科，今年二十一歲的她正是醫學院第三年，該是選擇專業導向的時候了。

這個階段的專業導向還只是概分而已，有生、心理兩項。選擇心理導向的，就是往心理醫師、精神內科這一條路走，選擇生理導向的就是一般術科醫師。

李敏浩知道葛芮絲在預科時修了許多心理學的課程，但她有一雙他見過最穩定的手，他眞的很希望她考慮生理導向，將來當個術科醫師。

凱特雖然大了葛芮絲兩歲，兩人卻是同一屆。身爲台灣移民之女，凱特有一張清麗的東方面孔，活潑開朗，在學校的人緣極好。

倘若凱特是一朵燦放的玫瑰，葛芮絲就是朵孤傲的青蓮。她們兩個人如此不同，卻都具有他見過最有醫學天分的孩子。

「妳們兩個眞的是我最喜歡的學生。所有的學生裡面，我最看好的就是妳們兩個。」

凱特被李博士說得心花朵朵開。「我已經和 SMC 醫療集團面談過，等醫學院念完便加入他們的實習生計畫。放心吧！博士，我一定會變成一個跟你一樣的頂尖神經外科醫生。」

凱特豪氣干雲地說完，對他們揮手道別，跑向學生停車場去。

李敏浩帶著笑意望著她的背影。「啊，年輕眞好，就是你們這些孩子讓我的心也一直保持年輕。」

他轉向葛芮絲。

「妳呢，葛芮絲？」終究是做慣醫師教授的人，一談到學生的未來，他馬上露出老學究的殷切。「我知道妳已經是一名小有名氣的模特兒，但這眞的是妳想做的嗎？別誤會！我不是瞧不上眼演藝圈，只是……葛芮絲，妳繼續留在醫學院不會只是為了畢業之後當一名模特兒吧？妳有一雙我見過最穩定的手，天生是做外科醫生的料子。」

即使心中另有事憂慮，葛芮絲聽完也不禁笑了。

「博士，我去當模特兒只是為了賺錢，如今我已經賺到足夠的錢了，那個世界對我沒有任何吸引力。」

李敏浩鬆了一口氣，眼中立刻充滿殷切的期許。「那妳選好專業導向了嗎？」

她遲疑了一下。「博士，我已經接受海軍醫院的實習生計畫。」

「海軍醫院？」他驚訝地停下腳步。

軍醫系統是醫療體系的另一個主流，尤其以海軍醫院執軍醫系的牛耳，他們只網羅醫學界最頂尖的人才，很少去校園招募實習生；即使有，通常也只有成績前1％的醫學生有機會進去，李敏浩一點都不懷疑葛芮絲進得去。

只是，軍醫體系自然也比照軍隊階級制，軍階越高的醫官薪水和福利越好，因此，海軍醫院雖然也有民醫，大部分的人考量到未來的福利升遷，最終幾乎都會選擇入伍。

葛芮絲選擇從軍的這件事讓他比較難以想像。她的性格孤介，絕對不會喜歡軍隊的團體生活。即使軍醫與一般士兵不同，入伍之後依然有些例行的軍事訓練必須參與。

「海軍醫院很注重身心理雙導向的培育，所以我兩方面都會完成，只是……」她頓了一頓，看著他的眼神幾乎是歉意的。「我唯一的親人將來很可能從軍，所以……我想最後我也會選擇軍職多於醫職。」

「啊……」李敏浩眼中閃過一絲失望，但他迅速地撇開那份感受，慈和地拍拍她肩膀。「我相信妳的選擇一定有妳的原因。妳是一個很清楚自己要什麼的人，我不應該給妳這種壓力的。」

「博士，不要這麼說！你是我最尊敬的人，如果不是因爲你，我不會有這麼好的學業表現。」她握住他的手。

李敏浩溫暖地笑了。「在退休的前一天，能聽到得意門生這麼說，一個老師還有什麼好奢求的？」

「博士，你要退休了？可是你還這麼年輕。」葛芮絲驚叫。

「噯，快要六十歲的老傢伙了。不過別擔心，我只是從全職教職退下來，還是會兼課的。在我回到台灣之前，也會繼續在醫院看診。」

「博士要回台灣？」她簡直驚呆了。

「別擔心！現在的世界根本無國界。我一樣會在虛擬會議教室裡爲你們上課，你們根本感覺不到我離開了。」他笑道。

葛芮絲一時不知該說什麼。

「對了，妳剛才要跟我談什麼？」李敏浩突然想到。

葛芮絲斂了斂心神，連忙從背包裡取出一份報告交給他。「海醫對於入選的學生提供一個健康檢查的機會，項目非常仔細，包括基因圖譜，這份是我的健檢結果。」

「啊，妳不需要給我看這個。」李敏浩一聽是她的健檢報告連忙還給她，醫療紀錄是很私人的事。

「不，沒有關係。博士，請你看一看。」

「既然如此，」他笑著點點頭，從外套口袋掏出眼鏡，仔細地看了起來。「五官結構對稱，身體組織結實，各臟器功能良好，完美的眼手協調，嗯，我一點都不意外。智商一四五？哇，已經比我高了。」

……嗯？他的視線落在最後一個部分：基因圖譜，臉上的笑容一斂。

「妳的基因圖譜裡有腦部纖維瘤的遺傳基因？」他從眼鏡上緣看她。

「但是我的發病機率很低，不到5%，幾乎沒有影響。」她從包包中抽出另一份健康檢查報告。「海醫另外提供兩個近親的檢查名額，以確認有沒有隱性遺傳疾病，我只剩一個弟弟，這是他的檢查結果。」

李敏浩快速翻閱她弟弟的健檢報告。

她的弟弟有相同的遺傳基因，而且發病機率是43%。

葛芮絲看著他。「我的母親當年只有37%，而她發病了，最後死於腦瘤。」

李敏浩沈吟半晌。「妳的弟弟目前有任何徵兆嗎？學習障礙？智能遲緩？眼手或肢體不協調？」

她搖頭。「林諾非常正常，他才十九歲，身高已經六呎四吋，一餐能吃三個漢堡，每天早晚跑上十五哩都不算什麼。」

「既然如此，妳就不必太擔憂了。」李敏浩將健檢報告還給她。

「但，博士……他是我在這個世界上唯一的親人，」葛芮絲的臉上極少出現這麼無助的神情。「如果他發病怎麼辦？有沒有什麼事是我能先做的？你是神經外科的權威，一定知道一些預防的方法。」

「孩子，我們是醫生，不是上帝。」李敏浩溫和地看著她。「雖然醫學裡有所謂的『預防醫療』，家族有乳癌遺傳的人可以先切除乳腺，胃癌遺傳的人可以切除胃部，但我們現在討論的是大腦，人體最精密的結構。難道我們能爲了防止腦瘤的發生就把大腦切除嗎？」

這些其實不需要他告訴她，她早就知道了。她只是像個溺水的人，迫切需要一根浮木。

葛芮絲沮喪地看著手中的報告。

李敏浩明白她的心情。「你們家族遺傳的腦部纖維瘤有個特性，男性的發病機率比女性高，可是男性的存活率也比女性高。這種纖維瘤長在女性腦部幾乎都是在無法開刀的地方，在男性的腦部就比較容易摘除。所以，如果有一天妳弟弟眞的發病了，治療的機會也很大。」

他輕捏了捏她的手。「孩子，我聽說現在正在研發一種粒子刀，刀刃能夠分離成比分子還小的粒子，能深入任何傳統手術刀無法抵達之處。

「醫學是日新月異的，誰知道十年、二十年後還會有什麼發展？或許妳的弟弟永遠不會發病，即使他發病了，也已經有新的技術可以治療了。」

她捺下滿心的無力感，只能輕輕點點頭。

「他就是妳選擇從軍的原因嗎？」李敏浩問她。

「嗯。」她的眼眶有點紅。「這份報告改變了一切。原本我只想當個醫師就好，但是，現在我知道他有這麼高的發病機率，無法只是守在他身後。我必須隨時確保他是安全的。如果有一天他發病了，我要讓他以最快的速度送回我的身邊來。」

「我明白。」李敏浩對她微笑。「我們不能時時刻刻生活在恐懼之中。有人比妳弟弟發病的機率更高，卻終生沒有發病，也有可能妳我待會兒開車出去發生車禍，就消失在人間了。如果我們把生命浪費在擔憂不知何時會發生的危險，這樣的人生還有什麼意義呢？」

他對她溫柔地道：「我們能做的，是把握現在的每一分鐘。如果有一天災厄真的來臨了，而我教出來的學生裡有人能學到最新的技術，能救更多的人，那麼身為一個老師，我也不枉此生了。」

1

陳國　景陽山下

「我眞不敢相信你竟然把這種事情瞞著我！還有妳！竟然幫著他！你們以爲這是小事嗎？很好玩嗎？一個弄不好會死人的知不知道？」凌葛暴怒。

芊雲被她罵得淚漣漣，只有哭的份。

其實凌葛最氣的人是自己！

爲什麼她沒有發現？林諾發作過不只一次，她若夠細心的話，早該看出他的情況不對。

現在回想，一切有跡可循。有時候她話還沒說完，他會找個藉口匆匆出去，有時他早上起晚了，這對生活規律的他是很少見的事；或是在約定好的時間他和芊雲總是遲到。有幾次她注意到他的臉色比較差，但他總是有理由搪塞。

他們兩個人都活在高張力的狀態下，他一個人要在意這麼多人的安全，本來就不容易，所以她一直選擇相信他的說辭。

難道在她的潛意識裡，她不想相信他眞的不對勁，他們的任務必須提前中止嗎？

她無法再想下去了，罪惡感快折磨死她！

「這不是妳的錯。」林諾閉著眼躺在客棧床上休息。

他們已經在秋重天的人引領之下離開景陽山祕境。他行動不便，需要楊常年和趙虎頭攙扶，這中間的驚險就不用說了。

等他的狀況穩定下來之後，他們對於要不要提前回去有了激烈的辯論，最後他的堅持贏了。

一直以來都是這樣的。她雖然是姊姊，官階比他高，他多數時候也都順著她。然而一碰觸到他的原則，他就算被打死都不會輕易退讓。

從小到大，這副牛脾氣不知讓她死了多少腦細胞。

最後，他們互相妥協的結果：三個月。

他們最多再留三個月，這是她評估他可以拖的極限。他們會在三個月內盡一切力量找到歐本，三個月後，不管有沒有抓到歐本，林諾都必須跟她回去。

「喝下去！」她把一碗湯藥遞給他。

「這是什麼？」他以爲他的病在這裡是無藥可醫的。

「記得我跟你說過科學部想製造一批超級戰士的故事嗎？」見他點頭，她續道：「這是黃蔓。」

林諾嚇了一跳。

他姊姊當然不會害他，只是鑑於黃蔓的「豐功偉業」，他光看著這碗淡色透明的湯汁就有些悚。

「死都不怕了還怕吃一點黃蔓？」她譏刺道：「當年科學部操之過急，提煉的藥性太強，導致那些人精神錯亂。你的症狀有暈眩、肢體不協調、強烈的頭痛，我猜腫瘤應該壓迫到你的下視丘。黃蔓的花粉能抑止大腦神經過度放電，產生鎮定效果，讓你的病情緩和一點。但這只是一時的，隨著腫瘤增大，使用的藥量必須增加，終至達到危險的程度，你最後不是死於腦瘤，就是死於黃蔓中毒。」

此外，她手中的黃蔓也有限了，能不能撐到三個月還不知道，只能盡量小心地用。

他點點頭，仰頭喝了下去。

「記住！這只是暫時的緩解之道，如果你的病情超出控制，我們隨時中止任務！」她聲色俱厲地道。

★

陳國京郊　清和苑

陳國世子陸衍之讀完手中的信，隨手往旁邊一遞，身後的暗衛立刻上前接過，立在他身旁聽候指示。

「他們離了景陽山，往東而來？」他走到書閣的窗前，望著窗外的銀白氣象。

「是。」暗衛在身後三步遠亦步亦趨。

陸衍之推開櫺門，穿過聽雨廊，緩緩步下石階，走到庭園裡。

清冷的冬意混著春雪的氣息飄入鼻觀。二月初春，大雪方歇，再過不多時，天候放暖，雪季便要過了。

小時候，他最喜歡聞雪的味道。每每下過大雪，他總要衝到院子裡，在雪堆裡打滾。

「嗯。」

「有啊！就是一種很乾淨的味道，太傅不是教了嗎？清氣暗蘊，暢人心脾。」

「傻孩子，雪就是雪，哪裡有什麼味道？」

「母妃，這雪的味道好香啊！」

這時，他娘的眼光總會落向北方的天空。

「北方的雪更甜更香，有一天該帶你去看看。」

「外公住在北方嗎？」

「嗯。」

「外公爲什麼不進宮來瞧咱們？」

「……避嫌。」

「母妃，他是我的外公，是至親之人，要避什麼嫌呢？」

「就因爲至親，才要避嫌，等你長大就明白了。孩子，你一定要記得，在你沒有變成最強之前，你誰都要避，誰都要防，就是算是親兄弟也不例外。」

「可是兩位兄長對孩兒很好……」

「等你們都長大，他們就不會再對你那麼好了，你也不能再對他們那麼好了。」

很多小時候不懂的事，長大之後就漸漸懂了。

果然他們不會再對他好，他也不能再對他們好，這是他們身在皇家的宿命。有些東西，就算你不要，別人也不信你眞不要，所以不管你想不想要，人人都得搶。

更何況，陸衍之是想要的。

「你跟著他們的時候，都見著了這些人？」他對暗衛手中的名單一點頭。

「是。」

陸衍之轉身對著一株未開的薔薇微笑。

「一群平民百姓，領頭的甚且是一個姑娘而已，卻引來這麼多人覬覦，豈不有趣？」

「其中牽涉了國族祕寶，覬覦之人只怕會越來越多。」

「嗯。」他落在庭景間的目光悠遠。「井熙？」

身後的暗衛之首聽他突然喚自己名字，心中一凜。

「屬下在。」

「你說，山中眞有國族祕寶嗎？」

涉及皇族之祕，敏感萬分，井熙答也不是，不答也不是，背心涼了半截。

「此傳說由來已久，遠在世祖之時便有了，屬下識淺，實是難斷眞僞。」

「嗯。」陸衍之悠悠道：「若眞是有國族祕寶，我這陳國世子卻茫然不知，想想也眞枉爲一國儲君了。」

井熙只是躬身在後，不敢搭腔。

「若眞有國族祕寶，唯有山民後裔信任的人才可能知道吧？」他在喃喃自語：「她來到陳國也沒多久，爲什麼素來排外的晴川山民就信了她？」

暗衛還是沒有搭腔。

「我當時只道她是個尋常女子，不料她如此難纏，還好沒糊裡糊塗栽在她手上。」他淡淡一笑。

他從不看輕女人，在他的生命中不乏精明厲害的女子——皇后、梅貴妃、宮中許許多多妃嬪宮女，乃至於他府中就有幾個。這些女人手段狠辣起來不遜於男子，甚至猶有過之。然而，她們要的東西通常很顯而易見。

她們爭名分，爭地位，勾心鬥角，要的不外乎情情愛愛。鬥倒了一個對手，自己的機會就更多一分。

但淩葛不同。

認眞說來，他甚至不確定她要什麼。目前爲止她所做的事，沒有一件是讓她自己直接獲利的。

她把弟弟從誠陽救走自然是爲了親情，但撈回一條小命的是林諾。

她和送嫁隊伍走在一路，原也與她無涉。

她毀黑風寨、救楊常年、援涼國公主，無一件對她有直接的利益。

那她到底要什麼？

他們那群人裡雖然不乏驍勇善戰之士，能打的人他手中很多，能算的人卻寥寥無幾，能算到淩葛那般心計的，更是找不出一人。所以，她是最危險的。

他派出無數探子欲查探他們姊弟倆的底細，他敢說，憑他調派的人力，就算是泥地裡的一隻鯰魚祖宗八代也被他摸清了，然而所有探子得回來的消息卻是——一無所獲。

好像這兩人憑空冒了出來似的。

他和淩葛至今交手數次，他算是略佔上風，因爲他在暗、她在明。不過陸衍之深深明白，淩葛不介意讓他佔上風是因爲他們兩人的目標目前爲止還未有衝突。若是有一天他們的目標衝突了……他竟沒有十足十的把握能贏她。

若是她肯爲他所用，那就什麼問題都解決了，偏生她喜怒難測，著實令人傷神。

他極不喜歡這種芒刺在背的感覺。

他是各方窺伺重重的陳國世子，不能有隱患在側。

「我想見她。」他突然道。

「世子切莫再輕易以身涉險！」暗衛一聽又是一驚，單膝一屈跪了下去。

黃岐山一役，世子堅持親自上陣，他已覺得不妥。只是一來世子難免有些年輕人的傲氣，二來他自小與眾暗衛隨著同一個師父習武，身手確實不凡，井熙拗不過他，只得答應了。

那一役折損了不少弟兄，險些連他都賠上，事後井熙嚇出一身冷汗。若是讓世子折在黃岐山頭，他們這群人便是個個殺頭抄家也賠不出一個世子。

「不急，我們遲早會見面的。」陸衍之依然盯著那叢薔薇，嘴角露出一絲隱約的笑意。

狹路而行，終須一逢。

「接下來的事，世子可有吩咐？」

「你讓龍譽派人小心盯著就好，不必跟得太近。他們四周都是人，也不需要我們的人再摻和一記。」

「是。」

晉龍譽是青雲幫幫主。世子在外的眼線由青雲幫統籌，貼身暗衛之首則是井熙，兩人可說一人主內，一人主外。

「皇兄，你又在談什麼神神祕祕的事了？」

一把清脆的嗓音一路響了過來，聲音清亮可人，讓人聽了都想回她一個微笑。

陸衍之手輕輕一揮，井熙無聲無息地隱去。

他信步往前行，隨手摘了一枝豔黃的迎春，還走不了幾步遠，一個嬌小的身影已笑嘻嘻地撲進他懷裡。

「抓到了！」

「雪地裡也不怕滑，當真想跌個狗吃屎麼？」他微笑，將她穩穩地抱著。

「什麼狗吃屎？多麼難聽，本公主就算跌倒，也是優雅萬狀的公主吃……呃！」講公主吃……那個東西好像也不太對。

陸衍之忍不住仰頭大笑。

「看看妳，叫妳好好讀書妳偏不聽，一肚子的粗魯不文。」他打她一個爆栗。

「什麼呀！明明是皇兄先說的。」安樂公主陸淺淺委屈地撫著額頭。

苑裡的僕從都知道，安樂公主是世子最疼的妹妹，只要公主一來，世子心情就好，因此都極有默契地候在暗處，不去打擾。

他攬著妹妹的肩頭踏上彎橋，進了涼亭，此時涼亭早圍上暖帳，燒著炭火，成了暖閣。

暖帳以異域羅紗織就而成，羅紗通氣而不漏暖，上緣以金線鏞了如意雲紋，下緣繡了連枝百花，中間以百鳥朝鳳爲體，富麗無端。亭內一旁吊有縷空金絲球，內燃著淡雅檀香；案旁幾色小點，一盞清茶，地上的紅泥火爐細細煨著一壺天山雪泉，沖茶之用。

案上一幅未完的字畫，筆觸瀟灑寫意，點點紅梅，霜枝傲骨。林間立一佳人，白衣飄飄，髮如黑泉，軟波般的婿娜身段，正仰頭賞著梅，神情清寧悠遠。

「皇兄在畫誰呢？」陸淺淺走到那畫前正欲細看，陸衍之不動聲色地將畫抽走，慢調斯理地捲了起來。

「誰都不是，隨手畫畫而已。」

「哼！小氣。」她嘟著唇坐下來，抓起一塊梅花糕往嘴裡塞。

陸淺淺見她皇兄修長的手指輕轉卷軸，即使是這樣簡單的一個動作都優雅無比，她就學不來。

吃了一半，她快快地把梅花糕往案面一拋，整個人蔫了下來。

「怎了？」陸衍之在她身旁坐了下來。

陸淺淺用力撩開暖帷，趴在椅背上望著滿庭的皚皚白雪。

陸衍之習慣了她坐沒坐相站沒站相，她也只敢在他這裡坐沒坐相站沒站相。若是在宮裡，處處是規矩，早有宮人唉聲嘆氣地勸止。

「怎了？」他又問一次，嘴角盡是寵愛的笑意。「誰敢欺負咱天不怕地不怕的安樂公主，本世子修理他們去。」

「哼！這人你就修理不了。」她鬱鬱地撥弄花叢上的雪。

「哦，是誰？」他倒好奇起來。

「父皇。」

「嗯。」頓了一頓，他問：「父皇怎惹得妳不開心了？」

「父皇說，年一過完，我就算十四歲了。長樂姊姊十五歲就嫁了人，所以，我再過不久，也可以嫁人了。」

他安靜下來，肘搭在石欄上，陪她一起看雪。

「皇兄，嫁人好玩嗎？」片刻後，她輕聲開口。

「嫁人不是爲好不好玩的。」他輕笑。

「那是爲什麼呢？」她偏頭看著他。

爲什麼？爲籠絡人心，爲鞏固皇權，爲安夷和番，嫁人的好處太多了，但從不是出嫁那人想要的。

陸衍之輕撫著她的頭髮。

這個妹妹，是他除了母親以外至愛至親之人。他對誰都可以操縱利用，冰冷無情，唯獨對他面前這張信任的小臉蛋，他說不出一句殘酷的話。

淺淺並非與他同母所出。她的生母是個剛入宮不到一年的小宮女，有個挺清雅的名兒叫玉澤，派在他母妃梅貴妃的寧竹宮內服侍。

他還記得玉澤。

她羞怯的眼神，羞怯的笑容，低著頭不敢直視這年紀比她小卻個頭比她高的英挺皇子。

她總是讓他想起一株含苞待放的梅。

一日他父皇來探，見這株梅甚是喜愛，向他母親討了去，一夜恩澤後有了身孕。

玉澤在七個月後早產，來不及母憑子貴便香消玉殞，當時她才剛過完十六歲的生日。

梅貴妃憐她的幼女一出世便失了娘親，於是向君王討了恩情，將這小女嬰抱養過來。於是淺淺成了他的妹妹，他的母親成了她的母親。

他一直記得第一次將她抱在懷中的情景——她眼睛睜不太開，身子好小，彷彿一個用力便會將她捏碎，整張臉紅通通皺乎乎的，嘴裡發出細小的嚶嚶聲，像隻小猴子。

他心裡最柔軟的那個角落被牽動了。十四歲的他將這小小的襁褓珍視地捧在懷裡，對自己發誓：從今而後她就是他的至親了，他會讓她過得快樂幸福，連同她母親來不及的那一份。

她的存在證明了人人都有弱點，安樂公主就是他的軟肋。人一有弱點，就容易被他人利用，因此他將公主保護得很好。

保護好她，就等於保護好他自己。

「妳知道這清和苑是誰建的嗎？」他溫柔撫過她軟滑的臉頰。

「知道，是皇兄的外公給母妃建的。」一說起這些宮闈軼事，小姑娘興致就來了，一翻身坐起來，手扶著欄柵，對眼前的庭園用力一揮。「清和苑前身是靖寧王府，靖寧王在京城的官邸。而這座靖寧王府呢，原本是前朝救國公遺下的舊園，父皇賞賜給靖寧王後，卻因靖寧王常年派駐在所屬的藩地，所以竟一日都未住過。

「就在母妃要嫁來京城的前三年，靖寧王想到駐地遙遠，愛女嫁入宮中，今生怕再難一回，因此請示上意，希望將整個官邸打掉，仿照母妃以前在藩地的住所庭園重建，以慰她遠嫁思鄉之情。

「父皇憐靖寧王愛女之深，於是當真遣了工匠到藩王駐地去，一筆一筆將藩王的官邸畫了下來，再回來京城將這清和苑建了起來。」陸淺淺細細數落著她聽母親和其他宮人所說的故事。「皇兄，你說，父王對母妃豈不是疼愛之至？宮中其他嬪妃可沒有人有這般的待遇呢！」

「嗯。」陸洐之手臂扶著長欄，望著此佳園美景，神思悠淡。

「皇兄，我從未去過母妃的家鄉，清和苑真跟她娘家一模一樣嗎？」她偏過頭看著他。

「怎能一樣？藩王駐地廣闊，王府自是不小，這裡是天子腳下，怎能把那麼大的王府整座搬來？」陵洐之淡淡一笑。

「什麼?還比清和苑大呀……」陸淺淺聽得嘴巴開開合不起來。

這清和苑位於京城外圍，已是郊區，苑內有一島二湖九橋，屋宇樓閣七座，庭園六處，亭台廊道更是無數。

他們所在的這處寫風閣便是她皇兄最常來的地方。他不在自己世子府的時候，幾乎都在這裡。

寫風閣雖不是清和苑裡最大的，卻是最典雅風致的。一處書齋面對整園景色，內進四間有他過夜的寢室、琴房、起居室、盥沐之所。

庭院裡原本以松竹長柳一類的植栽為主，有一回她來，見下人正在整治花園，便問：這園子裡怎麼沒有花呢?下人回答：世子喜綠意之清幽，厭繁花之錦簇。她忍不住跑去跟皇兄抱怨：哪有人家一大片園子裡一株花都沒有?種點兒花，到了春天花花綠綠的多好看?

後來她皇兄便讓人改種四季花卉，以後她每一季來都有花可賞了。

這樣的庭園還只是整片清和苑裡的七中之一，若是要她整片產業逛一圈，一天走下來也要累個半死。除了皇宮，她還未見過比清和苑更大的官邸，原來母妃的娘家比這裡更大呢!

「妳喜歡這裡嗎?」

「喜歡。」她用力點頭。

「那，以後妳若嫁了人，皇兄也幫妳蓋座清和苑，妳便不會想家了。」

陸淺淺萬萬想不到最後是導到這個結論，燦爛的笑容霎時僵在臉上。

她回身一癱，直接倒在鋪滿軟墊的石板上，滿身元神都被抽空了。

「眞這麼不想嫁人？」他忍著笑。

她連回答都不回答，直接進入假死狀態。

「好，這話可是妳說的。將來妳要是看上了哪家少年郎，吵著要嫁，瞧我幫不幫妳說項。」他修長的手指捻起一塊梅花糕，輕咬一口，爲那甜味皺了皺眉，又放回去。

他不愛吃甜，這裡的甜點都是爲她備的。

「那怎麼一樣呢？」她一骨碌坐起來，不服氣地道：「若是我自己看中的，我自然喜歡，可是，可是……我不要像朗珠、茗珠姊姊她們那樣，嫁到什麼許國趙國涼國阿理不突國去！」

「突厥。」他更正。

「出嫁前連自個兒的夫君都沒見過，嫁過去也不知是福是禍是死是活……我……我不要這樣。」說到這兒，她眼眶一紅，回身撲到他的腿上。「我不要離開皇兄和母妃……我不要嫁人……嗚……」

說到最後竟然哭起來了。

陸衍之一聽她哭，整顆心都軟了，將她扶到懷中來輕拍她的背心，不敢再鬧她。

「好了好了，別哭了，我跟父皇說說就是了。」

「眞的嗎？」她連忙抬起頭，一張漂亮的小臉蛋滿是眼淚鼻涕。

陸衍之又心疼又好笑，也不嫌髒，抽出手帕細細爲她擦拭。

「看妳，哭得跟隻花貓一樣。」

「皇兄，你會去跟父皇說，不可以把我嫁到阿理不突國去吧？」

「這又不是眼前的事，妳急什麼呢？」

「會不會？到底會不會？」她鬧了起來。

「會。會。」他唯有嘆息。

安樂公主心滿意足地枕回他膝上。

「皇兄，我要留在京城裡，一輩子和你和母妃在一起……」

他輕撫著她的髮，又好氣又好笑。

不一會兒，她細細的呼嚕聲便傳來了。

眞是個小丫頭，愛哭愛鬧愛睡覺。

他撫著她的髮，望著滿園皚皚雪景，感受著她的重量與體溫，世間諸般紛擾惡鬥，彷彿暫時離他們很遠。

★

一行七騎停在山坡頂端，遠眺著下方一望無際的平原。

平原上零星錯落著幾處城鎮，一條蜿蜒而下的官道將各個大鎮小村串連起來，中間點綴著綠野與樹林。

曠野裡，一格格的稻田如棋盤一般，農夫同黃牛拉著耘車，一畦一畦地整著地，以備天暖放晴時下田播種，鄰近的村屋炊煙裊裊，好一幅農家之樂。

遠望而去，在天與地交接之處，一座巨大的都城盤鋸凝伏，即使隔著這千百里的距離，彷彿也能感受到那城牆內的繁華絢爛。

那便是陳國王都了。

凌葛騎在馬上，眺望著王都，神情平淡無波，看不出心頭在想什麼。

「凌姑娘，那處便是京城。」鄭朝禮騎到她身畔，往那遠方的巍峨一指。「由此去，快騎十日可至，慢則半月不等，一切隨姑娘心性。」

「謝謝你。」凌葛道。

林諾停在她的另一側，一起眺望他們的目的地。

眾人同行了半月，鄭朝禮雖然和之前的溫洛寶一樣，一路上都安靜少言，眾人情知他們身為山民之後，即使現今已與平地人混居，卻依然保留山民孤介謹慎的天性，因此也不引以為忤。

他們上景陽山時是從西邊的成嶺接過來，出了祕境時卻是在景陽山北，等於離他們要去的地方又隔了一整座山。

負責領他們出來的鄭朝禮只問了一句：「凌姑娘，給不給跟？」凌葛微微一笑。「跟了這麼久，他們不膩，我都膩了。不給跟。」鄭朝禮點點頭。

接下來他們時而山裡，時而平地，著實在景陽山區繞了一陣子。凌葛一行人給與他全然的信任，對於他究竟要領他們去何處完全不追問，鄭朝禮心中雖然詫異，對他們的信任亦是感動，於是同行了數日之後，幾個大男人便漸漸聊了開來。

鄭朝禮平時雖不愛說話，一提到鳥兒就雙眼放光，談興都來了。眾人聽他如數家珍地道來，什麼鳥兒叫什麼名字，什麼鳥兒有什麼習性，什麼鳥兒該如何飼養，聽得嘖嘖稱奇，原來普普通通的一隻鳥也有這些門道，他這種愛鳥成癡的實性情倒是很對林諾等人的胃口。

半月之後，他們果眞又來到了山南之向。

「凌姑娘，這一段松桂脂您收著。」鄭朝禮從懷中掏出一段玉白色的物事交到她手中。「在京城東十四街有一間賣玉的老舖子，叫『玲瓏閣』，您若是有事相找，只消在每日申時一到，至玲瓏閣屋頂燃這松桂脂半炷香時分；青粉日日出外放飛，有固定的地界和時間，牠們識得這松桂脂的氣味，一聞到了自會停留。若是半炷香後無鳥降落，便請翌日再試一次。」

「你的信鴿是靠嗅覺？」她平靜無波的臉龐終於出現一絲興色。「我一直以爲嗅覺不是鳥類的強項呢！」

「青粉並非凡品，自是與其他鳥兒不同。」鄭朝禮露出一絲驕傲的笑意。

鄭朝禮向眾人拱手一揖。「各位大哥，相行千里，終須一別，在下便與諸位同行至此，盼諸位大哥此去多多保重，一路平安。」

眾人見他要走了，不禁有幾分相惜不捨之感。

「鄭兄，多謝你領我們離開景陽山祕境，還伴了我們這些時候。」林諾向他一拱手，低沈地道。身後楊常年等人也紛紛出言道謝，作揖還禮。

「哪裡的話，諸位大哥皆是重情重義之人，讓人好生欽敬，朝禮若非須回少主身旁覆命，還眞願意多與各位走上一段。」他轉向凌葛。「凌姑娘若有事，只需以青粉傳訊即可。」

「李博士……就麻煩你們了。」凌葛輕聲地道。

「李先生既爲少主恩師，這是該當的，姑娘儘管放心。」鄭朝禮最後向眾人一揖，轉身策馬離去。

是夜，眾人投宿在山腳下的農居裡。

山腳下依然是荒僻之處，他們一行六個人要在同一處借宿著實有些困難，幸得那農婦的女兒女婿家就在不遠處，因此六人分借了兩家的柴房和居室，將就也能過一夜。

農家儉省，吃完了晚飯捨不得點油燈，通常是早早睡下的。凌葛等人實在是毫無睡意，見戶外明月初虧，繁星點點，夜色清朗，溫度雖然低卻不似冬夜的酷寒，於是披了襖子走了出來。

不成想三道人影在靜謐無人的村道上走了過來，正是楊常年、趙虎頭、黃軍三人。

六人相視一笑，找了個安靜寬曠之處，各自在石頭或土堆上坐了下來，仰頭賞星。

想想過去這幾個月的風波，如今六人竟能安然無事地在這裡聽風賞月，一時間都有些不真實之感。

「林兄弟，凌姑娘。」趙虎頭在沈沈的嗓音在靜夜中盪開來。

「趙大哥有事？」凌葛和弟弟一起朝他望去。

趙虎頭仰頭觀星片刻，視線收了回來，對住她清亮明媚的雙眸。

「林兄弟一身俠膽，義薄雲天，凌姑娘亦是重誠重信之人，我趙虎頭有幸同兩位結交，義妹甚且與林兄弟結了百年之好，說來是我們義兄妹的福氣。」

「趙大哥好說。」林諾忙一拱手。

凌葛現在已經知道了這些「古人」講話，一定要先講一堆客氣的開場白，所以也不急，只是微微一笑，靜聽他說下去。

「相交貴之在誠，兩位的來歷以往不愛多提，我等也無須多問。只是過往數月，異事太多，我的心中頗有些疑問，若是兩位有任何不便回答之處，直說便是。」

「趙大哥何必客氣？」凌葛道。

楊常年和黃軍一起都靠了過來，顯然也想聽得緊。

「凌姑娘、林兄弟，兩位莫非是……未來之人麼？」趙虎頭終於問。

楊常年和黃軍不自覺屏住氣息。這個念頭他們心中不是沒有過，只是實在太過玄異，說出來總怕被人譏笑，因此從來不敢提出來，如今趙虎頭竟說出了兩人的想法。

芊雲只是輕輕按住林諾的手。她自然不是沒有猜想，只是，無論林諾來自何處，在她心中都是一樣的，所以她也就不想問了。

「可以這麼說。」

見凌葛答得如此爽快，眾人一時倒有些懵了。

「這……這是怎生辦得？」好半晌，趙虎頭終於開口。

「姑娘，那妳定然知道宋陳之爭結果如何了？」黃軍一回過神來趕快問。

「未來的人長什麼樣子？瞧凌姑娘和林諾跟咱們長得很像又不大像，難道未來的人都長這樣？不對，就算是未來的人兒，鐵定也沒有凌姑娘長得好！」楊常年眼睛大大嘴巴開開。

凌葛長嘆一聲。

「我不知道你們的歷史，你別問我；未來的人和現在的人長得同樣是一顆腦袋雙手雙腳，只是我們各個國家民族混居，血統雜了一些，所以眉宇樣貌同現在不太一樣。至於這是怎麼辦到的……」她想了一想，覺得大爆炸理論和時空泡泡還是最簡單易懂的，於是向趙虎頭等人解說了一遍。

趙虎頭聽完之後，對著她在地上的時空泡泡沈思半晌。

「依照姑娘的意思，我們都在『宇宙』裡，但宇宙有很多個不同的時空，姑娘是從你們的那個泡泡，跳進了我們的泡泡？」

「是，所以你們的世界發展和我們的時空並不全然相同。」凌葛對著黃軍道：「不過因為兩個緊鄰的時空相似度極高，現在的時間換算到我們的歷史裡，約莫是中國的南北朝時期。當時確實有宋有陳，但是和這裡的宋、陳又不一樣。南朝時期的宋、齊、梁、陳是四個先後的朝代，可是在你們這裡，宋、陳、趙、許、涼卻是五國並立，所以我並不知道宋陳之爭的結果如何，沒法子在這裡當算命仙。」

黃軍遺憾地嘆了口氣。

「如此甚好。」趙虎頭卻道：「世間諸般事，由天不由人。天機本不可洩，黃軍你還是莫要多問得好。」

凌葛對他的豁達不禁讚賞。

黃軍聽他一說，也不好再說什麼，只是心裡實在彆扭。

「我就不懂，若說兩邊是不同的地方，怎麼會有相似的套路？若說是同一個地方，又怎麼不是一樣的？」

芊雲倒是獨有見解。「這事兒想通了也就不覺得奇怪。黃軍，你記得那齣〈新婦冤〉麼？」

「怎不記得？凌姑娘還用它嚇唬過黑風寨那批不長眼的呢！」

「那就是了。〈新婦冤〉是講一名新婦被丈夫拋棄，自盡之後魂魄回來找丈夫討公道，可這戲兒傳到趙國卻是不一樣的。趙國有一名御用戲師覺得這結局實是太慘了，於是將它改成新婦自盡之時被一名道士救了下來，道士憐她境遇淒慘，於是幫著她回去裝神弄鬼，好生嚇了那個薄倖郎一嚇，後來那薄倖郎痛改前非，兩人婚姻因而得諧。

「你想想，若是有個人在一個戲台前先瞧了新婦冤，旁人將他弄昏了，帶到隔壁的戲台子，演的卻是趙國編的新婦冤，你說，他一醒來會不會也覺得：這戲兒怎麼變了呢？相似的戲台子，相似的戲班子，怎麼演的套路他好像看過，又好像沒看過？」

黃軍聽她一說，登時若有所悟。

「雲兒這解釋倒有些說中平行時空的神髓。」凌葛讚許道：「一個宇宙的大爆炸，會炸出多少不同的時空？沒有人能真正一一去探索。

「從我們的世界穿透過來，更不只空間不同，連時間性都不同。就算我們都是同一個時空的人好了，你們的世界相隔於我和林諾的世界已經差了千年，這一千年來會出現多少變化？這些都不是你我能夠臆測的了。」

芊雲被她一讚，登時喜逐顏開，對林諾做個得意的小表情，林諾忍不住捏了捏她的粉頰。

「那姑娘要找的那人，又是怎麼回事呢？」趙虎頭再問。

凌葛看向林諾，示意由他來說。

「千百年之後，戰爭的本質已經很不同了。」林諾低沈的嗓音在夜色裡如沈鐘一般，靜靜迴盪。「這裡還是肉搏戰，一刀一槍的實打，在我們那個地方，發明了更多武器，可以殺死更多的人。有時不甘心的那方派人帶著一種叫『炸彈』的武器，來到人潮最熱鬧的市集裡引爆。他一條命，就能換來敵國數千數百條人命。」

「可市集裡都是老百姓啊！」楊常年一驚。

「這還不是殺傷力最大的。我們有一種放射性武器，用一種叫飛機的東西載到天上去，從高空投擲到敵人的國土——」

「那會怎地？」黃軍忙問。

「如果一顆核彈在這裡爆炸，方圓十里瞬間成爲焦土，方圓二十里半焦，方圓三十里屋宇樹木建築物盡毀，方圓五十里屋宇倒塌，但最嚴重的不是炸彈爆炸的那個當下。放射性武器具有強烈的放射毒性，被它炸過的地方，方圓百里的土地三百年內不宜人居。」

趙虎頭，楊常年，黃軍和芊雲幾人聽得都驚呆了。

他們怎也不想到世間竟有如此惡物！

「人類最厲害的，就是想出更多殺死其他人類的方法。」凌葛清冷地道。

林諾微微一扯嘴角，笑容卻極爲沈重。

道。

「這……這仗還怎麼打？人都死光了，地都不能住人了……」趙虎頭喃喃地道。

「某方面它造成了一種恐怖平衡。」凌葛爲他們解釋道：「如果只有一個國家擁有一種武器，當然它就稱霸天下了。可是其他國家必然不甘受迫，所以也會努力地發明核子武器，到最後就是到處都有核子武器，大家互相牽制，投鼠忌器。可是研發武器的過程當然需要找個地方試驗看看炸彈管不管用。所以我們有許多廣闊的漠地或森林都被當成試驗場炸毀了，海洋受到污染，到最後，我們被迫要到其他地方去找更適合人居住的地方。」

其他幾人聽完，半晌作聲不得。

她所描述的情景，簡直匪夷所思。

芊雲忍不住摸摸身下坐的石頭，身後長的草木。他們一直以來都覺得這些樹啊石頭在這裡是天經地義的事，從來沒想過有一天樹不見了，石頭沒有了，土地不能住人，那是怎生的淒涼光景？

「凌姑娘，我剛剛聽你們說有東西可以在天上飛，又見妳在那兒學的醫術好像很好，以前還羨慕著呢！現下我知道了，我們這兒說亂世是亂世，起碼日子過得踏踏實實。即使國滅了，家破了，土地也還在，只要土地還能種點莊稼，天無絕人之路。」黃軍終於道。

「是。」凌葛姊弟不禁點頭。

芊雲終於明白了林諾曾說的——我們那裡一點也不好。這個世界上沒有完美仙境，我們只能盡量讓它變得更適合居住一點，但那往往是用其他代價換來的。

她忍不住牽起他的手，小小的掌心冰涼。林諾反握住她。

趙虎頭想想不對勁。「林諾，凌姑娘，你們怎地突然提起這些？莫非是，莫非是……」

「我們懷疑我們要找的那個歐本博士，將放射性武器帶來了這裡。」林諾沈聲道。

楊常年跳了起來，黃軍跌在地上，趙虎項渾身僵硬。

這……這……這麼可怕的東西，竟然來到了他們的土地上？

無論是哪一國握有這項武器，他們就是天下第一了，再無其他可制衡的力量！

這還不是不最糟的，倘若握有它的君主不知嚴重性，擅自炸了這東西，那可是禍害子孫千百年的大難啊！

「這可使不得！這可使不得！」楊常年呢喃道。

「那個什麼李博士不是說，姑娘要找的人在陳國嗎？莫不成那東西落到了陳王手中？」黃軍連忙道。

「我們還不確定歐本是以什麼樣的形式把它帶過來，無論如何我們都必須找到歐本，將那東西帶回我們的世界去。」凌葛道。

「實不相瞞，林兄弟，我初時聽聞你和我義妹結爲夫妻之後，還要抛下她回去，心中頗有幾分不豫，如今才知竟是如此大事。」趙虎頭望向芊雲的眼神多了幾分憐憫。「義妹，此事非同小可，便是兒女私情也得先抛在一旁。」

芊雲輕輕吐出胸中的鬱氣，勉強一笑。

「大哥，我明白的。林諾會抛下我必有不得已之處，我早就想通了，你別爲我擔心，我們大家想著如何幫凌姊姊和林諾尋回那惡物要緊。」

林諾忍不住將她抱在大腿上，闊大溫暖的胸懷緊緊裹著她。

「對不起……」

「你哪裡有做什麼對不起我的事呢？你在做的，是很重要的事啊！」她的眼波盈盈若水。「在我心裡，我們就是永遠在一起的，不管看得著看不著都一樣，更何況，你還得回去把病治好的。」

楊常年一聽，警醒起來。「是啊！林諾，你那頭暈頭疼的毛病怎樣了？還能撐著麼？」

「放心，再撐一陣子不是難事。」林諾輕撫妻子的髮道。

凌葛聽到這裡，忍不住給他一個大白眼。

「好，那就是這樣了！」楊常年一拍大腿，慨然而言：「林諾，你儘管放心，咱兄弟不是當假的，將來雲兒有我和趙兄照料，絕不會讓她吃苦。」

「還有我呢！還有我呢！你們怎麼就落了我？」黃軍在一旁跳腳。

林諾忍不住笑了出來。

英雄重情義，他們這幾個兄弟，無須多說了。

「凌姑娘，倘若那惡物已入陳王手中，只怕要取回是難上加難。」趙虎頭凝重地道。

「我不認為那東西已經落在陳王手中了，他絕對不會千里迢迢把錆帶到這個世界來，只為了交到別人手裡。李博士說他躲在皇子府，這倒和他的風格符合，他不會浪費時間在汲汲營生的瑣事上，所以他會去找一個資金充足的主子投靠。」凌葛深思片刻。

「像沙克一樣？」林諾銳利地看她一眼。

她點點頭。

「沙克又是誰？」楊常年愣愣地問。

「歐本的主子，一個邪惡程度不下於他的人，我已經將他抓起來了。」

「那就好。」楊常年鬆了口氣。

「凌姑娘，我們接下來要怎麼做呢？」黃軍問道。

所有人的眼光全落在她身上。

她沈思半晌，忽地嘆了口氣。

「我來到這裡之後，犯了一個極大的錯誤。」

「凌姑娘妳哪有做錯了什麼！妳幫了我，幫了小雲兒，幫了每個人，幫了那個李老頭，妳做的每一件事都好得很啊！」楊常年忙道。

凌葛深深地看他們每個人一眼。

「我初來之時只想當個過客，對這個世界發生的爭端一概不想涉入。我一心只想找到歐本，將他帶回去，對於跟抓歐本無關的事，我既不關心也不想關心。老實說，若非爲了林諾的堅持，我和諸位只怕也不會有機會深交。」

眾人相處久了也知道她的性子，果眞是冷情得很。若非爲了林諾，她是不會過問這許多閒事的，眾人也不會如現在這般患難與共，肝膽相照。

楊常年只怕早已同那馬將軍在陳國送掉老命，黃軍可能同其他送嫁的弟兄死在宋軍之手，芊雲公主和趙虎頭如今可能已成宋國人質，命在旦夕。

這樣一想，眾人不禁冷汗涔涔。

「人總是要相處的嘛！現在咱大家感情都好了。」楊常年打個哈哈。

趙虎頭點點頭。

越冷情的人，當她認定了你是她的朋友，她的心越熱，凌葛就是這樣的一個人。

「因爲我的逃避現實，我不想花時間去弄懂這裡的政治現況，對陸三的身分不感興趣，對秋重天那幫人的背景沒有進一步追索……我實在錯漏了太多應該收集的情報，這不是我做事的風格。」她嘆道。

「那姑娘現下有什麼想法呢？」趙虎頭沈聲問道。

情勢所逼，她必須去蹚這趟渾水已然是無法避免的趨勢。她的目光投遠方，眼中流露的森然冷定，讓人不由得感到一股興奮，卻又覺驚心動魄。

「現在，我必須彌補這個錯誤。」

2

「不見了？」

「……是。」

「這麼大一群人，你們也能跟丟？」

「屬下該死！請世子責罰！」

「嗯，最後一次見到他們是什麼時候？」

「在十天前的能見陵。」

「能見陵？不是在景陽山的另一側嗎？」

「是，屬下猜想，他們從北面下山，應該是往關外去了。我已讓暗衛在北方四處查探，務必再將他們找出來。」

「把人叫回來吧！他們不會往北方去的。」

「……世子何出此言？」

「因為他們要找的人，不在北方。」

✶

陸淺淺開開心心地牽著世子哥哥的手，走在京城的大街上。

他們兩人都換上普通人家的錦衣，侍衛也都做平民裝束，看來就像尋常的富家少爺小姐出遊一般。

初時侍衛替他們備了轎子，可是坐在轎子裡有啥好玩的？皇兄又不准她騎馬，說是街上人多，她馬術未精，保不準先跌斷了她的小脖子，氣得她對著他的肩膀一陣好捶。後來兩人折衷，來到最熱鬧的東華街口便下轎用走的。她這一路走下來，看見什麼都新奇得不得了。

人人都說皇宮裡錦衣華服，滿天富貴，其實宮裡才悶死人呢！她平時就算出宮，也是去清和苑，整群兵衛浩浩蕩蕩地簇擁著，中途不可能讓她下轎停留。唯有逮著皇兄進宮請安的時候，她才能硬纏著他帶她出來玩兒。

她皇兄小氣得很，她求了他這麼多次，他統共也才帶她出來兩次而已，好不容易今兒終於又說動了他。

「皇……哥哥，你瞧！那人拿了一塊又紅又黑的東西，不知在做什麼？」她的眼睛瞟到路邊拉糖的小販子，像瞧見什麼天大地大的事一般，直拉著她皇兄的手就往旁邊走。

「那是拉糖。」

「糖？糖為什麼要拉呢？」

「拉出些形狀來，又好看又好吃，便容易賣錢了。」

「哥哥，咱們瞧瞧去。」

陸衍之耐心地陪這公主妹妹瞧完了拉糖，還買了塊糖給她吃，又聽了一小段街頭說書，再逛一些女人家的小玩意兒，直玩得她興高彩烈。

「好了，哥哥今兒出來有正事要辦，妳不是說妳會乖乖聽話，不惹麻煩的嗎？」眼見天色已過午，他耐心地把妹妹拉回面前來。

陸淺淺咬著下唇，一臉捨不得走的樣子。

「哥哥呀，你要談那什麼事兒我也聽不懂，乾坐在一旁怪無趣的。不然你自個兒去談你的正事，我自個兒在街上遛躂好不好？」

當然不好！

眼見皇兄一臉已經擺出拒絕的樣子，她趕緊指了指旁邊跟著的侍衛。「喏，程鑫汪建路達他們都在這兒，由他們跟著我就行了！這兒可是天子腳下，鐵定不會出事的！求你求你求你求你求你求你嘛——」又拉又推又搖地拚命晃他。

陸衍之給她晃得頭都昏了。侍衛都不敢笑，心裡很清楚最後只會是什麼結果。

他實在奈何不得這個心疼的妹妹，想想四周明的暗的著實佈了不少人，也不怕她就在京城大街上出什麼事。

「罷了！不過不准妳逛得太晚，一個時辰之後乖乖來華儷樓找我。」

「啊……」一個時辰而已？

「錢龍、鐵鶴、白虎！」他不由分說地喚道。

「屬下在。」幾個侍衛在外不好下跪，只是微一躬身應命。

「你們都聽到了？」

「聽到了。」

「如果讓小姐出了什麼事，府邸大門口的燈籠就換成你們的人頭吧！」他淡淡道。

「遵命！」

什麼燈籠換人頭的，多嚇人……陸淺淺在心頭嘀咕。

不過她那點小心思到底逃不出她哥哥手掌心。她一定打著中途要甩脫這些侍衛的主意，且別說她有沒有那本事，他話先撂下了，她就不敢害人人頭變燈籠了。

「好，妳自個兒乖乖去玩，不要太皮，聽侍衛的話。」他拍拍妹妹的頭，衣裾飄飄，瀟灑悠然地走開來。

陸淺淺對他的背影扮個鬼臉。才一個時辰，小氣！

陸衍之彷彿背後長眼睛似的，淡淡回頭瞟她一眼，她連忙換上燦爛的笑容，拚命揮手一副天下無事貌。

「哥哥，你放心去辦自個兒的事吧！我會乖乖聽話的。」

呼，差點被逮到，她這皇兄眞是精似鬼。

這條東華街京城主道之一，兩側大都是豪華酒樓、名店客棧，進出盡是達官貴人，往來皆為鮮衣怒馬，端的是富貴萬千。陸淺淺初時走來還挺新鮮，可這些飯樓大館逛了一會兒，便覺千篇一律，沒什麼意思了。

陸淺淺來到一個拐彎口，看著相接的那條巷道。

「這路通往什麼地方啊？」

「公……小姐，此處是梨花巷，是市井小民做買賣的地方，不像前頭那般熱鬧。」

「我瞧這兒有趣得緊，我們去看看。」陸淺淺興匆匆地跑過去，一干侍衛連忙跟在後面。

原來這梨花巷主要是前頭那些飯館買賣食材物件的集散地，類似一條市集。各式小販、雜耍通通在這兒，比起東華街的富貴氣息，這兒更有老百姓的生活風味。

陸淺淺逛了幾個小攤子，買了糖葫蘆、桂花糕點小東西胡吃一通，吃不完的便讓身後的侍衛提著，一時倒也其樂無窮。

忽地，前頭圍了一群人，原來是有人在街頭賣藝。她瞧那些書裡常出現「街頭賣藝」四個字，可這賣藝賣的到底是什麼藝，她從來沒見過。

「走！咱們去看看！」她興致盎然地跟過去湊熱鬧。

陸淺淺興奮地擠到人群裡面去，只見一名面有髯鬍的大叔正在使一根長棍，使得虎虎生風。

他一個鷂子翻身，一柄長棍從空中揮下，「啪」的一聲擊在石板子路上，塵土飛揚，圍觀群眾轟然鼓掌，連跟著安樂公主的便裝侍衛也不禁叫了聲：「好」。

看這江湖賣藝人並沒有什麼內勁，使的全是天生蠻力，自然不能與他們練武的相比，可是以賣藝的來說已經算有幾分本事。

陸淺淺看得嘴巴開開。她平時深居宮中，侍衛操練自然不會讓她看見，這是她第一次近在跟前的看人施展武功，腦袋瓜子已經覺得人家就是天下第一高手了。

那賣藝人施展完一套棍法，後頭立刻有個俏生生的小娘子拿著一個小竹簍，在人群前面走一圈請大家賞錢。

走到他們前面來，陸淺淺摸了半天，身上哪有銀子？她吃喝花用當然都是後頭的侍衛付的帳。

「小姐，小的來就好。」一個乖覺的侍衛馬上掏了兩個大錢扔進竹簍裡。

那清秀小娘子輕輕一彎腰，謝過了。陸淺淺想想還不滿意，哪有人家賞錢是別人代賞的呢？乾脆把耳上那對金玉耳環解了下來，丟進竹簍裡。

侍衛吃了一驚，還不及說什麼，身後的使棍大叔卻是看到了，如雷嗓門嘩啦嘩啦地嚷了起來：

「哎唷，這小姑娘一出手又是金又是銀的，小的怎生堪得起？看來今兒不顯顯看家本事，讓姑娘看個夠本，倒是小的不夠意思了！小姑娘，妳喜歡看射箭不？」

「什麼小姑娘？我家小姐是你隨口亂叫的麼？」侍衛斥責。

「喜歡喜歡，大叔你也會射箭麼？」陸淺淺不理侍衛，開心地拍手叫了起來。

「這射箭嘛，我是略懂皮毛，眞正練過的是我弟弟。他才眞正是箭術天下第一，大江南北再找不出比他更厲害的了！」使棍大叔著實吹噓了一陣，眼睛一瞄到她身後的凶神惡煞，連忙改口道：「不過再怎麼厲害，當然也比不上這幾位大哥的了。我弟弟若是天下第一，這幾位大哥就是第一中的第一，是吧？哈哈哈哈！」

群眾見他說話有趣，不禁跟著哄笑起來。

「阿弟？阿弟？」使棍大叔回頭一陣比手畫腳叫喚。

只見在角落裡，一個一直靜坐不動的男人緩緩站了起來。

他鐵塔似的身量著實嚇人，一站直了眾人便「喔——」了一聲。

使棍大叔繼續比手畫腳。「阿弟，過來。射箭，啊？這姑娘，看射箭！」

那大漢見他比畫片刻，慢慢點頭。

「大叔，你弟弟聽不見麼？」陸淺淺同情地道。

使棍大叔嘆了口氣，負著手沈重地踱起方步。

「我這弟弟啊……一出娘胎就帶了病，你們瞧他長得歪七扭八的，又聾又啞，只能讓他學點藝兒在身，好歹討討生活。我這做大哥的，爲了要照顧弟弟，至今人生大事也是擱下了，如今只盼眾位大德給幾個賞錢，讓咱弟妹有幾口飯吃，唉……」

眾人一聽，登時響起一陣同情的聲音。

陸淺淺見他弟弟雖是雙目深陷，鼻梁鷹勾，長得有些嚇人，倒不覺得「歪七扭八」。

「好啊，你若表演得好，我賞你們更多銀子。」她笑道。

那弟弟拿出一副尋常的弓箭，使棍大叔從行囊裡摸出一個窩窩頭，交到陸淺淺手中。

「這麼著，姑娘，妳隨便往天上一扔，我弟弟包準射得到！」使棍大叔代爲道。

「好，那我要扔了，你可要看準。」陸淺淺開心地拿起窩窩頭用力一拋，「咻」的一聲，果然一枝箭在半空中便釘住那個窩窩頭。

人群又爆出一陣如雷喝彩。

眾侍衛是識貨的。她人小力弱，丟得並不高，不過這箭的準頭也算不錯了。

「一個不算什麼，姑娘，來，妳兩個一起丟！」使棍大叔再遞給她兩個窩窩頭。

「好！」

陸淺淺一手一個，用力把窩窩頭往空中一拋。

咻！咻！兩響，兩個窩窩頭又被射了下來。

這可眞是厲害了！陸淺淺忍不住拍手歡呼，大聲叫好。那幾個侍衛卻是眉頭一皺，往那射箭大漢看了一眼。

那大漢拍拍哥哥的肩膀，伸出三個手指頭。

「姑娘，我這弟弟就是愛面子，他以前從來沒有同時射過三個。」使棍大叔笑道：「這是最後三個窩窩頭，再來也沒有了，我們三兄妹晚上可要餓肚子。不如姑娘丟給他試試？」

「好！」陸淺淺也來勁了。

想了想，她把另外兩個窩窩頭分給兩個侍衛，興致高昂地道：「我們三個一起丟，瞧他能射中幾個。」

兩個侍衛互望一點，互相微一點頭。

陸淺淺數到三，三個人同時丟出去，卻是三個方向，高中低各自不同。

咻咻咻！只見三箭射出，一箭先射中陸淺淺丟的那個不高不低的，第二箭射中臂力最大丟得最高的那個，第三個卻是往前平丟，第三箭堪堪漏了那往前平丟的。

「啊……」人群登時響起一陣憾叫。

射箭的弟弟望著漏掉的第三箭，用力一頓腳顯得相當氣惱，坐回他原先的位子生悶氣去了。

眾侍衛見他箭術火候終究不夠，反倒心下一寬，也不多說什麼。

「我不就叫你見好就收嗎？你偏愛逞強。」

使棍大叔對自己的弟弟嘆道，隨即抱拳對眾人一揖。「好了，眾位鄉親，諸位熱鬧也看過了，請施個好心多多打賞吧。」

那清秀小娘子又拿出竹簍子來，在眾人面前繞了一圈。

「大叔，他能射中兩個，已經是眞本事了。」陸淺淺要侍衛拿出銀袋，掏出最大的一錠銀子放進小竹簍裡。

「姑娘眞是好心人，菩薩保佑妳長命百歲，將來找個好郎君。」清秀小娘子來到她的身前，對她微笑。

「姊姊長得這般美，才應該找個好郎君呢！」陸淺淺笑道，在她的竹簍裡丟了賞錢之後，便在眾侍衛的引領下離去。

這個賣藝團又在原地耍了幾套拳法，不過最精彩的已經瞧過了，人群慢慢地散去。過了小半個時辰，眼見人潮越來越少，他們索性收拾一下，離開現場。

他們約定好的碰面地點是兩條街外的一個小麵攤子。

等他們抵達麵攤，另外兩個人已經等在那裡了。

「楊大哥、林諾、雲兒姑娘，快來吃東西，你們都餓了吧？」黃軍連忙到攤頭去叫麵。

「淩姑娘，妳叫我們裝三腳貓在街上打拳，就是爲了看那個小姑娘？」楊常年一坐下來就迫不及待地問。

剛才那使棍大叔自然是他了。

「我沒叫你們裝三腳貓啊！只說不要使得太賣力而已。」

「那不就是裝三腳貓麼？」

「幸好兩位沒有表現得太賣力，我瞧那公主身旁的侍衛眼睛利得很，如果功夫太好，怕要被他們疑心上了。」芊雲笑道。

此時黃軍先拿幾碟切好的小菜回來，芊雲抽出筷子在每人面前佈上一雙。

「我和凌姑娘先吃過了，你們吃吧！」黃軍笑道。

楊常年等人也著實餓了，吃了幾口，麵攤老闆下好了麵，一一端上來。

「趙大哥還沒回來？」林諾低沈地問。

「我讓他多跟一陣子。」凌葛夾了一塊豬蹄子進他麵裡，然後放下筷子，手支著下巴，帶笑地看著他們吃喝。

「凌姑娘，那小丫頭片子瞧著天真爛漫，有什麼緊要的？」楊常年還是不解。

「我也不曉得。」凌葛支著下巴看著他。「最是無情帝王家，一個沒心沒肺的世子卻有一個疼入骨子的妹妹，這不是一件很有趣的事嗎？」

「就……就這樣子讓我們在街頭賣藝？」楊常年瞪了瞪眼。

「我只是要瞧瞧她是個什麼樣的人而已。宮裡我們進不去，當然只好等她上街了。」

「姑娘就這般確定她一定會靠過來看我們？」

凌葛笑而不語。

『不要。』林諾忽然道。

『不要什麼？』她看他一眼。

『不要利用她。』他的眉心深深地蹙起。

她嘆了口氣。「在你心裡我一定是一個很糟糕的人，所以你老是預想我一定會做最糟糕的事！」

其他幾個人眼睛在姊弟倆臉上瞧。

「我只是不希望把無辜的小孩扯進紛爭裡。」他沈聲道。

「她出生在皇家，注定沒有當小孩子的權利。」在弟弟反駁之前，她嘆了口氣。「放心，情報這種東西，就是先收集起來等著，難保哪天派得上用場。我又不是立刻要把她綁走，關在暗不見天日的地方，切她手指頭，跟她哥哥勒索之類的。」

「是嘛！林諾你別老是說凌姑娘不好。」楊常年幫腔。

林諾氣結地瞪他一眼。

「好了，吃完飯之後我們回客棧吧！趙大哥會在客棧和我們會合，你們明天還要出來賣藝的。」她坐直了身子道。

「那小姑娘明天還會來嗎？」楊常年問。

凌葛默默看他一眼。

「今兒領了多少賞錢？」她轉頭問芊雲。

「一般打賞約莫有一百個銀錢，我估計小公主的耳環可以賣十兩銀子，再加上她賞的最後那錠大銀，總共三、四十兩跑不掉。」芊雲喜滋滋地道。這一路過來，她早就偷偷數了好幾次。

「嗯，總算你們這些人有貢獻了。」凌葛對幾個男人點點頭。

「……」

「……」

「……」

慢著，不會他們今天眞的就是出來賣藝，遇見小公主只是順便的吧？

難怪剛問她爲什麼知道公主會來，她笑而不答……

不過吃軟飯久了，實在是底氣不足，他們也只能摸摸鼻子，乖乖貢獻肉體去。

✶

是夜，趙虎頭回返客棧，向凌葛一一說了白日發生的事。

「他在華儼樓裡停留頗久，倒是見了幾波不同的人，有寶玉齋的大掌櫃，松風清聽閣的管事，天月舞榭的總管，談的都是些生意上的事，想來這些都是他在京城裡搞的一些營生。」

「嗯。你們這兒的下一任皇帝也要自己搞營生嗎？」她對古代皇室的運作方式不是很有經驗。

趙虎頭微微一笑。「倘若他當上皇帝，天下皆歸他所有，自然不需要再搞營生了。然而世子領的是月俸，雖然陳國世子月俸應該不低，銀兩總是越多越好的。」

她在腦裡心算一下。「嘩！那這個陸三很會賺錢耶！他除了京城的生意，還有青雲門在各地的經營，算算是個大富翁。我眞是太有良心了，當初應該一開口就是千兒八百兩的，沒的只要二百兩，倒讓他覺得我小家子氣了。」

旁邊幾個聽得滿頭黑線。

向人要錢還嫌要得太少的也只有他們家這個凌姑娘了……

「咳！」趙虎頭決定假裝沒聽到，繼續完成他的匯報：「在華儼樓裡談完了事，他便回到清和苑，沒有再回他自己的世子府。」

「清和苑，就是那座外公送他娘的結婚禮物？」

「是。」

她微微一笑。「多謝你了。今兒勞你跑了一天，明天讓黃軍去清和苑外跟著吧！趙大哥休息一天。」

「好好好。」黃軍馬上跳起來。

開玩笑！他才不要去街頭賣藝呢！他長得這麼俊俏，要是不小心被上街的公主貴女看到了，硬擄回家當壓寨相公怎麼辦？人家他可是三貞九烈的貞節烈男！

「你這麼高興幹什麼？」楊常年瞪了瞪眼。

「沒事，沒事。」不能講出來，一旦講出來，包管凌姑娘就叫他清和苑門口賣藝……

凌葛似笑非笑地看他一眼，彷彿知道他在想什麼，驚得他寒毛直豎。

「對了，趙大哥跟了這麼久，陸三身旁的人沒有起疑吧？」

「跟監的這點本事我還是有幾分的，姑娘莫憂。」趙虎頭樸實的臉上現出一抹傲色。

「以前將軍校尉們要派人去踩盤子，都是叫我去的，我也做得挺熟，不知趙大哥有什麼訣竅沒有？」黃軍現場就熱心和他交換起心得來。

「咄！」楊常年一腦袋拍過去。「我們還在講正事呢？你瞎聊個什麼？」

「噢……」黃軍委屈地捧著腦袋不敢亂動了。人家他也在聊正事啊。

芊雲忍不住咯咯一聲笑了起來。

「姑娘，那青粉傳書可捎來什麼信息？」趙虎頭見她桌上有一張薄如蟬翼的信箋，信口問道。

「沒有，秋重天只是跟我說一下李博士的近況。」

從她微黯的臉色，想應該是沒有什麼好消息。一直默默靠在她身後的林諾上前一步，輕輕按住她的肩頭，她反手握住弟弟的手。

當她發現她對陳國的國情不夠瞭解，最簡單的方法當然是開外掛——開玩笑，這裡又沒有電視媒體、報紙雜誌、圖書館或網路，難道還自己在陳國住上二十年慢慢研究不成？

這時，曾為太傅庶子的秋重天便派上用場。她讓青粉送回她的需求：「一個對陳國朝政一清二楚的傢伙」。幾日之後鄭朝義帶來了一個年約四旬、相貌清癯的中年男子。

此人雖然身穿常服，氣質談吐卻極是清雅，顯見並非平民百姓。鄭朝義只介紹了他姓蔡，表字叔齊，他們對他的身分並沒有多問。

那一晚，蔡叔齊和她徹夜長談，所有她對陳國現勢和檯面上政治人物的疑問，蔡叔齊可說是知無不言，言無不盡。

陸衍之有一個愛適性命的妹妹一事，便是蔡叔齊說的。

談了一晚，凌葛頗能理解為什麼秋重天找的是這個人。蔡叔齊的思路清晰，理性客觀。對於幾個政治人物之間的牽扯，他不會帶入太多個人的意見，只單純從事實面去解釋這些人彼此有什麼利害關係。除非她問他個人的看法，他才會思索一番，然後慢慢去分析。

如果放到現代去，他非常適合擔任情勢分析家。倘若蔡叔齊從軍，他們兩個說不定還能當心戰部的同事。

凌葛問得非常仔細，蔡叔齊已算是對陳國朝政相當瞭解，細至連陸三與安樂公主的互動都知道，然而有些問題她實在問到太細了，例如誰府上的總管何時出門，誰的貼身隨從出身哪裡，誰的三姨太為什麼沒有在他出征那日去送他之類的，蔡叔齊就眞答不出。

他答不出的她也不勉強，再問下一個，蔡叔齊對她爲何關心這些雞毛蒜皮的小事也沒有顯現出半點不耐。

天將破曉時，蔡叔齊終於欠了欠身，準備告別。臨行前，他深深看了凌葛一眼。

「戴尙書遭此憾事，我只恨自己人微言輕，立場尷尬，所能爲者有限。如今秋公子既請我與姑娘一談，我不知姑娘是誰，姑娘也不需與我說。只盼這微薄之舉，能稍補無力援救戴尙書之過。」

整個晚上一直站在旁邊形同木頭人的鄭朝義，突然出聲：

「蔡大人不需歉疚。此時京城裡提及戴尙書，人人尙且避之唯恐不急，唯獨蔡大人對我家少主多有迴護，有求必應，我家少主已是感激不盡。」話完，他轉向凌葛，神色嚴肅。「凌姑娘，蔡大人見多識廣，胸中自有丘壑，妳還想知道什麼，今夜儘管問便是了。只是過了今夜，我等卻是不宜再與蔡大人聯繫。」

蔡叔齊聽了長嘆一聲。

凌葛心知現下風聲鶴唳，今晚請了他過來，已是讓他冒險。

「你放心，我想問的都已經問了，其他的只能靠我們自己，再不敢麻煩蔡大人。」

鄭朝義露出一絲微笑，對她點了點頭，然後兩人便離去了。

理所當然，蔡叔齊並不知道三位皇子府中有沒有一個面目黧黑、鼻子鷹勾的異邦人。若是歐本潛在某個皇子府中，應該也是非常低調。

凌葛對每個人道：「好了，時間也不早……」

她的眼前忽然一白！

幾萬毫秒之間她的腦中立刻省悟：眼前的那一白其實是一陣強光！

不只是她，每個人眼前全是一白，亮到什麼都看不見，彷彿整顆太陽掉了下來。

炸彈！

「臥倒！」林諾的反應最快。

他飛身撲過來，將凌葛和芊雲壓在身體下。霹靂乒啷！茶盞、燭台、燈油全揮到地上，桌子在半空中翻了半圈，整個蓋在他護住兩個女人的背上。

桌板撞在他背心的那一刻，他全身肌肉緊縮，將她們兩人緊緊抱住體盡量縮小暴露出來的面積，等待著記憶中的事發生——爆炸聲，震盪，氣流，熱度，灼痛！

……

過了好一段時間，預期中的混亂完全沒有發生。

黃軍，楊常年和趙虎頭不知是反應不過來，還是沒有面對爆炸的經驗，只是站在原地瞪著他，反而顯得他的反應過度誇張。

不過只是一瞬間，他們三個人馬上跳了起來。

「哇！那是什麼？亮得我都睜不開眼了！」黃軍大叫。

「是啥？是啥？他奶奶的大白天了麼？」楊常年前後左右轉來轉去，在找是什麼發光。

「驚人。驚人……」趙虎頭驚魂未定。

「走！」林諾一個箭步跳起來往屋外衝。

凌葛臉色凝重地跟在他身後衝出去，所有人連忙跟上。

大街上已經開始有人打開門窗往外探，有的人衝了出來。幾個夜裡巡邏的士兵瞠目結舌地仰頭呆望，更夫嚇得得跌在地上爬不起來。街上聚集的人開始議論紛紛，全部往東邊的天空看過去。

他們順著眾人的眼光看過去，但見東方的夜空沈如靛絲，星子微閃，絲毫無一絲異狀。

「我全都瞧見了！剛才那邊的天一閃，白得我眼睛都睜不開！便是佛祖降世也沒那生亮啊！」一個出來倒夜壺的百姓激動地說。

「我還當日頭出來了，心想這才什麼時候？怎地會有這等怪事？」

「是啊是啊！把我一屋子人都嚇醒了！」

林諾如一尊高大的鐵塔立在街頭，抬頭望著東邊的天空，芊雲緊緊挨在他身旁。

『那是什麼？光彈？可是我沒有感覺到任何異狀！』他低聲疾問凌葛。

光彈是一種新型的核子武器，迸發的輻射光波威力驚人，強光所及之處無堅不摧，人體一碰觸到髮膚盡爛，目前也只是軍火實驗室的研發品。難道歐本將錯帶來此處，就是爲了研發光彈？

「那一頭是哪裡？」凌葛指著東邊詢問楊常年他們。

「那一頭有許多王公大臣的府邸或別院，像敬國公府、世子府、清和苑，都在那一處。」趙虎頭低聲道。

「哼！是了，一定是陸三那小子！姑娘要找的人鐵定就在他府裡。」楊常年低罵。

更多的士兵趕了過來，見大街上全是平民在議論紛紛，紛紛抽出軍棍吆喝：「好了好了，有什麼好看的？眼裡沒王法了嗎？全給我回去！」

京城是有宵禁的。百姓見管事的都過來了，縮了縮脖子，連忙鑽回屋子裡去。有些人手上還提著要倒的夜壺，這下也忘了，見那些士兵凶神惡煞的樣子，連滾帶爬回家去。

「水！水！」

不知是誰先開始的，人群中突然有幾聲叫了起來，接著，越來越多人開始七嘴八舌跟著叫：

「水啊！是水啊！」

「咦？水！」

「水！水！哪裡來的水？這麼多水！」

時值二月，初雪已過，融冰未退。官道兩旁皆是鏟開的雪泥，黑糊骯髒，屋字翹起的簷角猶掛著垂冰。

忽地，從東而始，有如一隻手無形的手拂過，諸般玄冰積雪瞬間融化為水，滴滴答答，滴滴答答。

他們飛快轉動身子，看著周圍所有的雪消失不見，水澤漫沿，街上所有人全亂成一團。

★

史上有載：

陳國敬端七年，中春，十四日子時，京都深夜忽有異光，亮若白晝，睜目不能視也；百姓中夜而醒，皆驚疑不定。異光一瞬而止，所照之處，諸雪皆融。

翌晨，朝中眾臣上表皆稱：吾帝生性仁德，其心感天，故有重寒而雪融之象，實為我朝承天所佑，大吉之兆。

3

「你眞相信這是『承天所佑，大吉之兆』？」

陸衍之對提出這個問題的人淺淺一笑。

「我大陳鴻運當頭，吉星高照，那也並非不可能之事。」

「嘿。」

✶

京北七十里，諸餘，驃騎將軍大營左近

中夜放光、一宵雪融的異象，在眾臣「皇帝仁德感天，大吉之兆」的敬言中揭過去了。

各地百姓聽聞之後反驚爲喜，人人興高彩烈，張燈結彩的都有，鄰近諸國卻是嚴陣以待。

萬般紛擾終歸是要歸於平靜的。

諸餘城內一間酒樓包廂裡，驃騎大將軍陸征重重放下酒杯，冷笑一聲。

「說這些馬屁話的都是哪些人？」

「是以禮部尚書魏詠成、工部尚書沈光用爲首的一干文臣。」坐在他對面的諸餘城守戰戰兢兢地道。

「老二和老三的人，我就知道。」陸征一掌拍桌，震得酒杯茶碗喀登亂晃。「這批酸筍子就是會惺惺作態！咱辛辛苦苦打的天下，他們坐在華屋美宅裡，半絲力氣不費便端了去。」

諸餘城守只能唯唯喏諾，不敢搭腔。

這位身爲驃騎大將軍的大皇子，脾性與威名一樣烈猛。他在軍中治軍極嚴，出了軍營對地方官吏也是不假辭色，城守幾次想藉財帛美女攀結，都碰了又硬又鐵的釘子，後來他學乖了，若非必要，離這位天之驕子大將軍遠些就是了。

同席的副手兼軍師孟見離微向城守點了下頭，城守鬆了口氣，連忙找個理由退了出去。

孟見離看了看自己的主子。

三名皇子年歲相近。大皇子陸征今年三十，二皇子陸平二十八，世子陸暢今年二十七。他們的名字彷彿就反應了他們的性情。陸征能征善戰，天生的武將之身，陸平性情溫良，陸暢卻是機智通達，手段玲瓏。

陳王並非沒有其他兒子，然而其他皇子若非年歲太輕，便是資質不若這三位兄長出彩。

既是年歲相近，又各擅千秋，怎甘屈於人下？

三位皇子的面貌都不像陳王，而是像自己的母親多些。孟見離不免想，是否因爲如此，陳王最愛二子，寧立三子，卻對皇后之子感情疏淡，不冷不熱？可他又放心將最重要的軍權交給皇長子，讓陸征與陸暢之間有所牽制，這陳王，也深啊！

「將軍，此事並非全然不可爲，只是戴尚書之事剛過不久，百姓記憶猶新，眼下還是先稍安勿躁。只要將軍一心爲國，吾王並非昏主，定能看得見的。」孟見離說道。

說白了，不管現在世子是誰，只要陳王還在位，一切都是未定之局。

陸征神色陰沈地低哼一聲。

包廂外的守衛突然輕輕一喚：

「將軍。」

「什麼事？」陸征冷冷地道。

「將軍，樓下有……幾位平民求見。」

「本將軍又不是諸餘城守，見我做甚？叫他們去找姓施的老頭子去！」

「是。」

過不了一會兒，那守衛又敲了敲門，這回語氣更謹慎：「將軍，那幾人說，不是他們來找將軍，是將軍在找他們。」

陸征皺了皺眉。「胡說什麼?」

「他們說他們是山上下來的人，將軍派了人在找他們。」

陸征心頭一動。

景陽山一事是他由母族家的人去追蹤，因此連孟見離這些心腹也不知曉，陸征也不多說，只是對那守衛點了下頭，說了句「讓他們進來」。

不久，幾個人開門走了進來。

走在最前頭的是一名高過七尺、鐵塔般的男人，眉目深陷，眼神肅殺凌厲；在他身後是一位娟秀清麗的女子，挽起頭髮作婦人打扮。在她身後跟著一名面有鬍髯、形貌威武的三十來歲男子，和一名年齡相仿，身形瘦長，五官平凡，眼中卻光華隱現的男子。

最後面有一個年輕的隨從和一名侍女留在門外，與守衛一起候著。

陸征冷哼一聲道：「你們做什麼的?」

那高壯大漢先在他對面坐下，一個人便幾乎把整條長凳擠滿了，妙齡女子隨即坐在他身旁。鬍髯漢子和平凡漢子只是一抱胸、一負手，立在他們身後。

陳國皇長子陸征確實極有一個武將的作派。只見他膚色有著長年征戰的粗糙和黧黑，粗硬黝黑的髮隨意以一條髮帶綰住，仍然有好幾縷張揚地散著。他肩寬體闊，骨節粗大結實，雖不若林諾高壯，然而和楊常年已是不相上下。

他的五官以武將來說太過文秀，幸而陽光、風霜與戰場刻劃出凌厲的痕跡，讓他顯得剛硬不屈。

「我們是來問，將軍想做什麼?」坐在他對面的林諾冷冷地道。

陸征眼光轉在他們幾人的臉上，眉心深深地糾起來。

「你是什麼人?」語氣不是十分客氣。

「林諾。」

他言簡意賅，彷彿他一說出自己的名字別人就應該知道，又或是根本不管別人知不知道，自信的氣勢讓陸征的眼光又回到他臉上。

「林諾?宋國新虎林諾?」陸征知道他。

當時林諾、楊常年所效力的馬將軍營，著實和陸征的部隊打了幾場。陸征當時是西北邊防主將，主攻馬將軍中路，而楊常年一支是側翼副將，因此雙方軍隊雖有交鋒，陸征卻未和他們近距離面對面打過。

儘管如此，當時，他也聽說了馬軍裡的一名厲害校尉和「宋國新虎」，將他側翼幾個部隊打得落花流水。

後來馬將軍見主陣軟弱，倒是楊常年一支聲勢當鴻，於是回頭殺來，想就著這一支的勢子突破，不料中了孟見離的戰術反而被擒，連帶讓前去救援的楊常年和林諾一起被伏。

陸征此時在後方乘勝追擊，兩相夾攻，將其餘馬軍殺得潰不成軍;待戰事稍歇，他回到軍營，卻聽聞世子挾父王之命，已將馬將軍、楊常年、林諾三人押回京問審，他雖然大怒，一時卻也分不開身去追回來。

如今林諾幾人裝扮、身分已變，陸征第一時間沒有認出來，待林諾姓名一報，身為武將的敏銳度讓他立刻認出了林諾和他身後的楊常年。

三弟那膿包的！若非他不甘寂寞急著分戰功，讓他們兩人中途被救了去，現在的楊常年和林諾只不過是兩堆長了草的土包而已。

「哼！手下敗將，也敢言勇？」陸征拿起酒杯一口而盡，神情極是輕蔑。

「勝敗乃兵家常事。況且，你我二人真正一戰，鹿死誰手還未可知。」林諾沈著地道。

「你倒有膽識，敢向我撂這話？」

「若沒膽識，也就不會來了。」林諾針鋒相對，毫不相讓。

「這女人是誰？」陸征粗率地朝他身旁的秀雅女子一比。「男人談大事，帶個女人在身邊礙事。」

「涼國織雲公主在此，將軍休得無禮！」身後的趙虎頭森然開口。

公主下巴一抬，微傲地注視他，那神情猶如在說，陳國大將軍在她眼中也不過尋常匹夫。

「哦……原來是那個嫁不出去的小公主。宋國校尉楊常年，宋國新虎林諾，不想如今卻成了涼國公主的使喚狗。」他訕笑。「連宋朝猛將都甘願為妳驅使，公主裙下想必有過人之處了。」

楊常年和趙虎頭神色一變，就待發難，林諾抬手止了他們。

「我以爲陳國大將軍英勇善戰，原來不過是個貧嘴嚼舌之人。」

「說吧！你們要什麼？」陸征傲然一揮手。

「我們要一個人。」

「什麼人？」

「仇人。」林諾沈聲道：「這個人於將軍並不重要，於我們卻有不共戴天之仇。他用了化名躲在世子府中，便以爲我動不了他。我們助將軍得到你想要的，將軍助我們得到此人。」

他想要的？

「你們要拿『山上的東西』換一個人？」陸征不太相信他的話。

「將軍錯了。」林諾嘴角一勾。「山上的東西只不過是一個手段。將軍母族歐陽世家富甲天下，甚且勝過陳國國庫，又怎麼會在意那區區山上的東西？歐陽世家的人去追那寶藏，也不過就是想尋回來幫將軍扳回一城，以補戴尙書一案的狼籍聲名而已。」

「你們知道的倒不少。」陸征臉色微變。

「我要跟將軍換的，不是寶藏，是一個機會。」林諾淡淡地道。

陸征雖是武夫，腦子卻是不笨，否則也不會在戰場上屢用奇計，立下無數功動。他將林諾的話想過一遍，霎時明白他口中的「機會」指的是什麼。

「你們想拿陳國的皇位和我換一個人？連本將軍都講不準的事，你區區一個宋國叛將，口氣倒是忒大。」

「這事單憑任何人一己之力，都是不成。」

「所以你們想找我合作？你們有什麼本事讓本將軍跟你合作？」

「我們沒有本事，可是我們背後的那個人有。」

「誰？」孟見離在一旁疾問。

林諾微微一笑。「那人和將軍有共通的敵人，只是燈下之黑，將軍沒有發現近身之處而已。」

擋在他皇位之路的就是三弟了，誰會跟他有共通的敵人？陸征想了一下，登時靈光乍現，一拍大腿哈哈大笑。

「好哇，原來是二弟的說客來著！我還以爲他那般清心寡欲，不忮不求呢！」他的笑聲中充滿譏諷。

「既是身在皇家，又同是有爲之人，爲何你們行，他不行？將軍不會眞以爲戴尙書一案就這麼簡單吧？」林諾語意深長地望著他。

陸征的笑聲戛然而止，直勾勾的眼神透出凶猛之色。

「當年戴尙書蒙難，百姓都道將軍和皇后趁機報復，此言倒是小看了將軍。小小一個尙書焉能讓將軍放在眼中？」林諾冷淡地道。

林諾說得沒錯，世人只道他陸征對那戴老頭抱著老鼠冤，其實戴老頭在他心中不過是個小時教過他一點學問的太傅，他堂堂皇長子還沒把一個尚書太傅放在眼裡，沒想到父皇竟然聽信了那些讒言。他幾次氣不過欲衝進宮中與他父皇解釋，都被他母后攔了下來。

這世上最瞭解他父皇的人只有他母后了。她深知父皇在盛怒之中，父子兩人對峙只會讓情況更惡化，甚至有可能殃及歐陽世家在朝在野的事業。

這件事他不得不放下，最後得益的卻是陸衍之那小子。

陸征啞巴吃黃蓮，這些年來早已認定定是三弟搞的鬼，難道不是如此？

「你是說，這事背後另有其人？」孟見離忍不住問。

「戴尚書一案貶了大將軍，受益的又是誰呢？」

「自然是二皇子與三皇子。」孟見離道。

「在這受益的二人之中，皇上最愛的是誰？最想立的又是誰？」

孟見離登時不說話了。陸征只死死瞪著他。

林諾淡淡續道：「二皇子的母妃出身低微，立即封他當世子必然反聲大起，歐陽和藩王兩家首先就鎮不住。他唯一上位的機會唯有老大和老三都落馬，如今老大不是問題了，老三卻還在。

「老三是藩王貴女所出，地位尊榮，天性又精明深沈，陳王雖是不得不扶他當世子，可何嘗不是將老三放在風口浪尖上？

「陸三不是不明白自己的處境，他身爲世子還這般急於籠絡能人高士，防的也是如此。宮牆內有憂，他的世子能不能做到底，還得看陳王意向如何、二皇子出不出新招。這些時日來，將軍的眼光一直放在世子這個眼中釘身上，又怎會去防那溫文謙和、出身卑微的二弟呢？」

砰！陸征一拳捶在桌面，怒極而笑。

「好啊！原來事情是二弟這廝搞的！你們竟然敢自己送上門來，今日若不撕了你們，我陸征枉爲一國之將！」

所有的人全部霍然起立，情勢緊繃隨時會一發不可收拾。

身後趙虎頭立刻站到公主身畔，伸臂擋護，所有人都按著腰間的刀劍武器，只有林諾森然挺立，與將軍一瞬不瞬地互視。

「我說過了，我對陳國皇位由誰來坐一點都不感興趣。」他冷冷地道：「將軍若想找二皇子報仇，他日盡可去找，可眼下還有一個三皇子在，將軍莫非除了戴尚書一案，還想再背一條弒弟之罪？」

孟見離急促地在他身旁低語：

「將軍，此人說得有理。戴尚書事小，您若動了二皇子的人，只怕將來另起風波。」

「哼！我是怕風波的人嗎？」陸征獰笑。

「將軍且冷靜一回，先聽他們把話說完。」孟見離連連勸道。

陸征深呼吸幾下，深知其中厲害關係，「碰」一聲坐回原位，孟見離這才鬆了一口氣。

林諾立刻跟著慢慢坐下。

「你憑什麼認爲我會想和那小子合作？」

「敵人的敵人就是我的朋友，將軍不會連這樣簡單的道理都不懂。」

「好個『敵人的敵人就是我的朋友』，說來還是我小看了二弟的心計。」陸征冷笑道。

「待三皇子除去之後，將軍想和二皇子如何爭奪，卻非我等之事了。眼下我們都有共通的目標。殺世子的事，將軍不能做，二皇子也不能做。若是交給外人，又怕將來被趁隙勒索，沒完沒了。所以，還有什麼比我們這幾個亦有所圖的江湖落拓客更好？」林諾像在說一件事不關己的雜務一般，完全沒有任何情緒。

「別說得這般好聽！我知道老二在圖什麼，你們幾個又想要什麼？」

「我已經告訴將軍我要什麼了。」

陸征長眼一瞇。「你們眞的只要一個人？」

「沒錯。」

「沒有其他所求？」

「沒有。」

「你們爲了區區一個門客要拿陳國世子的命交換，這人的命看起來値錢得很。」陸征的嘴角猶掛著不屑的笑，眼神卻已銳利起來。

「一個人的重要性之於看待他的人。對將軍和二皇子，世子的命等同一國之命，在我們這些局外人眼中卻不值一提；對我們來說這人有不共戴天之仇，對將軍和二皇子卻是不值一提。」

「嗯……」

「只要將軍同意，在世子身死之後，將那人從世子的門中找出來，交給我們，此事便即談定，至於日後將軍如何與二皇子清算，那都不干我們的事了。」

「那你們想怎麼做？回京城，殺了三弟，提他的頭來見我？」

「將軍眞是說笑了。京城裡三圈外三圈包得密密實實，有誰能在那裡殺得了世子？若將軍願意加入，這事自然需要將軍出點力。」

「啊，這就是二弟派你們來當說客的原因了。」陸征露出冷笑。「說吧！你們想要我做什麼？」

「也沒什麼，就做將軍最拿手的事。」他直直看著陸征。「將軍只需立個戰功，讓世子奉王命前來封賞即可。」

「你們要我打仗？就這麼簡單？」

「說簡單也不簡單，欲殺世子，就一定要將他誘出京城。這個功勞必須大到值得君王派世子親自封賞，卻又不能大到讓君王召將軍回朝親封。」

「三弟來到我的軍中，卻死在這裡，我焉能逃得過責任？看你們根本是想一口氣替我二弟把兩個麻煩都端了。」陸征冷笑連連。

林諾嘆了口氣，用看小孩子的眼神、萬分忍耐地重複一次：

「我說過了，陳王由誰來當我們一點都不感興趣，我們只要三皇子府中的一個人。若將軍與世子都出了事，朝政必然亂成一團。二皇子羽翼未豐，又忙著安撫君心，哪裡有工夫管我們要人的事？等他有餘裕之時，那人只怕已經逃了。但若只死了世子，世子府封查歸建之事，依禮陳王必然指派身為皇長子的將軍回京主持，所以將軍活著對我們更有利。」

這是三方互相制衡的局面。

「等我把三弟誘出來了，然後呢？」

「京城至諸餘大營，說遠不遠，說近不近，路程上會發生什麼事，實在難說得很。」林諾悠悠地道：「吾等既然來投，便願意為將軍效犬馬之力，將軍軍中若有吾等派得上用場之處，盡可使喚。」

陸征往椅背一靠，冷冷地打量面前的幾個人。孟見離在一旁幾次欲開口，都被他揮手止住。

最後，他冷冷地道：「你一個宋國叛將，領著另一個宋國叛將，加一個涼國叛將和一個弱女人，頂上兩個沒用處的婢女隨從，卻說要來我陳國軍中當使喚，難道我能信你？」

「我本是異邦人，宋國陳國在我眼中都是一樣。楊校尉為宋君征戰沙場，奮不顧身，只因他母親是涼國人，宋君便誣他為涼國細作，欲殺之而後快。楊校尉以前多愛宋國，現在就有多恨宋國。公主的隨從侍女都是涼國人，我們這幫人早已與宋國劃清界限，信不信且由將軍。」

陸征雖是武將，卻不是有勇無謀、沒有腦袋的，否則也坐不上這大將軍之位。他兩次三番出言侮辱相激，就是想探探這群人的底，沒想到都像打在棉花上，林諾不冷不熱就拂過去了。

他這次會調回中州，便是因爲北邊戰事以宋國馬將軍營大敗作收，接著遇到黃龍河水患，兩方著於救水與民生，隱隱有了默契暫不相犯。如今大事都過，他是該回來對付那鎮守在宋國中軍的夏論功將軍了。

陣中有敵國降將對他既是益處，也是害處。益處是這兩名降將對宋軍內情瞭若指掌，害處是不知可否相委重任。

他和孟見離對了一眼，彼此有了默契。

「行了，你們回去吧！」陸征擺擺手道。

「將軍意下如何？」林諾冷沈地問。

「你們在這裡候著，時機一到，我自會遣人來喚。」

✶

一干人走出客棧，楊常年落在最後方。

拐了個彎，走到一個僻靜之處，他突然停了下來。

「凌姑娘，老楊就在這裡和你們作別啦！此去之路大家伙各自小心，老楊是幫不上忙了。」

前面的人一聽，全停了下來。

「楊大哥何出此言？」凌葛回頭看著他。

楊常年搖搖頭。

「凌姑娘，我知道你們要辦的是大事，不是一家一國而已，是這天頂蓋著的、所有老百姓的大事。可我老楊眼光淺短，實是做不到背棄宋國，去幫陳國那幫兔崽子打仗的事。眼下你們要投到陸征的營裡，我是做不到的。所以，在這兒跟你們告別啦！」

黃軍一聽，趕忙走到他的身旁來。

凌葛沈默片刻。

「楊大哥，人各有志，如果你眞的要離去，我也攔不了你。」她緩緩道：「不過，你若是擔心將來要去打宋國，這一點我可以向你保證，絕對不會發生的。」

「幫陸征立功誘陸三那小子出京，不就是打宋國麼？」

「立功有很多種方式，不見得非跟外國交戰不可。」凌葛道。

讓一個才剛投來的降將立刻帶兵去攻打母國，這種事別說是陸征，就算再沒頭腦的將領也不敢立刻做。

陸征一定會用他們，但不是用在跟宋國有關的對壘上，比較有可能的是找一件辦成之後有功、辦失敗變炮灰也無所謂的事。

水患剛過，陳西宋東交界處盜匪橫行，要找件事給他們做並不難，所以她才敢放心讓林諾楊常年一干人來投。

若不是陸征這種傳統武夫不信任女人上談判桌，今日出面相談的人就會是她了，幸好林諾將她事先套好的台詞說得很好。

楊常年神情變了數變，有深思有凝重有掙扎。

芊雲站上前一步輕道：「楊大哥，這一路下來，你已為大家做了許多……」

「沒的事，沒的事。」楊常年揮揮手。

「……你若真要走，我們確實攔不住你。」芊雲續道：「可凌姑娘一定心裡有計較，她怎會讓你和林諾去當那不仁不義的叛將降臣呢？」

楊常年一聽又露出掙扎之色。

末了，他搔搔頭。「凌姑娘，妳真能擔保陸征不會叫咱去打宋國嗎？咱一條命是沒關係。若他真叫咱去了，咱一口回絕最多讓他軍法處置，一顆腦袋落地，就怕到時連累了凌姑娘你們也跟著老楊一起人頭落地。」

「楊大哥，他若叫咱們去打宋國，最多咱們一走了之就是了，難道論逃還有誰逃得過咱們？」凌葛臉上泛出淡淡的笑意。

這倒是，陳軍、宋軍、死人林、景陽山都叫他們逃出來了，還有誰能比他們更會逃？

楊常年一聽，心登時寬了。黃軍一看自家校尉不走了，跟著也是歡喜。叛國賊是一定不當的，可要離開這群弟兄——他看了看凌葛和芊雲，心裡自動加上「姊妹」——也是挺捨不得的。

後來在一次飯後閒談，楊常年好奇地問道：「凌姑娘，陳王這三個兒子，妳覺得哪一個適合當皇帝？」

她想了想，回答：「陸征吧！」

「咦？」

「怎麼，楊大哥不同意？」她笑。

「我就一個在旁邊看戲的，有什麼好同意不同意？」楊常年道：「我只是以為凌姑娘會講陸三那小子。」

「哦？楊大哥覺得陸三好嗎？」她偏了偏頭。

楊常年想了想，答道：「我雖然挺不看慣陸三那小子的，不過比起來，老二陸平陰沈古怪，滿肚子心機又只敢躲在幕後，沒點大氣魄的樣子；陸征是大氣魄了，可是也霸氣，一天到晚只想打仗，有了這樣的君主，民生百姓怎能安樂？三下五除二，這麼著比較下來，陸三聰明也有了，心機肚腸也有了，便是裝也裝出了點氣度，好像他比較合適一點。」

凌葛「嗯」了一聲，目光落在遠方。

「你說得對。陸三確實是人才，而且深明一個『忍』字，既有對敵人的殘忍，也有對異己的容忍，和對手下的寬忍，無論從哪一點來看他都是上上之選。若是他當上君王，我一點都不懷疑他會是個明主呢！」

「那凌姑娘怎地又說陸征合適？」黃軍問道。

她嘆了口氣：「陸三和二皇子，兩人的背後都有太大的包袱，他們都太急著證明什麼。二皇子沒有兩個兄弟的權勢背景，『忍』字又練得沒有陸三到家，他上位之後一定會有一陣派系鬥爭的腥風血雨。而陸三……

「陸三的問題在於他野心太大了。他要的不是陳國，而是天下。他要當一個天下共主，全他外公當年無法全的心願。無論他最後要如何走這條路，都不會讓兩個哥哥牽制他。一個失了牽制的領導者，才是最危險的。他一旦上位，遲早也是會腥風血雨，只是那不是陳國的腥風血雨，而是天下的腥風血雨。

「陸征最簡單。他要的只是他理所當然應得的。他不愛財祿，因為他母族是富甲天下的歐陽世家；他雖然是大將軍，卻沒有稱霸天下的野心，只求陳國之強盛。他不像兩個弟弟心思那麼複雜，身為一個皇長子，他認為陳國皇位就應該是他的，這是他與生俱來的權利，他只是想要屬於他的那一份。

「在這個亂世裡，最簡單的人，反而是最適合的人。」

眾人一聽，皆沈默下來。

「那……我們又該怎麼做呢？」黃軍問。

她輕嘆一口氣。

「我們做我們該做的事，其他的，是陳國自己的命運，已不是我們外人能置喙的了。」

4

原以為陸征那小子會擺出高姿態，教他們一陣好等，沒想到三日後大軍之中就有人來傳召。

他們照例全員出動，由林諾領頭。

中軍大營位於諸餘附近的一個平原上，陸征在西北邊防取得優勢之後，交給幾個得力的副將督管，他自己帶了一萬二千名兵力入主中軍大營。

幾人進了大營入口，但見旌旗飄揚，有陸征的「陸」字旗，及原本的中軍守軍「劉」字和「莊」字將旗。在一片綠油油的平原上，軍帳整齊羅列，遠方校練場上傳來兵士操練的金戈聲，空氣中懸浮的是汗味、馬味和皮革味，膳食帳前飄起了陣陣炊煙，觸目所及皆是雄渾陽剛，幾個男人已經許久沒有踏入這樣熟悉的軍營裡，一時心中各自有所震動。

到底他們骨子裡都是征戰殺伐、捍衛家國的軍人啊！

尤其是楊常年，心中更是五味雜陳。

他竟然站在一個敵對陣營的大營裡。他曾經千萬次想過，有一日定要領軍踏平敵人的陣營，卻絕非是現在的情景。楊常年唯一想忠心報效的國家，已經不要他了……

身後不知誰輕觸他一下，楊常年連忙歛了歛心神。

陸征的議事帳比一般小兵丁的軍帳自然是大了不少，卻十分端肅整齊。居中一張長桌攤著一份地圖，後方有一張較長較矮的書案，是他平時讀書或批軍文之用，四周帳壁掛著軍甲和武器刀械，除此之外就別無長物了，連椅子都象徵性地在邊緣擺了幾張備用。

桌前無椅，陸征負手端立，孟見離站在他右首。他還是一樣長髮隨意綰成一束，身上一襲陳國將軍的深墨軍服，外套銀色軟甲，腰掛令牌，神情極是威武。

陸征見他披披掛掛又是一大家子帶過來，登時好氣又好笑。

「進軍營的女人，若不是來煮飯洗衣，就是進紅帳子的！」陸征沒好氣地道。

「我到哪裡，他們就到哪裡。」

林諾一身布衣短打，肩寬體闊，背著長弓。他沒有威武的銀甲也沒有閃亮的兵器，但在芊雲眼中，再沒有人比他更英勇有氣魄。

陸征輕哼一聲，領他們進來的士兵躬身退出，順手把帳幕放下。

林諾一干人近前來，公主的侍女和那年輕隨從依然守在帳口待命。

「將軍有事相尋？」林諾低沈地道。

陸征隨手把桌上的地圖對折起來，對孟見離點點頭，孟見離便從懷中掏出一張人像攤在桌上。

「這人叫宋東秦。」陸征手一比。

旁邊楊常年低低「噫」了一聲。

陸征看他一眼，點了點頭。「是，他是我方派去宋國的細作。」

「楊大哥？」林諾回頭低喚。

「他是馬將軍身旁的一個謀士，叫秦東！」楊常年恨恨地呸了一口。

「楊校尉也不需激憤，這宋東秦是個吃兩面的細作，這筆生意也不見得宋國就虧了。」陸征嘴角似笑非笑地一勾。

雙面諜麼？

林諾看了一下畫中人的長相。

這秦東，或宋東秦，眉目細微秀長，長得甚是清雅，不像個軍人，比較像一個文士。

「將軍讓我們看他又是何意？」林諾冷沈地問。

陸征冷笑一聲。「這宋東秦本該在去年七月回陳國覆命，我另有指派，不想時間一到卻未現身，我細查之後知他是雙面人，將他父母妻小都抓起來殺了——」

林諾聽到這裡濃眉深深凜起。

「——這廝卻收到消息，逃得不見人影。他既未投回宋營，也未回陳國，倒像是憑空消失了一般。」

「如果有人殺了我的父母妻兒，我也會憑空消失。」趙虎頭忍不住挖苦。

陸征一拍桌子。「哼！你是怪我下手太狠？我們從軍打仗，爲家爲國，便是戰死沙場也不當一回事。如今這廝卻是叛軍叛國，難道我還得開門揖盜，歡喜迎接不成？」

間諜戰一直以來都是一塊灰色地帶，古今皆然，他的姊姊最是瞭解，因此林諾沒有多說什麼。

孟見離道：「宋東秦這些年來來回回於陳、宋兩軍，知悉不少機密，若是放他逃到涼國、趙國或許國去，於陳宋兩軍都不利。」

「他身懷機密叛逃一事，我目前還壓得住。可三弟不是簡單角色，在我軍中自也有他的眼線，再拖下去，只怕連他都要覺得不對勁。」陸征冷冷道：「屆時沒事就罷，若是有事，他連帶損我一筆御下無方，錯信他人爲害軍機，我在老頭子面前要是再黑一層，對二弟這位『同盟』也沒有好處。」

他說「同盟」兩字格外譏刺，林諾只作不理。「將軍是要我們幫忙去找宋東秦？」

「那倒不是。」孟見離蹙起眉來接口：「我們已經查到宋東秦藏匿地點，只是要抓他有點困難。將軍本想帶兵親自去拿，是我勸阻了將軍。」

林諾擰眉看了陸征一眼。

陸征隨手又把那張折起的地圖翻了開來。

「這裡是諸餘。」他指了地圖中心處的一點。「這裡是七星蕪，在諸餘以西三十里處，是個土匪窩子，宋東秦就藏在那裡。」

「既是土匪窩子，爲什麼不直接帶兵過去端了？」楊常年莫名其妙。

「因爲它看起來是個普通平常的小村莊。」陸征冷冷道。

「他奶奶的管它看起來像什麼！既是土匪窩，帶兵一口氣全剷了就是，老子區區十個把人都剷過黑風寨，你這小子重兵在手難道還怕事？」楊常年粗聲粗氣地道。

「哼，你以爲什麼事都靠拳頭來解決？我瞧你這貨色，一輩子頂多就是個校尉的命。」陸征不屑地冷瞥他一眼。

「你——」

「楊大哥！」林諾低聲喝止他，楊常年忿忿不平地退到後面去。「陸將軍請繼續說。」

不過接話的卻是孟見離。

「七星蕪的這群匪賊甚是乖覺，他們只往外地去行搶，卻是不搶當地百姓。偶爾他們搶得多了，還會回來施放一些給當地貧民，因此他們在當地被視爲俠盜之流，地方官府也睜一隻眼閉一雙眼。」

「地方官沒有往上通報？」林諾頓時心頭瞭然。

孟見離點了點頭。

這牽扯到軍方和警方的模糊地帶，古今皆然。抓土匪是屬於警方事務，與軍方無關。若官府欲剿這批土匪卻力有未逮，向朝廷求援，那麼駐紮在近處的陸征自然是隨便派出一支兵就將那幫土匪收了。可是地方官府沒有通報，那麼軍方就沒有權力擅自出兵。

自來軍人最容易被疑的就是擁兵自重，干涉內政，陸征現在在陳王心中已經夠黑了，如果他貿然在關中出手，只怕陳王疑他更深。

此事可大可小，小者頂多陸征被參一筆「因心繫地方治安，故自行剿收匪徒」，雖是行止有違，到底也是關心社稷民生；如果從大者去作文章，那要控他目無王法，無法無天，甚至暗示他有心造反都有可能。

所以他們最好的選擇，就是找一個不相干的第三方進七星蕪抓人。

「你們不是說要幫忙嗎？」陸征冷冷地道：「這就是你們能幫的忙。我要你們將宋東秦抓回來，省我一番工夫。此人竟敢叛我，唯有以他的頭祭旗方能慰我軍亡魂，至於誘三弟出京的事，我自會設法籌辦。」

林諾回頭對上每個人的視線，最後簡單地一點頭。

「明白了，這事交給我們便是。」

✶

林諾掀了包廂的簾子進來，卻沒見到姊姊。

「我姊姊呢？」

「凌姊姊剛剛見到青粉在空中盤旋，出去人少的地方接應了。」芊雲說道。

自他們離開王京之後幾乎天天有青粉與凌葛傳訊息。但見她讀完之後神色微黯，想也知道李博士必是越見病重。

他點點頭，食指輕滑一下她的粉頰，在她身旁的椅凳上坐下來。

「楊兄和黃軍順利混進去了嗎？」桌子對面的趙虎頭問。

「進去了，我回來時順便繞到四周探了一探。」

他們落腳的這間飯館距七星蕪約有兩里，往返極是方便。

他的相貌太過顯目，所以最後決定由黃軍和楊常年進去探路。黃軍性格機靈，楊常年帶兵打過仗，深知熟識地形的重要性，因此讓他們進去他很放心。

七星蕪的地勢非常特別。關中一帶都是平原，可是這裡千百年前有河流經過，切出了深長的河谷，如今河水乾涸，河谷就成了極佳的屏障。

世上乾涸的河谷大都長得差不多：地面深切，四處亂石嶙峋，皆是風化的石壁，相較於離谷不過幾里就是豐美的樹林水田，別有一番趣致。

七星蕪位於乾谷之中，任何人若要進寨子，必須先通過一道峽長的谷道。若是有人來犯，寨裡的人只需埋伏在兩側高處，或守住谷道端點，幾乎不費吹灰之力。

雖然強勢兵力一定能衝得過去，可是太損元氣，因此林諾可以理解爲何城引不急著剿他們。只要他們別在地方上作怪，大家皆可相安無事。

據說谷內的七星蕪有圍牆，各個不同的角度皆有瞭望哨。寨門辰時開啓，酉末關閉。外人可以進他們寨子做生意，在谷道入口就先有第一道盤查，到了寨子大門口又有另一道盤查，生人在七星蕪只能待一天，寨門關閉前都得出來，想做買賣的隔天再進去。

他今早送楊常年他們到入口處就遇到盤查的人，只能等他們兩人回報了。

楊黃兩人進得去是因爲孟見離幫他們弄了一張草方郎中行走四方的通令，凌葛又給他們準備了一些跌打損傷的膏藥，孔武有力的兩人賣起膏藥來倒也有模有樣。只不知當初宋東秦爲什麼可以躲得進寨子裡，又爲他們收留？

趙虎頭來回看看他倆，忽地站了起來。「林諾既然回來了，換我瞧瞧凌姑娘去。」

他翻簾而出，省得煞人風景。

兩人當然知道他是爲什麼，芊雲俏顏微紅，白了林諾一眼，林諾忍不住將她抱到自己的大腿上，低頭細細吻住。

他堅硬的手臂圈住她，她全身都裹在他灼人的體熱下，口中是他勾動的舌，呼吸的是他的氣息，彷彿從內到外都被他佔滿。

他終於鬆開她的唇，她嬌喘細細，臀下感覺到一個硬硬的東西抵著她。

「不可以，隨時有人回來的！」她看他的眼光就是一副不懷好意的樣子，驚慌地推了推他。

「那回房去吧！」他作勢要抱著她起身。

「現在是白天啊！」她拚命推他的胸膛。他粗壯厚實得像一座大山，她整個「根基」又紮在人家身上，怎麼撼得動。

「白天也閒著沒事做。」

「凌姑娘說你要『維持情緒穩定』，少動情慾。」

「妳在開玩笑吧？」他的表情清清楚楚寫著「門都沒有」。

「眞是受不了你。」她臉紅道。

林諾低笑，額抵著她的額，深吸一口氣嗅她身上甜暖的溫香。

芊雲輕撫著他的臉，笑容漸漸淡了一些。

「你……還好嗎？頭還疼不疼？」她輕問。

「我很好，別擔心。」林諾對她保證地微笑。

「嗯。」她軟軟地偎在他懷裡，耳朵貼著他的胸膛。

怦怦，怦怦，怦怦，心臟強而有力地在他胸膛內跳動，她相信他一定會沒事的……他絕不能有事……他們一定會趕在他發病前抓到那個叫歐本的人。

雖然，雖然這表示他也將永遠離開她……

「如果能這樣一輩子坐在你懷裡就好了。」她不知不覺間呢喃出口。

她耳下貼緊的肌肉一僵。芊雲登時後悔，連忙從他懷中抬起頭。

「哪天我變成大胖子，把你腿都壓斷了。」她甜笑一下，轉個話題：「你吃過午飯了嗎？我們都吃了，桌上只剩這些菜你一定吃不飽，我們再添幾樣。」

林諾笑了一下，順著她的意。

「我們現在花得起這些錢了嗎？」

「當然。我們幫那陸將軍跑腿，焉能不講清楚價錢？我早讓大哥把該拿的錢都向那孟見離取了。」一說到銀兩，她有些得意地按按自己懷裡的錢袋子。

果然從她開始管錢之後，他們比較沒餓肚子了。林諾感嘆，賺錢的能力跟理財的能力果然是兩件事……

兩人正聊聊說說，趙虎頭突然轉進來，芊雲急急從林諾腿上起來，還不及羞澀，趙虎頭的神情讓兩人都一凜。

「趙兄，發生了什麼事？」林諾低沈的嗓音迅速問。

趙虎頭眉心皺得緊緊的，只是招手示意他出來，林諾和芊雲立刻跟了出去。

他們繞到小客棧的後方，來到地勢略高的一個小土丘上，只見凌葛背對著他們獨自站在那裡。

林諾看見姊姊的背影便心頭一緊。她雙肩下垂，一隻手覆著眼睛，肩頭微微地聳動。

他竟然想不起他上一次見葛芮絲哭是什麼時候。

她一直那麼堅強獨立，即使父母皆歿，她一個未成年的少女必須想辦法撫養一個比她年紀更小的弟弟，他都不記得她曾流露出一絲軟弱。

『Grace!』他立刻大步過去。

聽到他的腳步聲，她抬起頭，兩手抹了下臉，沒有立刻回過身。

『妳還好嗎？』他溫暖的大手按住姊姊的肩頭。

她回過頭，臉上已經沒有淚痕，但是發紅的眼眶和鼻頭騙不了人。

『他走了。』她的嗓音有點啞。

『李博士？』他輕聲問。

她點點頭。

林諾輕嘆一聲，將姊姊擁進懷裡。

『我知道他是妳非常尊敬的長輩，這個世界上沒有太多人有這個資格。』

她的臉埋在弟弟頸窩，眼淚猛地又要掉出來。她吸了吸鼻子，將它按捺回去。

『他就像是我學業上的父親。但願我畢業後曾多關懷他一些，多去找他幾次，多去和他談談天。』

『妳的工作是在守護許多人，他明白的。』林諾親親姊姊的髮心。

她鼻音濃濃地輕「嗯」一聲。

『這是他最後留給我的東西。』凌葳揚揚手中薄如蟬翼的紙，對他微弱一笑。

林諾接過來看，上頭以英文大寫很工整地寫著：「PEAS APE」，信紙曾被反覆攤看，捏弄得有些皺了。

凌葛把信接過來，輕撫上頭的字。

『這是博士寫的，秋重天說，他最後這段時間身體已經很虛弱了，只能躺在床上，只要醒著的時候就拿著這幾個字反覆看，有時要了紙筆把這幾個字母拆開組合……他到生命的最後一刻，都在想辦法幫我解謎。』

林諾又抱了抱她。

凌葛吐了口氣，把李博士最後的手跡摺好，收進懷裡，然後抽出一條手巾抹了抹臉。

「好了，我們回去吧！稍晚楊大哥他們就要回來了。」

她對他身後的趙虎頭和芊雲笑笑，自己率先走回去。

脆弱只是一眨眼，然後她又變回了那個堅強獨立的凌姑娘。

✶

「楊大哥，你會不會覺得凌姑娘最近怪怪的？」

「哪裡怪？」楊常年卸下背上背著的大木箱。

「她向來對什麼事都有見地，可現在就任那陸征牽著鼻子走。陸征叫咱們等她就等，陸征叫咱們來抓人她就來抓人，她以前不是這樣的。」黃軍打開木箱撈出一個大布包袱。

「這哪叫聽話？這叫互相合作！」楊常年巴他的頭一記。

「還有，咱們在王京沒待多久，陸三的底只摸了個半生不熟，就貿貿然跑來找陸征了，這一點都不像凌姑娘的風格。」

「呿，凌姑娘做事一定有她的道理，難道還要你教她？」

「就是她每一次都神機妙算，我才覺得她這回眞是有些莽撞。」

「你這是在說凌姑娘的不是了？」楊常年火氣登時冒了出來。

「我不是這個意思！」黃軍連忙解釋：「我是說，大哥，你想想，凌姑娘什麼事都成竹在胸，可她終究也是個凡人。像這回李博士的事，凌姑娘自離開景陽山之後就經常魂不守舍的，你從她做事都開始亂了套兒，就知道她心頭有多亂了。依我說，她只怕現在有一半心思不在這事上，偏偏咱們沒一個能幫著分憂解勞，想想我是擔心啊！」

楊常年沈默了一下。

「行了行了，總之咱們先把這邊的事幹好，接下來的事接下來再說。」頓了頓，他又說：「林諾和趙大哥都不是馬虎的人，他們兩人加一加也頂得上半個凌姑娘了，湊起來不就一整個了嗎？再不濟也有我和我那把刀，使蠻勁硬幹也就是了，總不能每次都讓凌姑娘一個人辛苦。」

兩個人加起來才湊得她一半？黃軍咕噥了一句不知什麼，不敢讓他聽見。

「你說啥？」楊常年看他那臉賊相，哪會不知道他在腹誹？

「我說，大哥……你挺喜歡凌姑娘的吧？」黃軍嘿嘿笑地頂他一下。

轟！楊常年一張老臉炸紅。

「你你你你你這個混小子你說什麼你！」

黃軍趕快跳開一步免得捱揍。

「大哥，我是說眞的。凌姑娘不會在我們這兒久留，所以你才更要把握時間啊！有道是相好一刻勝得相思一世啊！」

「你這混小子胡說八道！凌姑娘天人一般的姑娘，哪裡是我們這種大老粗亂想得？」楊常年滿臉通紅地巴他腦袋一記。

「哎，大哥你再這般矜持，將來我要是娶媳婦去了，留你一人孤家寡人可別來跟我瞎纏。」黃軍笑嘻嘻道。

「哼！瞧你這副猴樣，哪個女人願意嫁你？」

「誰說沒有？人家我早就有……」他停住，竟然有點臉紅了，不再說下去。

楊常年一見他一副眞有譜的樣子，登時上了心。

「哪家姑娘？」

「嗯……沒事。」

「說就說，吞吞吐吐，像個男人嗎？」

雖然平常老把這臭小子巴著玩，如今弟弟有了喜歡的對象，做哥哥的焉能不代他歡喜？

「八字才畫開來一撇而已……」黃軍竟然真的扭捏起來。

「什麼一撇半撇的？到底是誰啊？男子漢大丈夫扭扭捏捏的！」楊常年粗著嗓門嚷嚷。「我見過沒有？」

「見過了……就是那個青桃嘛。」他終於承認。

「哪個青桃？」

「……就咱們從黑風寨裡救出來的那個青桃啊！」黃軍清俊的小白臉好難得竟然泛紅了。

楊常年一怔。他們從黑風寨救出好多個女人，他還眞不曉得哪個是青桃。之前黃軍負責關照這些女輩，後來又陪著凌葛姊弟回去找黑風寨的姑娘問話，不知怎地和人家對上眼了。

可黑風寨那些姑娘當初都是給擄去的……

楊常年臉色一扳，正經起來。

「黃軍，有些話我先說在前頭，黑風寨這些姑娘的過往，你是知道的……」

黃軍聽他提到這事，臉色微變，不等他說完就立刻打斷。「楊大哥，別說了，我不在意她以前遇過什麼事，只要她心裡有我，我心裡有她就成了。我不能忍她受人輕賤，大哥你若瞧不起她，那……那我辦完了這趟事，就和大家告別，我和她另找安靜的地方過日子去。」

楊常年臉色轉為好笑。

「說什麼呢！你大哥是這點兒見識的人麼？」他又巴了黃軍後腦杓一下。「我就是要跟你說，你若是在意人家姑娘的出身，就別去招惹她；眞要和她在一起，就一句過去的事休要再提，不然我第一個不饒你！」

黃軍一聽才轉怒爲喜。

「是！大哥，我知道了。」

「我曉得你家裡沒有人了，這樁婚事就由我幫你作主。現在大家事忙，待事了之後，你帶你媳婦兒來拜見你大哥，我給你們熱熱鬧鬧辦一場，明媒正娶，絕不委屈你那媳婦兒。」

黃軍心下感動，喜不自勝，一聲「多謝大哥」應得中氣十足。

兩人開始認眞地張羅起來。

楊常年把木箱子放到地上，那箱子瘦瘦長長，高約兩尺，另有一塊木板附在箱壁上，他將那木板卸下來往箱上一架，就是個現成的小檯子。

黃軍將包裹裡的瓶瓶罐罐藥膏藥粉分門別類往桌上一擺，得！兄弟倆準備開張了。

他們賣藥的地點在寨門口左手邊的一個大空地，所有從外頭進來做生意的人通通集中在這裡。右手邊是屋舍民宅，當中一條是主街。

門口守衛對他們這些新來的面孔盯得比較緊，因此他們不敢四處亂走，只能先觀察一下左近的情勢。

楊常年估計這裡頭約莫百十戶人家，在街上往返的都是再平常不過的老百姓，有帶著小孩的婦人、老人家、村夫模樣的男人，做得都是再平常不過的日常瑣事。

雞販子的雞圈在圍籬裡咯吱亂叫，客人抓著雞隻掂份量；賣菜的小販使勁地吆喝，中間參雜著婦人的討價還價，「我拿一把白菜，你這把蔥就送我了」、「哎唷大娘，妳莫不是叫我血本無歸麼？妳買兩把白菜我送妳蔥」、「買兩把白菜你還得加塊薑給我」。

一個小娃娃黏在他們旁邊的糖葫蘆前硬是不走。「娘！我要吃糖葫蘆，我要吃糖葫蘆！」，「再吵回家抽你個竹筍炒肉絲！」

一間包子舖生意興隆，店主人直接就在門口蒸肉包子，肉香四溢得讓路人不買兩籠回去都對不起自己。另一條街似有間小茶樓，人來人往生意好得不得了。

若是去掉圍牆和看守，這裡簡直就和他們經過的無數座村落一樣。兩人心中生起一模一樣的疑問——

這七星蕪眞是個土匪窩？

黑風寨那才叫土匪窩！這兒他們沒見著半個長得像土匪的，起碼來個「滿臉橫肉、一身刀疤」的樣板角兒都好。

楊常年先施展一套很普通的長拳，照慣例要打得有模有樣但用力不用勁，套句凌姑娘的話就是「不能太專業」，以免引來疑慮。黃軍敲鑼打鼓負責吆喝，先賣了一批驅風油、傷痛膏之類的成藥。

趁他打完一套拳喝水時，黃軍靠近了他嘀咕：

「大哥，若我們就這麼打巧，真在街上遇到了宋東秦，要怎麼辦？」

「那還怎辦？秦東這小人原來是個細作，瞧我不先拆了他兩條腿子！」楊常年瞪眼睛。

其實他和秦東雖然同效於馬將軍旗下，相交卻是不深。一來他是武將，不耐煩和那些腦子裡七、八百個轉兒的謀士們打交道，二來他守的是馬將軍營的偏鋒，每有軍令若不是馬將軍直接召他去見，就是由傳令兵傳令，因此他和秦東並沒有什麼交集。只除了在幾次大戰之前，或勝戰之後的慶功宴曾短短見過數次。

儘管如此，想到當時以為是自己同一邊的人原來竟是敵人細作，這一口氣他怎地都嚥不下去！

「人家陸征說他名字叫宋東秦啦。」

「呸！他名字配有個『宋』字嗎？秦東就是秦東。」

「……可是陳國也有姓宋的人啊！」

「呸！那是他們祖上八代積德，將來等宋國平了陳國，老子叫他們通通改姓！」

「……可是咱們大宋也有姓陳的呢！」

「那是咱們心胸寬廣，兼容並蓄，不計較他們姓陳。」

可是陳國的國姓其實是「陸」耶！他們宋國也有姓陸的人……

後來黃軍覺得這個問題太深奧了，再解下去他們兩個人都要鬧頭疼，所以他決定中止這個討論。

楊常年喝完了水，挺了挺胸，繼續下場打第二趟拳。

「我說，你們這傷風散有效嗎？怎麼賣？」一把清脆響亮的嗓音忽地響了起來。

黃軍回頭一看，竟是一個略有姿色的女子，約莫二十四、五歲，不算特別年輕了，不過做的依然是未婚姑娘的裝扮。他立刻堆起這些日子以來練得非常純熟的叫賣笑容，把那傷風散拿起來。

「大嬸，妳不曉得，這是我們葉家祖傳獨門祕方的傷風散——」

「停停停！」那女人瞪圓了黑白分明的眼睛。「什麼大嬸？我看起來像個大嬸嗎？」

「大姊，大姊，對不起我說錯了，是大姊。」黃軍連忙陪笑。

「哼，敢叫我李四姊『大嬸』，當心明年此時你墳頭上的草長得……嗯，長得跟他一樣高。」她四周看了一下，往楊常年身上一指。

楊常年謹慎地回頭看看她，挪開幾步遠繼續打拳。

黃軍見這姑娘性子麻辣俐落，心頭也是一樂。

「大姊，來來來，我給妳好好說說這傷風散有什麼門道——」

他展開三寸不爛之舌，又說又掰又誇又讚，適度的吹捧再兼幾句迎合，登時哄那李四姊歡喜異常。

「瞧你那張嘴會說的，死人都給你這傷風散醫活了，以前怎不見你們來過？」

「我們不就是四處賣藝的浪人麼？今兒難得來到貴寶地，還望大姊多多照應。」黃軍趁機道：「大姊妳是這七星蕪裡的人嗎？」

「是啊，土生土長的。」李四姊大方承認。

黃軍見她健談，故意壓低了聲音：「大姊，妳別怪我說事，我們來這兒之前聽說，七星蕪裡住了一些強人……可我怎麼瞧，大姊妳都不像強人啊！這話到底是眞是假？」

「你問這個做什麼？」李四姊橫他一眼。

「怎麼能不問呢？我們行走江湖的人最講究的就是身家安全，誰聽了這種話能不害怕呢？」黃軍縮了縮脖子。

「你們不是會武藝嗎？」李四姊的眼光轉向楊常年，露出毫不掩飾的欣賞之色。「我瞧你哥哥打起拳來虎虎生風，一個擋十個的模樣，難道還怕人生事？」

楊常年正在打一招「游龍擺尾」，一回頭正好對上她的目光，一個激凌趕快再使一招「左顧右盼」繞開來。

「我們這點功夫在道上防身是可以，遇上強人那就是萬萬不行了。」黃軍笑道。

李四姊笑了起來。「擔心什麼？你們只要規規矩矩做生意，不惹麻煩，麻煩自然不會來惹你們。」

她拿出銀錢付了傷風散的錢，悠哉游哉地走了。

這日回去之後，黃軍和楊常年把寨門口的地形仔仔細細說了，門衛多久換班一次，瞭望台多久換班一次，巡邏又是多久經過一次。凌葛依著他們的話畫下地形圖，直至畫得分毫不差爲止。

隔天他們繼續來上工。

這回他們挑了空地的另一頭，算是七星蕪的西北角落，已經鄰著塞子西側的圍牆。圍牆外與山壁中間還有點距離，約莫可容一輛馬車通過。若七星蕪的人將整片乾谷佔據，倒不明白他們爲什麼不乾脆把地全圍了，卻留了條外道在牆的另一頭。

他們沿著圍牆望去，到五丈遠之處牆便順著地勢微微彎了個弧度，再看不過去了。不過黃軍說他好像看到一點點一堵相接的橫牆。

這有些奇怪，若說七星蕪內進只有到橫牆處的五丈深，對面那兩角落應該會設有瞭望台才是，然而他們目光所及卻沒有瞭望台。

無論如何，他們還是把一切暗記在心，繼續賣藝賣藥。

到了下午，那李四姊又出現了。

「咦？你倆今兒又來了。」李四姊站在最前面，正一臉欣賞地看著楊常年矯健的身手。

楊常年一招「猛龍過江」正好穿江倒海而來，猛一迎上她俏生生的臉蛋，一個叫嗦馬上一招「藏頭露尾」縮了回去。

不知怎地，這女人亮晶晶瞅著人看的樣子就讓他渾身彆扭。

「我們是賣藥的嘛，哪兒生意好自然往哪兒來。」黃軍也看出了這婦人對自家大哥挺有興趣的樣子，笑嘻嘻地道：「大姊，妳今兒又來關照小哥我的鋪子了？」

李四姊被他左一聲右一聲的「姊」字叫得挺受用的。

「你那傷風散眞是不錯，我昨天回去給我家小狗兒吃了，牠眞的立馬不咳了。」

「小狗兒是……大姊的兒子麼？」黃軍小心翼翼地問。

「什麼兒子？姑娘我還是黃花大閨女呢！你作死麼你？」李四姊立刻變臉。

能怪他嗎？在她這年紀還未婚嫁的女人本來就不多啊！

「是是是，我就想四姊看來這般年輕貌美，哪裡像有個兒子的模樣？哈哈哈，那小狗兒是……？」黃軍連忙陪笑。

「小狗兒自然就是我養的狗了。」李四姊傲然一挺。

「妳……妳把我的傷風散拿去餵狗……」黃軍臉色如土。

「喂，小狗兒是我從巴掌大一點一點地捏著，好不容易給養大，跟我的親弟弟一樣，難道你看不起牠？」李四姊不客氣地道。

「這我懂，養久了都是有感情的。我以前有一匹馬，我和牠感情特好，牠一有點兒毛病我比誰都焦急。」黃軍思念起他在軍營裡的馬匹。

「那就是啦！小狗兒這幾日染上傷寒，一直不好，老是吭哧吭哧地咳，我託了人從外頭帶了藥，都不見起色。昨天買了你的藥想碰碰運氣，沒想到真的見效了。」

「當然，就說是我們家葉家獨門祖傳祕方嘛！」其實是諸餘城裡老招牌的藥行買的，品質自然好。

話說他們這一桌子藥都是臨時到諸餘買現成的回來，凌葛自然不可能有時間一一調配。他賣出去的錢都是以土方子的價來計，起碼虧了一半，幸好本錢不是他們出的。

想想，這應該就是傍大款的感覺了……

「你大哥這拳打得挺紮實的，好看得緊，跟哪個師父學的？」李四姊雙臂盤胸，索性欣賞了起來。

黃軍看看場中央飛舞的楊常年，再看看李四姊，再看看楊常年，腦中靈光一閃。

「大哥，來來來，你也累了，喝點水吧！」黃軍不管三七二十一拿了牛皮水袋就往場子裡走。

楊常年一招「倒打蒼松」硬生生收住，看看他再看看他身後笑容燦爛的李四姊，全身維持姿勢不動，蹬蹬跳開兩步。

「來來來，打了一天拳了，一定累了。」黃軍熱情地遞水壺，趁勢低聲說：

「大哥，接下來你得幫幫忙……」

兩人不知說了什麼，最後黃軍拉著一臉不情願的楊常年走到攤桌前，黃軍的笑容亮得都可以閃花人眼了。

「四姊，今天人散得早，離關寨門還有一個時辰，我們哥兒倆想上茶館吃點兒點心，妳要是不介意，一起來吧！」

四姊看看躲在他身後假裝很認眞在收東西的楊常年，燦燃一笑。

「好吧！」

收拾好了東西，三人往街頭的茶館走。李四姊在前，兄弟倆在後頭拳來腳去。

「我這輩子最討厭就是跟女人混在一起了……」

「噯，你現在也習慣了。」

「跟你說了，這事我不在行……」

「可以的，沒問題。」

李四姊回頭一看，兄弟倆立刻換上無事人的笑臉，只是楊常年那張笑臉擠得有點像狗兒在露牙齒。

三人一坐下來，點好了茶點，黃軍立刻鼓起三寸不爛之舌，天花亂墜地同李四姊聊了起來，聊天主題當然不脫她心儀的男主角楊常年。

「後來我們兄弟倆流浪異鄉，眼看舉目無親，阮囊羞澀……」他比手畫腳講得精彩異常。

凌姑娘說過，一篇好的謊言是七分假話夾三分眞話，因此他說楊常年父親早逝啦，曾在軍中待了一些時候啦都差不太遠，只是把地點和他自己的一部分背景融進故事裡，讓他們兩兄弟的故事聽起來可歌可泣，到了最後楊常年儼然是個爲了照顧弟妹、犧牲自己青春、四處賣武賣藥賺錢的好男人。

李四姊聽得如癡如醉，兩手撐著下巴癡癡望著楊常年。楊常年只敢半側坐著，一隻手捂著臉，從頭到尾不敢正視她。

「這般說來，你們父母雙亡之後就全靠你哥哥了。」李四姊嘆息。「這年頭，有責任感的男人已經很難找了。」

「是啊！拖到現在我大哥都三十了，好不容易有了點積攢，妹妹也嫁出去了，我們正想著找個地方落腳，也好開始爲未來做打算。可妳看我大哥那木訥樣兒的，哪個年輕姑娘肯嫁他？」黃軍連連嘆息。楊常年咕噥了一聲不知什麼。

「不一定要找年輕的呀！」李四姊連忙道：「年輕姑娘輕浮跳脫，哪裡懂得欣賞成熟漢子的優點。」

「是是，我就想著幫他找個年紀差不多的，性格穩定的好姑娘，大家湊和湊和。不然他做大哥的不成親，我做弟弟的敢搶在前頭麼？」黃軍不禁爲自己一掬同情之淚。

「你自跟你的春桃相好去，我又沒攔你……」楊常年嘟噥。

「青桃。」黃軍糾正他。

「呿……」楊常年眼睛餘光一對到李四姊充滿希望的眼神，一個哆嗦趕快再側過去捂臉。

「你說得對，本來就男大當婚女大當嫁的嘛！」李四姊熱心地道。

「噯，四姊，妳別介意我問。我瞧四姊容貌豔麗，氣質高貴，活生生一個美人胚子，怎麼……到現在還沒許了人家？」黃軍熱情地問。

李四姊深深嘆了口氣。

「不就眼界高了點嗎？你瞧這整個七星蕪的男人，歪瓜爛棗、嘴歪眼斜的，哪一個值得託付終生？」她特意看楊常年一眼，深深嘆了口氣。

也……沒這麼嚴重吧？黃軍心想，不過嘴上還是連連附和。

「是是是，四姊天人一般的模樣，哪拿隨便許一個凡夫俗子呢？」頓了一頓，他壓低了嗓音：「四姊，妳也知道我們兄弟倆在找個安家立業的好處所，老實說，這七星蕪實是個不錯的地方，既離群索居又交通方便，偏偏那土匪窩的傳言……我們實在是心裡泛疙瘩呀！」

李四姊頓了一頓。「你們在這裡沒有親戚朋友，也是不能久住的。」

「所以這裡眞有土匪啊？」黃軍壓著嗓門問道。

李四姊遲疑一下。

楊常年見狀，粗裡粗聲地補了一句：「若是這兒不太安寧，咱們明天便啓程吧！天下總有留人處。」

李四姊一聽，連忙道：「我只是說沒有朋友的人不能留嘛！現在我不就是你們朋友了嗎？那什麼土匪的，反正大家井水不犯河水，何必想這麼多嘛，是不是？」

「咦？」黃軍瞪大了眼睛。

楊常年終於第一次坐正了身子看她。

李四姊心頭一喜。「這是不是土匪跟咱也沒什麼關係。其實，十年前的七星蕪不是這樣的。當時的七星蕪還叫『七星村』，就是這乾谷裡落了幾十戶人家，沒現在興旺。有一天，有幾個人騎馬來找村長，說他們看中這個地方，想立地生根，不過他們不會為難地方，還會幫著建屋修路。

「後來他們蓋了圍牆和一堆屋子，在落成的那一天呢跟村裡說好了，想離開的人他們會送點錢財放人，絕不為難，可是一旦走了就不能再回來，想留的人只管照以前那樣過日子，以後這塊地頭就歸他們保護。

「村子裡的人窮啊，只得一間屋子一片地，哪捨得走？再者這些日子以來他們也真不犯事，許多人就乾脆留下來了，只走了四、五戶人家。這些年下來他們從另外一頭的門進出，出入都走牆外那條小路，真做到了承諾不來打擾。我們除了出入麻煩些以外，反倒因為有了他們少人來生事，日子過得更安穩了。

「你要說他們在外頭都做些什麼、是不是土匪，我們沒再過問，總之就是大家相安無事唄！」

「所以那些人是住在村後頭？」楊常年沈聲問。

這是他第一次和她說話，李四姊喜得眼波流轉，笑靨如花。

「是啊，我們住在村子的前半邊，中間他們蓋了一道牆，他們自己住在牆的另一邊，大家出入都是分開的，只有守門和崗哨上的是他們的人。」

「那他們要到村子裡來吃喝看戲還得繞上大半圈？」黃軍奇道。

「那倒不用，中牆上有門的。」

「嗯，原來如此。」黃軍點點頭。

他看了看楊常年，兩人默契十足，楊常年立刻開口：

「李姑娘，妳可不可以帶我們在村子裡逛逛？我們兩個生人自己亂走，怕讓守門的大哥誤會。」

「那有什麼問題，瞧瞧而已嘛。」李四姊馬上答應。「我家住在後面這頭，離中牆的門不太遠。」

楊常年掏錢付了帳，三人走出茶館，李四姊眞是對他強壯挺拔的身骨越看越歡喜，熱情地走在他身旁。黃軍自己識相地退到後面去，心頭暗笑。

若這李四姊眞和大哥看對眼，說不準就一樁現成的良緣，總比只能看不能碰的凌姑娘強得多。

李四姊先帶他們到自家附近晃晃。村子中央確實有一道中牆，和四周圍牆一樣都是丈許高。他們站在圍牆前，隱約聽見那一頭有叮叮咚咚的敲打聲響，似是在開挖什麼，只是距離有些遠聽不眞切。

中牆的出入口另有人戍守，外人要無聲無息地進到另一面，幾乎是不可能的事。

寨門要關的時間近了。

「四姊，我們得走了。」黃軍道。

李四姊只得和他們依依不捨地道別。此時，中牆的門突然「吱嘎」一聲打開，楊黃兩人下意識回頭一看——

步出來的人和他們一打照面，恰是宋東秦！

5

客店裡的幾人正等著楊常年和黃軍回來吃飯，沒想到等來的卻是一個大姑娘。

「你們便是葉大哥的弟妹麼？」那大姑娘一進了門，急急忙忙地叫。

所有人抬頭看她。凌葛主動迎了上去，掛上親切的笑容。

「我們是葉楊、葉軍的姊妹，這兩位是我們的夫婿，姑娘，妳找誰呢？」

「我叫李四姊，是村長的女兒。」李四姊眼睛紅紅的，幾要急出淚來。「妳們哥哥在七星蕪裡鬧事，被那些頭目給扣住了！葉軍被拉走之前，託我趕快來這裡跟你們報個信兒。」

幾個人互望一眼，凌葛挽住她的手，溫柔問道：「四姊，妳可不可以說眞切些，到底發生了什麼事兒？」

李四姊大概講了一下前情提要。

「——我正帶著他們兄弟倆在前村晃呢！後頭的宋頭目突然開門過來，原來他們三人是認識的。我見他們三人見面說了些客套話，正好家裡頭叫吃飯了，宋頭目跟我說他會送他們出去，我只好自己回家。

「沒想到走開沒幾步路，身後突然炸了鍋，我回頭一看，三個大男人扭打成一團！我急急回去要勸，可我一個人怎麼勸得住三個大男人？沒多久，後頭的人被驚動了，馬上衝了過來，就將妳兩個兄弟給扣住了。」

「他們又不是官府，怎麼可以私自扣人呢？」芊雲不平地道。

「你們不曉得的。外頭的官府管不到我們七星蕪裡的事，後面那些人雖然和我們前村的人交好，卻不待見外人。如今妳大哥又在地頭上鬧事，被扣了去，看來不拿點錢出來只怕贖不回去。」李四姊抹抹眼角道。

凌葛沈思半晌。「四姊，寨子的門關了，妳今晚怎麼辦？」

「噯，我就只想著要來跟你們說，也顧不得那許多。」她怏怏道：「就不知你們大哥知不知道我為他這般辛苦啊！」

這大姑娘真是直白得可愛，原來是看上人家了。眾人憂心之餘，也不禁好笑。

「多謝姑娘，不如妳今夜先睡我兄弟的空房，明天一早，還要麻煩妳帶我們過去，再怎地也得把事情弄清楚來龍去脈才行，總不能由他們說了算。」凌葛溫聲道。

李四姊點了點頭，芊雲挽起她的手，帶她到楊常年和黃軍的房裡去。

剩下的三個人面面相覷。

「那宋頭目，莫非就是宋東秦？」趙虎頭眉心一鎖。

「就算楊大哥脾氣急了些，再怎樣也有黃軍在，應該不會放任事情發展至此。」凌葛沈思道。

「或許宋東秦認出他們，想大聲張揚討救兵，楊大哥和黃軍不得不出手制住他。」林諾跟著推斷。

「可是照李四姊的說法是他們三個人打成一團，驚動了其他人才被抓起來，表示宋東秦並沒有一開始就大聲嚷嚷。如果他沒有張揚他們的身分，楊大哥和黃軍一定明白在對方的地盤上討不了好，怎可能莽莽撞撞地與對方動上手？」

「妳認爲另有隱情？」

「嗯，李四姊稱他『宋頭目』，表示他不是我們想像中躲進去尋求庇護的人，他和七星蕪關係匪淺。」她思索片刻，實在漫無頭緒，最後只得輕嘆一聲——

「不必多猜了，總之明天進去一探即知！」

✶

來到七星蕪的「會客室」，凌葛和林諾眞是感慨萬千！

好久沒有這種「回家的感覺」了。

簡陋的一方土屋，當中一張桌子，門口站兩個人，嫌犯坐在桌前，這活脫脫是他們在阿富汗或土耳其一些偏僻山區偵訊犯人的場景。凌葛大部分坐辦公桌，偶爾才會出差到前線去偵訊相關證人，林諾就眞的如游魚回到水中了。現在就差雷達、巴格西那幾個小子荷槍走進來。

樣。

兩人不由自主地深深吸了口氣，連那種帶著泥土塵沙的氣息嗅起來都一模一

幾人看著坐在桌後的黃軍，楊常年卻不見人影。這張桌子和椅子看來也是臨時搬來的，若不是看在有女眷，可能大家都得罰站。

「一刻鐘！」門口的守衛喝道。

「我大哥呢？」芊雲不平地對著門口的守衛叫。

「一次只能見一個！」那守衛喝道。

「你們又不是官府，憑什麼自己扣著人不還？真是土匪麼？」芊雲再叫。

「少囉嗦！官府也管不到我們七星蕪的事，再囉嗦就通通給我滾回去！」

芊雲怒視他一眼，心不甘情不願地坐下來。

七星蕪有自己的守衛，自己的規矩，自己的監獄，一切條條有理，完全不似黑風寨那樣的烏合之眾。若是不說破，這裡反倒像個小小的軍營了。

兩個女眷在桌前坐下，林諾和趙虎頭站在兩旁。黃軍左頰有一塊青腫，形容狼狽，兩隻手被反綁在身後，除此之外看不出什麼大礙。

還未說話，向著寨子的那扇門忽地打開，一個穿得比較乾淨的中年人走了進來。他約莫四十出頭，留著兩撇山羊鬍，見家屬都到齊了，自己拉牆邊的一張椅子往桌子旁一坐。

「我叫羊漢沖，是這七星蕪管事的，這樁事兒，老大讓我來管管。」他看了兩

位姑娘一眼，對黃軍笑道：「看不出你倒有兩個這般俊的妹子，這幾位都是誰？」

「這是我二姊，這是我三哥，」芊雲指了指凌葛和黃軍。「站我姊姊後頭的是我姊夫趙虎，這高大漢子是我夫婿林諾，你可別嘴巴不清不楚的。」

她扮小嗆辣椒的個性倒似模似樣，可見她本質裡應該就有這種性格。林諾捺回一絲笑意。

「四姑娘也來了。」羊漢沖對在門口探頭探臉的李四姊招呼一聲。

李四姊有絲惴惴。「羊頭目，你知道我是不敢管你們後頭的事兒的，只是那葉楊，我敬他是條漢子，所以……」

羊漢沖一聽便笑了。

「這我省得，我們也不是不講理的人，這兒的事四姑娘妳不便插手，還是回去吧！」說完他向門口的守衛一點頭，守衛立刻半請半架的讓李四姊離開。

離去前，李四姊回頭再看幾眼，終於死心地嘆了口氣，快快離開。

她倒是實心實意。在這個保守的社會還有如此勇敢追尋自己意愛的女人，凌葛不禁有點欣賞。

「姑娘，可知妳兄弟闖了什麼禍？」羊漢沖好整以暇地拂了拂衣襬。

「這事兒我想聽我弟弟親口說，羊頭目不要見怪。」凌葛徐徐地道。

羊漢沖點了點頭，示意黃軍說話。

黃軍一雙眼緊盯著凌葛，臉上忽然出現憤憤不平的神情。

「二姊，妳可知我們昨天遇到什麼人了？」

「誰？」

「秦東！」

「哦？」

「就是幾年前咱們在宋國認識的那個秦東，妳還記得吧？當時大哥見他爲人不差，便作主把二姊妳許配給他，兩人一起在宋國成家立業，那秦東一開始不也是滿口應好麼？」黃軍忿忿道

羊漢沖頓時岔了口氣，當場咳了起來。

「嗯。」凌葛不動聲色。

「那一日秦東跟咱們說，有大事要去做，若是他日能活著回來，定來履約，可他一走就是三年，二姊妳青春有限不能再等了，大哥眼看他不會再回來，所以讓妳改嫁了別人。」黃軍一踢桌腳。「昨日我們在七星蕪裡見著了秦東，卻是喜出望外，原來他還活著！大哥和他寒暄了幾句，連忙問他怎地這些年不見了？害二姊妳苦等了他幾年。妳猜那秦東怎麼說？那秦東竟說心中其實一直有個意愛的主兒，如今既然到了七星蕪，和我們不是同路人了，不能再回去找我們。大哥聽了當然生氣啦！要他自個兒回頭跟妳賠罪。

「那秦東道：『反正你二妹也嫁人了，何須多此一舉？』大哥道：『我不管你個春秋冬，你得親自爲你先前認的婚事道歉。』」

嗯……不管春秋冬麼？

夏。

「那秦東卻道他沒回來找二姊算來是還大家一個清靜，所以他一點過錯都沒有。大哥聽了當然跳腳，指著他鼻子罵：『好你個秦東，你欺我妹子，卻說你無過。』二姊，妳自己說說，咱們不論他過要論他什麼？」

不論他過，難道論他功嗎……

凌葛緊緊盯著他，他也緊緊回視凌葛。

羊漢沖連連咳嗽，沒想到竟然在這裡聽見兄弟這等尷尬事。

末了，凌葛輕輕啓齒：「那秦東可有說他的心中人在哪裡？」

「那自然是在這兒了，還能在哪裡？」

夏論功。

宋國中軍大將夏論功，正在七星蕪裡。

凌葛頓時心頭雪亮。

原來這是黃軍和楊常年故意被扣下來的原因。

陸征說宋東秦吃兩面，表示他不只爲陳國做事，也爲宋國做事。現在看來，他更有可能是爲宋國做事，所以他憂慮夏論功的處境。

她不知道宋東秦的故事是什麼，夏論功將軍又爲何會在七星蕪。無論如何，宋東秦昨天必然表明了身分，向他們說明事由輕重，黃軍和楊常年不敢大意，非得親自一探不可，乾脆鬧事被扣下來。

「秦東這個人講的話還可信嗎？」她輕聲道。

「我瞧他賭咒的模樣兒不假，能不能信個十足十很難說。」

「你是親眼所見麼？」

「我是親眼看見了，可我也搞不大懂到底是什麼情況。」

也就是說，黃軍確實見到一個長得很像夏論功的人，可是他還無法百分之百確定。

另一顆燈泡在她腦子裡亮了起來。

所以陸征要宋東秦！

敵營大將突然自陣中消失，無論消息封鎖得如何嚴密，都有走漏的機會，陸征或許是聽到了什麼。

目前只有兩種可能：

一、陸征懷疑夏論功在七星蕪，但他無法肯定，又不能輕舉妄動。若是他擅自對老百姓興兵，結果沒抓到夏論功，他先吃不了兜著走，所以他必須先確定情況。

二、陸征不知道夏論功在七星蕪，但他知道夏論功不在陣中。出於某些原因他認爲叛離的宋東秦知道夏論功的下落，所以他要抓宋東秦來問話。

抓宋東秦是副，擒夏論功是主，這才是陸征要他們抓宋東秦的眞正原因。

陸征錯在沒有想到宋東秦竟然會向楊常年求援，他以為宋東秦現在是人人喊打的老鼠，楊常年等人不會相信他的話，但他錯估了宋東秦的立場和楊常年的慎重。

黃軍得如此迂迴婉轉地暗示，表示夏論功在這裡的身分並未暴露，七星蕪的人還不知道他們寨子裡囚了一個宋國的大將軍。

不過，若宋東秦真是七星蕪的頭目，為什麼會無法弄出一個簡單的人犯？他又為什麼會是七星蕪的頭目？

疑問一個接一個，卻沒有一個有答案。

凌葛非常明白，若夏論功真的困在七星蕪，楊常年就算拚了自己的命也要救他出去，那只是更麻煩而已。

不過，情勢目前的發展於她不見得不利，或許她所求之事，最終都能兜起來一口氣解決……

「我明白了。」凌葛輕輕嘆了口氣。

黃軍心頭一鬆。

凌姑娘明白了！

凌姑娘明白那便有救了。

「咳，宋頭目心中的主兒是誰？」羊漢沖沒忍住八卦魂。

所有人瞪著他。

「那當然是李四姊了。」黃軍迸出腦子裡的第一個人名。

「噗！」羊漢沖一口氣沒順好嗆到。

凌葛忍不住現出一絲笑意。

「喏，現在水落石出了！」芊雲一拍桌子，指著羊漢沖鼻子道：「這事說來是你們理虧，對不起我二姊在先，我大哥才出手打了那姓宋的，你們快放人！」

羊漢沖神情尷尬無比。宋兄弟怎地沒先跟他說是爲了這種醜事呢？他若說了，自己鐵定不插手，眞是晦氣。

是說這葉楊的妹妹容色氣質比李四姊強不知多少倍，要是他，他寧可選眼前這一個。

再瞄了豔若桃李、冷若冰霜的凌葛一眼，他又改變主意。天天抱著個冰人兒有什麼樂趣呢？不如和那根嗆辣椒吵吵鬧鬧過日子還熱活些。

可現在寨裡極需壯丁，葉楊葉軍兩兄弟都是身強體健的男人，原本就沒打算放他們回去，這下子可有些爲難了。

「無論如何，他們兩兄弟打傷了我寨裡的人是事實……」羊漢沖清了清喉嚨，見芊雲凶巴巴一副要翻臉的樣子，趕緊補一句：「就算宋兄弟對不起你們，昨天被傷的那幾個兄弟可沒有，他們可是好心去勸架的。」

「你騙人！」芊雲激憤道。

「羊頭目究竟要怎樣才願意放人，不如說吧！」凌葛的嗓音如水激清冰，冷冷冽冽。

她越是沒大情緒，羊漢沖越覺得悚。

「昨日有三個兄弟傷了手指，宋兄弟傷了腳趾，四個人加加減減，便一百兩吧！」他只能硬著頭皮按照原腳本演出。

「一百兩！」芊雲跳了起來。

「我們沒有一百兩。」凌葛淡淡地將她按回去。

就是知道他們沒有一百兩。基本上他們從各地「藉故」帶回來的壯丁，通通沒有一百兩。

「沒銀兩也成，那就做工抵數吧！」羊漢沖繼續道：「算你們運氣好，寨子裡需要人手，他們只要留在寨子裡做工，七個月讓你們抵一百兩，夠了吧？」

「七個月！」芊雲又跳起來。「男人打混架，便是官府判拘役也判不到七個月，況且是那負心漢該死。」

羊漢沖咳了兩聲，往凌葛的臉上瞥去，凌葛清豔的笑容一勾，他心一虛連忙轉回來，再咳嗽兩聲。

「行了行了，老大有交代，這個葉軍惡性不深，昨天主要是在勸架，所以可以先放他回去，可是葉楊非留下來不可，讓你們先帶一個回去已經折價一半，我們吃虧了。」要不是那宋東秦幹事不夠漂亮，他何必白放一個人？真是！

芊雲扁了扁嘴，實在是氣不過。

「姊姊，妳說怎麼辦？」下一步要怎麼做？

凌葛眼光不經意地掃了林諾一眼，再看了看黃軍，兩人都和她的視線對上。

「七個月一下子就過了，」羊漢沖笑道：「小娘子精神這般健旺，不如趁這幾個月給妳哥哥添個外甥，他一出來看見小外甥，不就什麼都開心了麼？」

不想後面那個不發一語的彪形大漢突然一掌拍向桌面。

「你這賊猴子！你說這話是調戲我媳婦兒麼？」

整張桌子跳了起來，所有人還沒反應過來，那大漢盤子大的手已經箍住羊漢沖的脖子，將他老鷹捉小雞似地提在半空中。

黃軍發出一聲戰吼，凌空飛躍過整張桌子，現場登時亂成一團！

門裡門外所有守衛怒喝一聲，全衝了過來，兩個女眷同那懦弱的二姊夫趙虎縮在牆角。守衛們又推又拉，死命要將扼住羊漢沖脖子的大莽漢拖開，間或還要閃躲雙手被反綁的黃軍腳踢嘴巴咬。

人人忙得滿頭大汗，身上又是鞋印又是咬痕，辛苦了半天終於將這三個纏成一團的人球拉開！

結局揭曉——

所有鬧事的通通扣下，服完七個月牢役才能離開！

✶

他又被關起來了。

話說他來到古代被關起來的次數已經可以抵掉他下半輩子的量了——如果他還有下半輩子的話。

……算了，不想這個。

其實要離開這裡並不難，他已經有一些想法，要如何和夏論功搭上線才是比較麻煩的事。

「蹲下！叫你蹲下聽到沒有？」寨裡替他搜身的人非常粗魯，又踢又推的。

黃軍算是「老鳥」了，在旁邊連連阻止。

「噯，大哥，你輕點兒，你別看我妹婿皮厚骨粗，他不禁打的。」

「住嘴！你好大的膽子，竟然打了一個頭目又打一個頭目，老子沒剝你兩層皮算你命高！」

「我哪裡打了？我這不是在勸架嗎？」黃軍苦著臉蹲在林諾身旁。

「勸架會整個人撲過去？」土匪守衛踹他一腳。

「我這是犧牲小我，用我的身體保護他呀！」黃軍叫屈道。

「我呸！」

林諾帶的包袱被沒收了，土匪守衛對他包袱裡一堆零散的部件一頭霧水。

「這什麼東西？」

「我妹婿是打鐵的。這是李大娘的菜刀柄，這是張阿寶的鋤頭尖子，這是鄭七叔的牛鼻子環……」

「我問你了麼？他自己不會說話？」

「我這妹婿腦筋慢了點，說話不大靈光。」黃軍快問快答。

林諾眼神難測地瞄他一眼，黃軍給他一個白牙閃閃的笑容。

「什麼菜刀鋤頭的，這一束明明是箭！」

「是了，那是錢四郎要的箭，他是個獵戶。」

「這箭怎麼長得跟我們的箭不太一樣？」土匪守衛疑心道。

「這我怎麼知道？客人要我們怎麼做，我們就怎麼做唄！下回要是遇見錢四郎我們幫你問問。」

他每個問題都答得又快又準，一時還真問不倒他，林諾不禁好笑，看來說話的活兒都交給他好了。

「你們給客人的東西幹嘛帶到我們七星蕪來？這分明是凶器！」

「大哥，瞧你一表人才相貌堂堂的，怎麼說起話來這般不講道理？」黃軍立馬叫不平。「我妹子他們八成就想著來探完了我和大哥，要去客人家裡交貨收錢，現在人和貨都被你們扣了，兩個姑娘家自個兒在外頭怎麼生活？嗚，我苦命的妹子哦！嗚，我苦命的姊姊啊，嗚——」

「行了行了，吵死了！」土匪守衛被他哭得心煩。

門又打了開來，守門的人探頭說了句「宋頭目來了」。

「哼！你們倆給我乖乖蹲著。」土匪守衛拿著查扣下來的包袱往外走，其他幾個監視的人也一起退了出去。

宋東秦和幾個寨內的弟兄錯身而過之時，每個人看他的眼色都古古怪怪的，他被看得莫名其妙。

最後一個扣著林諾包袱的守衛走出去，一看到他就發出一個類似哽到的笑聲，趕緊咳兩聲掩飾。

「宋頭目，好好跟他們說說就是了……咳，男人嘛！誰不沾點兒花花草草的？兄弟們就站在外頭，有需要就大聲喊。」土匪守衛拍拍他的肩膀笑著離去。

什麼跟什麼啊？

宋東秦被搞得莫名其妙。

其實他是不該出現在這裡的，正在想要用什麼理由解釋，好讓他單獨和黃軍等人談談，沒想到他們自己全走光了。

還順道幫他帶上門？眞是怪哉！

黃軍一見了他就快人快語：「我跟他們說你爲了李四姊拋棄了我二姊所以你現在是負心漢不過在他們眼中是眞男人！」

宋東秦腳一滑差點跌倒。

爲什麼……

李四姊……

爲什麼……

他的表情眞正是咬牙切齒、痛苦萬分。

「噯，先鬆綁再說，繩子都咬進肉裡了。」黃軍側了側身子。

宋東秦深吸了口氣，上前幫兩人割斷腕上的繩子。

「這一切是怎麼回事？」林諾沈聲開場。

黃軍快速將昨日在七星蕪的事說了一下。

原來昨日見宋東秦從中門出來，楊常年第一時間就想動手將他擒住，可是黃軍機靈，知道他們在別人的地盤下討不了好，趕緊擋下楊常年。

原本以爲他們得眼睜睜看著宋東秦逃掉，猶有甚者被他大聲嚷嚷揭穿身分，沒想到宋東秦見著了他們，臉色變了好幾變，突然笑容滿面地過來打招呼。

「這不是楊兄弟麼？」

「宋頭目，你認識他們？可他們不姓楊，他們姓葉。」李四姊一見他們竟然是認識的，一下子也意外。

「是啊是啊，時日久了，我竟然記錯了，是葉兄弟。」

黃楊兩人不知他搞什麼鬼，黃軍順勢堆上笑臉。「宋大哥，好久不見了。」

正好家裡出來叫人吃飯了，李四姊只好抱憾而歸。

宋東秦藉口要送他們出寨門，卻把他們引到一個轉角，還來不及說話就被黃楊兩人制住了。

「天堂無路你不走，地獄無門你闖進來。」楊常年恨他當細作，一掌就想打暈他。

宋東秦掙扎著從被黃軍箍住的喉嚨裡擠出話來。

「楊兄且別惱，大事要緊，夏論功將軍在這裡。」

楊常年和黃軍頓時體會到傳說中「虎軀一震」的滋味。

時間緊迫，宋東秦只能倉促地說道，因緣際會夏論功被抓回七星蕪。寨裡的人並不知道他的身分，可一旦身分被揭穿卻是危險得緊。況且軍中不能日久無大將，早晚要出事的。

此事非同小可，黃楊兩人不敢大意。看宋東秦凝重的神情實是不像作僞，再則他就算眞要抓他們，直接喊人就是了，不須騙他們這一招。

門口關寨的鐘聲在敲，兩人時間急迫下，不暇細想，索性演了一招全武行，先被扣進寨裡一探究竟。

李四姊一轉頭就發現他們打起來了，嚇得哇哇大叫，黃軍只來得及跟她喊一句：「四姊救命！快到意來客棧跟我兩姊妹說她們兄弟被扣下來啦！」就被後頭趕出來幫手的人帶走了。

隔日清早，黃楊兩人被趕去作工，遠遠果然看見一個極似夏論功的人，可是他們一時無法接近，正在苦惱著有什麼辦法，凌葛等人就來寨裡看他們了。

寨裡只准一個人出去，黃軍是表達能力比較好的那一個，所以由他見客了。

「夏論功爲什麼會在這裡？」林諾沈聲問。

宋東秦對他的問話卻是有些遲疑，忍不住看黃軍一眼。

「他是宋國新虎林諾，我們都是一起的。」黃軍道。

宋東秦露出恍然之色。林諾斬露頭角之時他已經離開宋營，因此兩人從未見過面。

「夏論功爲什麼會在這裡？」林諾再問一次。

「七星蕪裡有些工事需要人手，本地的人工不足，因此兄弟平時會到外地去……『找』一些壯丁回來。」宋東秦臉上略現出尷尬之意。見兩人黑黑的臉色，他連忙說：「我知道兩位在想什麼，這實在是……咳……不過七星蕪倒也沒有委屈他們，該吃該喝該睡該用的沒少過。我們是『土匪』，又不頂眞是『土匪』。工期結束了，會給點零花放人。有些壯丁家裡頭狀況不好，反倒是在這裡做得順手之後，願意繼續留下來，轉成聘僱的。所以黃兄弟你昨天看見的工人，倒不全是『找』回來的。」

「行了，我們對你們的醜事不感興趣。」林諾不留情面。

宋東秦只得苦笑。

「因爲七星蕪的工事有隱密性，工人每隔一段時間就會換一批，所以他們定期要出去……『招募人才』。」他道：「約莫四個月前，寨裡的弟兄又帶了一批人回來，裡頭有兩個是當初跟著夏將軍一起離開宋營的弟兄。

「這兩人一個叫夏青，一個衛虎，對夏將軍忠心耿耿。以前他們奉將軍的命來馬營傳過訊，所以我識得他們。自夏將軍離營之後，他們也跟著將軍一起走了。

「我一看見他們三人在人群中，假裝不認識，只問了我弟兄這些人怎麼來的。他們說，當時他們出去招人，正好在路邊看到這夏青鬧肚子，只有他的朋友在旁邊照料。他們說夏青弄髒了他們的馬，看他體格不差，只是一時肚痛，便找個理由把他們哥兒倆都帶回來。

「結果大家起程不久，他們的大哥追上來了。那大哥和七星燕的人好生打了一場，可我們人多勢眾，夏青當時又病得慌，一直乾坐在路邊也不是辦法，所以那大哥索性投降，跟其他人一起被帶回來了。」

「我一聽就知道那第三人必是夏將軍無疑，我心頭發急，卻苦無方法下手救人。

「隔了兩天，夏青衛虎被放了出去。我趕快問羊漢沖是怎麼回事？羊漢沖卻道，原來夏將軍主動向他提議，他弟弟病著，受不得操勞的，況且也需要人照料。如果他們需要人質，不如由他一個人頂替兩個弟弟也就是了。

「羊漢沖心想抓個病人回來確實也是不便，於是當日便放了夏青衛虎，只留夏將軍一人在此。」

宋東秦一路講下來，黃軍卻聽得莫名其妙。「你在說什麼？夏將軍平日若不是在中軍營裡，便是回京覆命，怎麼會半路被你們抓了去？」
「黃兄弟，你不知道麼？」宋東秦訝異地問。
「知道什麼？」
「夏將軍四個多月就已掛印求去、解甲歸田了，如今已是平民之身，不再是中軍主將。」
「你……你說什麼！」黃軍霍然起立，臉都青了。
宋東秦見了他吃驚的情狀，才知他渾不曉得宋國發生了此等大事。
最後，宋東秦淺嘆一聲，語音轉爲沈沈：
「宋廷裡鷹犬橫行，夏將軍雖是武將，卻有俠心，性格又太過耿直，不屑和那些人虛與委蛇，自然不見容於朝堂了。或許解甲歸田對將軍不是壞事，否則依他的性格，終有一天要出事的。」
「怎麼……怎麼會……」黃軍腿一軟跌坐回去。
這些日子他們在外流浪，竟不知宋國軍權起了天翻地覆的變化！
先是楊校尉，再是夏將軍……所有誠正之人若不是遭誣，便是遭陷，難道，難道宋軍眞的氣數已盡了麼？
他眼中有著沈重的悲憤，林諾輕嘆一聲，輕拍他的肩膀。
「所以你一看到夏論功就和他接上頭了？」林諾回頭問宋東秦。
「那倒不是。」宋東秦搖搖頭道：「我和楊大哥一樣都效力於馬將軍營，與中軍認識不深，和夏將軍也只有一面之緣，而且是隔得很遠看過幾眼。我是從夏青和衛虎推斷在他們身旁之人是夏將軍，可是卻無法確定。

「我向來敬重夏將軍爲人，想要營救卻苦無方法。他負責挖地坑的那一路，可那一路不是我該去的地方。這四個月來我只能盡量找機會試探，想知道他是否眞是夏將軍，並且讓他知道我想幫他，可是他以爲我是七星蕪的頭目，自然不會跟我表明身分，也不相信我，我只能在一旁乾著急。」

「他八成知道你是陳國細作，當然不會相信你。」林諾冷冷地道。

「……林兄說得是。」宋東秦苦笑。

「你既是陳國人，當然爲什麼投到宋軍旗下？」林諾得先弄清楚他是敵是友再做打算。

宋東秦微現躊躇之色，最後只得一聲長嘆。

「這是我家中私隱，與眼前的事無關，還請林兄莫再多問，再問我也是不會說的。我投入宋營是誠心歸附，並未向馬將軍瞞過我的來歷，七年前馬將軍問我，可願意投回陳國陸征麾下？當時軍中有些事需有人在陳軍中互通聲息，我同意了。沒想到回到陳軍不過三年，陸將軍卻問我願不願意潛回宋軍？」他苦笑。

所以，他確實是兩面諜。

「所以你就背叛了宋國？」黃軍神色不善地瞪著他。

「不，馬將軍是知情的，」宋東秦正色道：「我們不過將計就計，餵了些假計謀給陸征。可是我的身分在陳軍終究被識破了，馬將軍知道我處境艱難，於是便允了我退役返鄉的要求，我半年前才找到這群老朋友，原來他們已在七星蕪落腳。」

他嘆了一聲：「那日我見他們從外頭帶回來的人中竟然有夏將軍在，我吃驚之深，比起你今日只怕只多不少。」

「你既是細作，又怎會變成七星蕪的頭目？」林諾問道。

「這得說到我的這群兄弟們。」宋東秦嘆道：「七星蕪幾個頭目互相有極深的淵源，我們祖上都是累代的世交……好，我便直接說吧！我們祖上有訓，終生不得出仕。我父親卻是一身才學不甘被埋沒，因此違了祖訓，在陳國做了官。他的個性和夏將軍極相似，都是耿直不阿的人，這樣的人最不見容於官場……」

說到這裡，他神情一黯。「唉，總之我父最終被陷，聲名敗裂鬱鬱而終，那時我才十七歲，一個氣不過，才離開陳國跑去投了馬將軍旗下。後來得馬將軍重用，勉強有些功績。如今這些都是往事不堪回首，不說也罷。」

「你既然回來當了七星蕪的頭目，又怎麼會連幾個人犯都弄不出去？」林諾皺眉道。

「先不說夏將軍不識得我，不會配合我的行動，即使他認得我……」說到這裡，宋東秦苦笑一下。「林兄你有所不知。我這趟歸鄉，這幫兄弟不計舊怨接納了我，依然視我如兄弟，可我處境卻是有些尷尬。他們不會委我大事，我亦沒有任何實權，說白了就是閒人一個，要我無緣無故放幾個人出去而不引人疑竇，還眞是無從下手。」

「若是夏論功的身分暴露，他們說不定會想利用他和宋國交換贖金，這未嘗不是脫身之法。」林諾皺眉道。

「萬萬不可！」宋東秦臉色一變，「我們祖訓雖是不得出仕，卻終身效忠陳國皇室。若他們知道敵國大將夏論功在他們手中，一時三刻間便處死了。」

「你倒是很擔心宋國大將被處死。」林諾諷刺地一笑。

宋東秦臉色極是森寒。

「林諾、黃軍，我知你們疑我，此事本也無可厚非。我雖是陳人，卻效力於宋國。即使沒有這層關係，有一件事我是深信不疑的：兵者不祥之器，不得已而用之。如今宋陳兩國爲爭國勢，互相興兵，於百姓只是害不是利，這一點我的想法與夏將軍一樣，是以對他久仰萬分。

「夏將軍遲遲不肯開戰，導致中軍一路被臨陣換將，現在宋國大家忙著爭權奪利，我只怕將來主將人選一定，中軍再度開戰，從此百姓又要生靈塗炭了。

「夏將軍在軍中威望太深，宋君遲早會想通，找他回去重掌兵符，只有他回去才不會再發生無謂戰事。我們無論如何得保他平安回返才行，不能有任何差池。」

「林大哥！」黃軍緊緊地盯著他。

「你和楊大哥眞的看見夏將軍了嗎？」林諾低聲問他。

黃軍遲疑了一下。「今早我們被趕在一堆工人裡頭，遠遠看見一個人長得確實像夏將軍，可是我們近不了身去看。」

「你有幾分確定？」

「八成吧！」

林諾沈吟半晌。

他已經可以預見葛芮絲要說什麼：夏論功能不能回宋國關我們什麼事？我們怎麼把宋東秦誘出七星蕪比較重要。

但他面對黃軍癡癡的眼光，實在說不出口。況且，他雖然不認識夏論功，這些日子以來聽到的關於夏論功的事，也敬這人是一條好漢。

以夏論功的能力，當初要脫身並不困難，他是爲了生病的手下才甘願被俘，如此重情重義的男人，林諾無法見死不救。

「無論如何，先想辦法弄清楚再說。」林諾沈聲道。

宋東秦和黃軍都鬆了口氣。

「那凌姑娘那裡……」黃軍問。

「我會和她說。你們這兒是可以會客的？」他看向宋東秦。

宋東秦點點頭。「名義上進來的人都是來還債或掙錢工作，不是人犯，當然可以會客，只是會客有規定，一個月只得四次。」

那比較麻煩。每一次的聯繫之間都拖太長了。

「李四姊呢？」黃軍忽然想到。「李四姊是前村的人，也算是自己人吧？她若是三、兩天來探我大哥一次，應該不至於讓人起疑。」

宋東秦沈吟半晌。「這……或許可行。只是李四姊肯麼？」

黃軍笑了起來。「有我楊大哥在這裡，她肯定天天來都願意！」

「天天來是不成的，或許三、兩天來一次可以安排。」宋東秦看他們一眼。「兩位有什麼計策麼？」

「暫時沒有，我們得先進去找到夏論功……」林諾話聲未斷，門就被人推開來，兩人趕快低頭做出一副垂頭喪氣的樣子。

「宋頭目，人我們得帶進去了，今天要做的事還多著呢！」土匪守衛笑著道。

「咳，那就這樣了！」宋東秦站起身，森然地看兩人一眼。「總之，你們只要安分一點，我也不會爲難你們。」

他衣襬一拂，揚長出門。

「宋頭目！」那土匪守衛突然追了過去。

「怎地？」宋東秦心中一跳，臉上維持鎮定。

「大頭目問，咳……宋頭目如果……呃，瞧著他們心裡不痛快，不如乾脆讓他們走，趕得遠遠的也就是了，省得天天看了煩心。」土匪守衛走過來，在他耳邊低語。

他說到這裡，表情想笑又不敢笑。

宋東秦心裡把黃軍那混帳小子罵了千八百遍！無端給他搞出一樁爭風吃醋的戲碼，害他現在成了眾人笑柄。

他無奈，只得借題發揮。

「不用了！不給他們點顏色瞧瞧，他們還以為我宋東秦是好吃的果子呢！讓他們做點苦工，吃吃苦頭！」他憤憤大步而去。

6

林諾不敢相信自己的眼睛。

七星蕪的人說著「做工、做工」，他本不明白他們在說什麼。

這果然是一件必須親眼所見才能相信的事。

原本平平無奇的一座七星蕪，在他眼前展現開來。

他彷彿目睹著大峽谷在他眼前生成！

他一點都不懷疑千百年之後，在這個時空的奇觀之一將是這片峽谷，猶如他們世界的萬里長城。

一整片乾涸的河谷在呈扇形在整個七星寨的後方展開。

七星寨後面是微微下滑的地勢，他站在工寮的門口，最遠可以看見超過四公頃的乾谷，河道四分八裂，將地表切開成蛛網一般的裂紋。

有些河谷綠意較濃，殘留薄薄水域，但多數都是光禿禿的石壁。

在不同條河谷之間，有許多工人正拿著鐵鍬、圓鎬等工具在挖鑿，目測起碼超過六十個人，其他看不見的地方更不知道有多少。

他們的工作似乎是將不同河道之間挖穿相連，有一部分的人在通往地下的坑道口進出，表示這裡另有地下通道。

他現在明白爲什麼陸征不會隨意帶兵來剿，因爲這幾乎是不可能的任務。首先，七星蕪只要守住河谷前段的通道，魚貫而入的士兵就先被一個個擊破。即使強攻通了，後面這四通八達的乾谷，幾百個人全散進來也如走入迷宮一般被稀釋。

而從平原上的制高點來攻一樣不可得，因爲散開的河道太廣，他們站在邊緣怎麼射都射不到躲在谷線裡的人。

這個戰略位置太完美了，易守難攻。

但，他們眞是土匪？

林諾看著一長排整齊的工寮，井然有序的食棚，七星蕪的牢頭雖然嚴密監工，沒有揮舞的長鞭或謾罵，沒有奴工被毆打虐待或餓肚子。他覺得他看見的是一群進退有據的軍事組織——紀律嚴明，賞罰分明。

事實上，宋東秦談到的那些背景讓他想到另外一群人……

「走走走！愣在這兒做什麼？」那土匪守衛推了他一把，將鐵鍬塞進他和黃軍手中。

「大哥，貴姓大名？」他突然問。

「你問這做啥？」

「我來到這兒，就只認識幾張面孔，大哥你是其中一個，交交朋友。」

「你這傢伙倒有趣。」那土匪守衛笑了起來。「你大舅子說你傻，我瞧你倒沒多傻。罷了，讓你知道也無妨，我叫周鐵七。」

「以後承蒙周大哥照顧了。」

「行了行了，快進去。」周鐵七揮揮手。

七星蕪的工寮和工地之間有一道柵門，林諾與黃軍跟著其他工人走入柵門裡。進去之後他們被分成左、中、右三股，林諾和黃軍被引往右邊的那一股。他回頭看了一下，左邊那股是往一個坑道口下去，中間那股則是走向中間段的乾河谷。

宋東秦說他們每隔一段時間會換一批人，工作於不同區塊的人也會互相隔離，看來他們為了不讓任何人知道完整的地形，下了極大功夫。

這幾天日頭極好，雖是陽春三月，四周的工人依然挖得滿頭大汗。他不用「人質」或「奴隸」形容是因為這些人看起來就像是尋常工人。

「楊大哥呢？」林諾拿起圓鍬，開始挖鑿谷壁。

黃軍在他旁邊搖搖頭。「我不曉得，不過他床位就在我旁邊，如果中午吃飯沒見到，想來傍晚收工也會見到。」

「你們在哪裡看見夏論功的？」

四周的工人著實不少，監工的人站在制高點監視，兩人壓低聲音說話，幸好都被挖鑿的聲音掩蓋過去。

「他應該是負責挖地道的那支，今天早上我看見一個形貌頗似他的人，下了左邊那個坑。」

「嗯。」林諾點了點頭，四下看一眼。「先想法子和楊大哥會合。」

結果，中午時分沒見到楊常年，卻見到一個他們意想不到的人——

「林諾！」韓必生眼睛瞪得大大的。「咦，那不是黃軍嗎？你們怎麼在這兒？」

黃軍趕快示意他噤聲：「噓，現在我叫葉軍！」

韓必生捂著自己嘴巴，連連點頭，示意他們坐到桌尾去。

每一區的工人是分開來吃飯的，中間拉條繩索隔開，守衛會來回巡視，不准他們跨區互相交談。

韓必生從食帳裡端了一大籮剛蒸好的麵餅出來，擺在發放餐食的桌子上，肩膀上一條白巾子，像極了店小二。

韓必生拿了乾肉、麵餅、青菜和一碗湯，坐下來同他們一起吃。

「林大哥，黃軍，你們也來這兒上工？」

「什麼呢！我們被抓來的，你見到我楊大哥了嗎？」黃軍趕快問。

「哎呀，原來那個人眞是楊大哥啊！」韓必生一拍大腿。「我稍早看到一個人就覺得面熟，可是我想楊大哥沒理由一個人跑來這兒，所以不敢過去認他。」

「他在那裡？」林諾低沈的嗓音像是從胸膛深處震出來的。

「他應該在左近。現在吃飯的人多，那些大哥都是一批一批的帶人過來，待會兒我看到了他，跟他說你們在找他。」韓必生承諾道。

林諾回頭看了一眼。

工人的人數比他想像中更多，現在看到的已經有七、八十個人，後面還不知有幾批人。

「有些人不回來這兒吃飯。」韓必生發現他在打量，主動告訴他：「有幾條路挖得深了，在裡面另外開了營地，裡面的人都在那邊吃，睡也在那裡頭。」

「那裡頭」不知是哪裡，如果他們幾個人被分開就麻煩了。

「你怎麼會在這裡？」林諾回過頭來問他。

「是啊！韓老爹還好吧？」黃軍也關切。

「我爺爺很好，他現在跟我姊姊一家住在一起。」韓必生笑道：「我在我姊夫家住了一陣，想想也不能一直寄人籬下，後來到了諸餘去討生計。我在那裡的一家飯館跑腿當差，老實說賺的錢不多，不過那大廚肯教，讓我學了點煎煮炒炸的本事。我就想著將來掙夠了錢，自己可以搞個小麵攤子。」

「結果你也遇到這幫土匪了？」黃軍翻個白眼。

韓必生笑了起來。「被你說中了，我有一回出城幫掌櫃的帶些香料回來，半路上遇到一群馬販子，不小心驚走了他們的一匹馬，他們硬要我拿五十兩銀子出來賠。我哪裡賠得出五十兩銀子？就被他們押回來幹活兒抵債了。」

「看你的表情不像很擔心的樣子，你家裡的人都不在意嗎？」林諾看著他。

韓必生搔搔頭。「我沒跟家裡說。我做滿了一個月本來要回去，不成想那羊頭目拿了四兩銀子出來，說我幹了一個月的工，抵掉了馬錢還有零頭。」

他瞪大眼轉向黃軍。「四兩銀子啊！我在諸餘做跑堂一個月也不過五兩，還得扣食宿。後來那羊頭目問我是做什麼的？我說我是當小二跑堂的，也會煮點吃食。他說正好食棚裡缺人手，要不我留下來幹個半年，一個月給我七兩銀子。七兩銀子呀！半年就是四十二兩銀子，我回家鄉都夠開小攤子的本了，當然留下來幹。」

黃軍和林諾互看一眼。

看來宋東秦說有些人是自願留下來並不假，這也解釋了在這裡工作的人爲什麼沒有太多愁苦之色。

這招其實很聰明，先把人帶進來，然後利誘他們留下，最後大家就變成自願的，然後定期換一批人，直到工事結束爲止。

所以，七星蕪的人出門不是去搶錢，而是去招人。

只是這整個河道修鑿完畢，怕不要花上幾千兩，他們的資金來源是什麼？

「所有工人都是被拐來的嗎？」林諾低聲問。

「那倒不是，有些是從附近僱的，有些是外地人來做工，也有前頭村子裡的人，和我一起煮飯的都是前村的婦人。」

食棚那邊突然有人在叫：「人呢？青菜還沒炒，怎地人就不見了？」

韓必生匆匆站起來。「林大哥，黃軍，我先忙兒去了，你們還需要什麼儘管告訴我。」

「我想請你幫一個忙。如果你能出去，到意來客棧去找我姊姊，將你今天告訴我的話全告訴她。」

「凌姑娘也來了嗎？」韓必生喜道：「好，寨裡的菜蔬剛好吃完了，我明兒一早得去鎮裡採買，正好繞過去一趟。」

「謝謝你了。」林諾道。

韓必生擺擺手，快步回到食棚去。

那一晚他們果然在自己睡棚子裡見到回來的楊常年。

楊常年一見到他愣了一愣，隨即歡喜地過來同他攬肩拍背。

原來他確實和他們在同一區工作，只是他進到比較裡面去，所以白天才沒見到。

林諾看了看滿棚沈睡的人，示意他們到後面的茅廁去說話。

這間睡棚和其他所有睡棚一樣，左右兩長條土坑，中間一條走道，茅廁在底端的土牆後頭。

這種通舖雖然簡陋，遮風擋雨卻是足夠的，只是這時代的人不時興天天洗沐，勞動了一天之後一群人睡在一間房裡，氣味不能說太好。

林諾倒是不太介意，以前和雷達他們出勤務，也經常躲在沙漠或密林裡，一去十幾天，不見得天天能洗澡，過不了幾天每個人就開始出味道了。

他早就習慣了艱難的環境，不過換成葛芮絲可能會尖叫逃走。

她和他不一樣，她是習慣文明生活的人，來古代一趟真的難爲她了。

「知道夏論功在哪裡嗎？」林諾低聲問。

楊常年搖搖頭。

「這樣不是辦法，我們須得換到夏論功那一區去，最好有一個人留在這裡，弄清楚外面的引道地形。」林諾道。

「這個宋東秦或者辦得到，可是我們分開了兩邊，要怎麼互通信息呢？」黃軍問。

「韓必生可以幫我們傳話。」

「嗯。」楊常年點點頭。

「你們在幹什麼？」巡夜的守衛指著他們大喝。

「撒泡尿唄，大哥！」黃軍哈哈一笑，三人隨便解了下手，回到棚子裡睡覺。

✶

翌日，韓必生來到意來客棧，見到故人自然是一片歡喜。

敘過了別後情狀，他將林諾交代的事一一向凌葛說了。

凌葛神色淡淡地聽完，對他一笑。

「多謝你了，韓公子。」

「凌姑娘千萬別這麼說，若不是你們，我和我爺爺早死在北大荒了。」

「韓公子，我有件東西要麻煩你帶進去。我準備一下，請你稍等我片刻。」

「一定，一定。」

韓必生見她衣褸飄飄地走上房間去，一縷光線從中庭投在她身上，輕弱得像要消失一般。

「芊雲姑娘，幾個月不見，怎地凌姑娘的氣色看來不太好，說起話來總像神思不屬似的？」他輕嘆一聲，回頭問芊雲。

「她……最近有個關心的長輩過世了，心情不太好。」芊雲輕嘆。

「芊雲姑娘，妳別怪我多事，現在林大哥、楊大哥和黃軍他們人在七星蕪裡，雖說處境一時無虞，將來會有什麼變化卻是難說，現下正是最需要凌姑娘的時候，妳得請凌姑娘千萬振作一些。」

「我明白的，謝謝你。」芊雲感激地道。

凌葛在樓上著實忙活了一會兒，終於又走了下來，將一個小瓷瓶交給韓必生。

「這是林諾的頭風藥，他昨天去得急，我沒能將藥交給他。請你把這藥瓶交給前村村長的女兒李四姊，讓她探望的時候交給楊大哥得了。」

「我可以直接拿給林諾的。」韓必生道。

凌葛但笑不語，芊雲含笑接過話頭：「那李四姊對楊大哥挺有情意，凌姊姊是要給她做個機會啊。」

韓必生恍然大悟。

「那我明白了。凌姑娘妳放心，我一定要把藥交到。」

✶

隔天宋東秦藉故到工地來巡視，林諾趁機將換營的要求同他說了。宋東秦想了想，一計上心來。

「喂，老周。」宋東秦將周鐵七拉到旁邊去。

「宋頭目有什麼事？」

「我瞧那三人精神不錯，根本是外面風景太好，他們不當一回事兒。你幫幫忙，把他們丟進那黑不溜丟的坑裡去熬熬，我瞧了也解氣。」

周鐵七遲疑一下，做個人情給寨裡的頭目，於自己有好無壞，遂也同意了。

黃軍一聽要將他們調到坑裡，死活都不願意，講著講著又要開始哭他可憐的姊姊和命苦的妹妹。宋東秦和周鐵七被他搞得頭疼，又想他確實是三人之中「犯後態度」最好的一個，便允他繼續待在外頭，林諾和楊常年調去挖地道。

林諾和楊常年拿著自己鋪蓋正要換到另一營去，不想前頭有人來叫。

的樣子。
「葉楊！」
守衛一過來，看見宋東秦也在，表情一時僵住，然後慢慢露出想笑又不敢笑
宋東秦已經開始習慣寨裡的兄弟用這種表情看他了……
「咳，葉楊，前頭有人來看你。」那守衛再看一眼宋東秦，搖搖頭往回走。
凌姑娘這麼快又來探？楊常年一愣。
林諾對他點了點頭，自己和守衛先到新營區去。
宋東秦陪著楊常年一起走到會客的土角屋去。楊常年一見到來人，嘴巴掉下
來。
宋東秦直接腳跟一轉往旁邊閃去，連進都不進去。
「葉大哥。」李四姊開心地站起來對他招手。
「……」楊常年不曉得該怎麼辦。
「本來不是家屬不能來探的，不過李姑娘是前村自己人，給她破個例不妨。你
們……咳，一炷香時間，有話快說。」守衛端出正經八百的表情往牆角一站。
楊常年只好慢慢地走到桌前坐下。
「葉大哥，你還吃得好睡得好吧？」李四姊熱心地問。
「嗯。」
李四姊解開自己帶來的包袱，拿出一包還冒著熱氣的麵餅。「我給你做了幾個

餅，你拿著吃。啊，你衣服夠不夠暖？要不要我給你捎件襖子來？」

「夠暖，夠暖。」楊常年黑黝黝的臉開始發燙。

「那你還缺什麼沒有？」李四姊溫柔地看著他。

楊常年不曉得要說什麼，一張臉越來越紅。

李四姊問他什麼，他都是「啊、噢、呃、嗳」回答，李四姊最後索性也不問了，下巴撐在雙手上癡癡地看著他，楊常年直被她弄得手足無措。

兩人就這樣無聲對坐著，她拚命看楊常年，楊常年拚命不敢看她，角落的守衛拚命忍著笑。

「好啦，一炷香時間到了。」守衛清了清喉嚨。

「這麼快？」李四姊露出失望之色。「葉大哥，你明天要我帶什麼來給你沒有？」

「李姑娘，寨裡有寨裡的規矩，妳天天來，我對上頭很難交代。最好隔個三、兩天來一次妥當。」守衛忙道。

「好吧！」李四姊悵悵然看楊常年一眼，慢慢起身。「那，葉大哥，我走了。我改天再來看你。」

「嗳，嗳。」楊常年只敢看著地上。

瞧你一塊木頭似的！不會講幾句「我定會天天盼著妳來」這種好聽話哄哄姑娘麼？守衛在後頭翻白眼。

「你眞缺什麼一定要跟我說，不要客氣。」李四姊走到門口還依依回頭。

「噯，噯。」

看他眞不打算多說什麼了，她輕嘆一聲，抬步跨了出去。

「李姑娘。」楊常年突然叫。

她伸出去的那腳馬上收回來，熱切地跑回桌前。「什麼事叫我？」

楊常年一對上她亮晶晶的眼神，心裡一慌，撲通又低下頭看著地面。

「那個……我妹妹她們……」

「你放心，她們說會在附近找個人家落腳，等你們出來。」李四姊突然想到什麼，趕緊從懷裡拿了個小瓷瓶出來。「對了，幸好你提到你妹妹，我差點忘了。阿葛姑娘說，這藥是給你妹婿的，他昨兒沒能來得及帶上，託我順道幫她們帶過來。」

楊常年一聽，趕緊將藥瓶接過來。「四姊，多謝妳了。我那妹婿身子確實不太好，幸好妳給他帶了藥來。」

「是麼？我瞧他高頭大馬、健碩非凡的，不成想身上竟是有病。」李四姊道。

「拿來我瞧瞧。」守衛將瓷瓶搶過去，揭開塞子，一股草藥味兒衝人鼻觀，有些刺鼻。

他倒出幾顆藥丸聞了一聞，看來是尋常藥物無誤，於是將瓷瓶又還給了楊常年。

「他的頭風症是胎裡帶來的，平時說沒事就沒事，一犯起來卻是疼得滿地打滾。」楊常年極是感激，連連道謝。

李四姊看得心花怒放。眞是天天爲他表哥表弟姊夫妹婿帶藥都願意呢！

「好了，該走了。」守衛粗魯地拉起他。

後頭的門打開，宋東秦頭微微一探，看李四姊竟然還沒走，趕快又躲回去。

「宋頭目！宋頭目，你過來，我有話跟你說！」李四姊連忙走過去叫人。

宋東秦在門後冷汗如瀑。

「喂喂，李姑娘，後頭妳不能進去！」守衛趕緊道。

「我跟他說兩句話就走。」李四姊只要是對別人說話，那甜如水的溫柔嗓子就不見了，一喊起來老遠都聽得到。

宋東秦只好硬著頭皮閃進門裡。

「咳，李姑娘有何貴幹？」

「宋頭目，我都聽說了。本來呢，宋頭目也是一表人才，不過我已經有喜歡的人了。我喜歡那種體格壯碩的，會打拳耍棍的，皮膚黑黑的，肯顧家，有責任感，看起來木訥老實，讓女人覺得安心的男人。我一個人也不能分給兩個人，所以今日索性在這裡說得明白些，也省得讓宋頭目白白苦等，就算我李四姊辜負你的情意了。」李四姊對他嘆了口氣，爽快俐落一口氣說完。

「……」宋東秦。

「……」楊常年。

「……」守衛咬緊嘴巴。

「好，那大家就這樣說明白了。葉大哥，我過兩日再來瞧你。」李四姊解了自己深陷的「三角迷雲」，歡歡喜喜地離開。

當天下午消息傳遍全七星蕪──宋頭目失戀，葉楊大獲全勝。

★

楊常年原以為又會像昨天一樣，下了工才見得到林諾，沒想到他一跟守坑道的人說家裡送藥來，他們直接把他領到正在幹活兒的林諾面前。

「有藥就快吃，別死在我這兒晦氣！」守衛啐了一口。

林諾點點頭，倒出一顆藥來放進嘴裡。守衛看他們兩眼，走回坑口去。

他們是新來的，負責在坑口清運送出來的沙土。他們頭頂上有一條滑軌，坑裡的人挖的沙放在木桶裡，吊上滑軌送出來，坑口的工人便將沙土集中成一堆，再一一剷走。

林諾趁守衛不注意閃到其中一堆沙土的後方，吐出口中的藥丸。楊常年跟在他後面，一見連忙問：「你不吃藥麼？」

「我吃的藥不是藥丸。」林諾看他一眼。

是了，凌姑娘以前給他的都是湯藥。楊常年省悟。

林諾將掌中的藥丸用指甲切開，一張薄如蟬翼的紙條露了出來。

他倒出所有藥丸，將每顆藥都用指甲切開，十顆藥丸子裡有四張有紙條。這紙條是她平時青粉傳信用的紙，兩人藉著角落的火把將紙條看了一遍。

一張寫著：知道了。

一張寫著：趙已探路。

一張寫著：內部地形。

一張寫著：宋東秦。七日。

林諾仔細看過每顆藥丸，其中九顆形狀氣味都一樣，其中一顆卻稍稍比其他幾顆大一點，顏色帶點紅褐。他捻起來湊近鼻端一聞，味道也不太一樣，有種刺鼻的甜味。

他濃濃的眉蹙起，最後只將這顆重新揉成一團，放回瓶子裡。

「這顆是什麼？」楊常年莫名其妙。

「不知道。」他乾脆地道。

「那這幾張紙條是什麼意思？」

他指了指第一張。「這張是說韓必生已去找過她，將內部的情況說與她聽，她說知道了。」

指指第二張。「這張說趙虎頭已經在河谷外頭探路，找找有沒有聯外通道。」

指指第三張。「這張是她要我們把查探到的內部地形記下來。」

說到第四張，他卻停了下來。

「這張什麼意思？宋東秦什麼七日？」楊常年忙問。

林諾終於說：「她說宋東秦才是我們的目標，七日後收網，我們所有人都得離開七星蕪。」

「那夏……那『他』怎麼辦？」楊常年急急低語。

「還有七天，不要急，我們先找到人再說。」林諾低聲安撫他。

「如果七天內沒找到人呢？如果找著了人沒法子讓他一起出去呢？」楊常年急了。

林諾只是看著他。

楊常年漲得臉紅脖子粗，一腳踢飛一大片沙石。

「你幹什麼呀你？」其他正在挖沙的工人大叫。

「哼，讓開！」楊常年夾手搶過一柄鐵鏟，憤怒地走到一旁狂鏟沙了。

林諾低頭看著手上的紙條。

葛芮絲，妳在想什麼？妳要怎麼做？

7

氣氛有些奇怪……

今天是第七天，凌葛給的期限，也是他們除了被抓進來那天以外的第一次家屬探訪日。

凌葛和芊雲並肩而坐，林諾坐她們對面，雙手盤胸；宋東秦坐女方右邊，黃軍坐女方左邊，趙虎頭站在女方身後，楊常年不見人影。

宋東秦以「大和解」爲由希望和他們一家人「單獨談談」，周鐵七一干守衛也甚是體諒，因此現場只留了他們，守衛全退到屋外去。

「楊大哥呢？」凌葛看著對面的弟弟。

「他說人太多了，我們過來就好。」林諾寬闊的肩膀聳了一下。

凌葛再看看黃軍，黃軍只盯著桌面。

「然後呢？」凌葛清冷的目光移回她弟弟的臉上。

林諾厚實的肩膀又聳了一下。

『這是什麼？無言的抗議？』凌葛冷冷地問。

林諾嘆了口氣，直視著她。

『我們到底在做什麼，葛芮絲？』

『……你不知道我們在做什麼？』

『我只知道歐本在陳國王京，而我們卻在百里之外替陸大跑腿。這些事情到底有什麼意義？』林諾往椅背一靠。

凌葛耐心的口吻像在對一個不聽話的小孩子說話一樣。

『告訴我，當我們在抓沙克的時候，你看過我跟他滾在地上扭成一團，互相撕扯頭髮，打得鼻青臉腫，最後再氣喘吁吁打電話叫警察來抓他嗎？』

『沒。』

『帶著兩百個小弟手持棍棒包圍他家要他出來面對？』

『沒。』

『對，因爲抓一個恐怖組織首腦就跟剝洋蔥一樣。他們外圍包了一層又一層的警戒線、保護殼、空頭公司、假的藏身處……但是當你直指核心的時候，那也不過就是一個男人躲在一間鎖起來的屋子裡，管你是世紀罪犯或街頭混混都一樣。我現在在做的事，就是剝開外面的層層洋蔥，直指核心。』

『……』

『我收集、掌控、操弄、製造情報，推移情境讓它變成於我們最有利的條件。』凌葛偏頭看著弟弟。『你從來沒有質疑過我。現在，你對我的能力產生懷疑了嗎？』

『我不懷疑妳的能力。就算我們在做的是推移情境好了，接下來呢？』林諾問。

『當然是想辦法離開這裡。你們找到夏了嗎？』

『找到了又如何？』

『找到了我們就開始討論如何離開。』她向宋東秦一比。『我可以用得上他的幫忙。』

『如果沒找到呢？』

『沒找到我們也一樣離開。你忘了嗎？我們說好只停留三個月，現在已經兩個月過去了，我們沒有太多時間。』

他們兩個突然用起奇怪的語言說話，宋東秦神情驚異地盯著他們。

『妳的計畫有太多漏洞！』林諾的食指點點桌面。

『比如說？』凌葛嘆了口氣，無比隱忍、無比耐心地看著他。

『比如說二皇子。我們跟他根本沒有任何交易，陸大只要稍微對我們在京城的行蹤做調查就會發現，而過去這些日子已足夠他摸清楚我們的底細。』

『他查不到的。』

『爲什麼？』

『因爲這裡不是二十三世紀，沒有電話，沒有網路，沒有任何影像紀錄。』她比了比他們三個。『你們連辨識一個沒見過幾面的將軍都需要三個人，陸大如何知道我們完整的行蹤?』

『妳的意思是,我們在賭運氣?賭他不知道?』林諾覺得荒謬極了。

『這個機率夠高了。』

『好吧,就算如此,還有第二個問題。』

『什麼?』

『歐本。我們甚至不曉得他在哪裡。』

『我們當然曉得。』

『是,妳認爲他在陸三那裡。妳親眼見過了嗎?妳有情報證實嗎?』林諾咄咄逼人。『因爲李博士說歐本藏在皇子府,而那陣異光在陸三住的方向,所以妳就假定歐本一定在他手中?妳有更確實的證據嗎?陸三親口承認了嗎?』

『他不承認某方面就是最好的線索。』

『太棒了!那個知道我們在找人的傢伙不承認人在他手上,所以人一定在他手上。』林諾攤了攤雙手。『然後,只要我們幫他哥哥殺了他,他哥哥一定會把他手上的人交給我們。爲什麼?因爲他哥哥是個光明正直講信用的好人?』

『我們一定會得到歐本。』凌葛冷冷地盯著他。

『葛芮絲,妳的計畫充滿漏洞,大到我牽著大象都能鑽過去。』

姊弟坐在桌子的兩端互相對峙。

一時之間,屋裡靜得連根針落地的聲音都聽得見。

芊雲、趙虎頭、黃軍、宋東秦，每個人都只能看著他們兩人，無人搭話。

『你必須信任我。』最後，凌葛終於開口。

『我是信任妳。』

『那就不要質疑我，我知道我在做什麼。』

林諾知道他傷到她的感情了，他嘆了口氣，按住她放在桌上的手。

宋東秦嘴巴張開。「妹婿」伸手，拉的卻不是自己老婆而是「大姨子」，這是怎麼回事？

『起碼告訴我妳把我們的屁股都藏好了。』林諾終於道。

即使有些氣惱，她還是笑了出來。這是他每次出勤之前她告訴他的話：cover your ass（保護好自己），現在輪到他來說了。

『我有。』她輕聲肯定。

『妳對整個計畫很有把握？』

『是。』

『好吧，我們繼續進行。』林諾放開她的手，靠回椅背。

「你們找到夏論功了嗎？」她切換回每個人都懂的語言。

黃軍鬆了口氣。

其實他對凌姑娘的處置也有些無法認同，可是真正看見她和林諾起衝突又是另一回事。

他現在明白爹娘大打出手的時候旁邊哇哇大哭的小孩是什麼心情了。

「我們昨天晚上找到夏論功了。」林諾低沈的嗓音隆隆震出。

★

昨夜

夜巡的守衛一從棚子外走過，楊常年立刻輕推一下身旁的林諾。

兩人躺在鋪榻上等待片刻，確定那個守衛眞的走遠，林諾對他輕一點頭，兩人慢慢起身走向後頭。

白天的勞頓讓所有工人都累壞了，沒有人注意兩個半夜起床解手的男人。

林諾探頭看了外面一下，確定沒人了，兩人迅速從後門溜出去。

即使同一個營區，要找一個人也並不容易。他們從未在白天碰到夏論功，若不是楊常年堅持他剛來的那天眞的看過他，林諾都要以爲他和黃軍弄錯了。

這一區的睡棚搭在靠近谷道的地方，寬度不太夠，所以一棚只能睡十二個人，卻足足有十間棚子。每到半夜他和楊常年就溜出去其他睡棚子找人，可是他不認得夏論功，一定得和楊常年一起行動，夜巡的更哨又巡得緊，所以一個晚上能搜的棚子不多。

今天是最後一夜，他們還有三個棚子得找，夏論功一定在這三個睡棚的其中一間，他們只希望能在天亮之前找到人。

「先說，沒找著人我不走。」楊常年低語。

「噓。」

林諾躲在工具棚後頭，見守衛走了過去，手指一勾，兩人往最近的那間睡棚鑽進去。

林諾一腳才剛跨進去就踉蹌了一下。

「小心。」楊常年趕緊扶住他。

「沒事。」剛才頭突然昏了一下。

「眞沒事？」楊常年緊緊盯著他。想想林諾上回喝藥也有好些天了。雖然他的藥不需天天吃，可還是令人放心不下。

「眞沒事，來吧！」

兩人偷偷潛入睡棚內，一陣體臭與塵土味迎面衝來。

楊常年一一看過幾個打鼾聲大作的工人，看到右排第四個。

「噫——」

林諾急忙從後頭捂住他的嘴。

被他檢查的那人目光炯炯地盯著他們，原來已經警醒了。

楊常年把嘴上的大掌扳開，小聲而激動地問：「夏……夏……您認得我嗎？」

那人依然躺著不動，利眼上的濃眉蹙了一蹙。

「我是楊常年，邊疆側鋒營的校尉楊常年，將軍還認得我麼？我來救您出去的！」楊常年輕道。

那人微點一下頭，指了指屋尾，三人起身往後頭的茅房走去。

楊常年看著立在自己身前的夏將軍，雖然滿身污穢，臉上冒出了鬍碴子，可那清朗的五官，堅毅不屈的眼神，依然是他記憶中的明威將軍，心頭頓時激動萬分。

「楊校尉？你不是離開大宋了麼？」夏論功的嗓音是偏向柔和的男中音。

楊常年的神色激切起來。「夏將軍，我是被人陷害的。朝中不滿涼王毀婚，須得找隻替罪羔羊掙回顏面，胡裡胡塗便扣了我一頂涼國細作的帽子，您莫聽那些王八羔子胡扯！我楊常年一身鐵膽，死不足惜，卻不能死得如此冤屈。」

夏論功嘆了一聲。

「我和楊校尉雖然相交不深，卻曾在長關一役並肩作戰，早敬你是一條忠心耿耿的漢子。初時聽聞你叛宋而去，我心知必有隱情，卻沒想到竟是如此。」

楊常年聽他一說，又是感動又是心酸。

「兩位不急敘舊，談正事要緊。」林諾在後面沈聲插口。

「這位兄台是？」夏論功回頭看著他。

夏論功的體形和楊常年差不多，在常人之中已經算高大偉岸的了，但和林諾比起來依然是小一號。

「他是宋國新虎林諾。」楊常年忙爲兩人介紹。

夏論功點點頭，眼光在他們之間來回。

「兩位因何在此處？」

「宋東秦——就是秦東，跟我們說他看到你了，但無法肯定眞的是你。」林諾低沈地道。

「嗯，我知他身分並不單純，是故他幾次試探過我，我都假裝不識。」夏論功緩緩地道。

「夏將軍，我們和他可不一樣，他才是幹細作的，我們是眞刀實槍打戰的。」楊常年連忙道。

「是不是細作也無妨了。」夏論功苦笑一下。

沒想到他身陷囹圄時，倒是幾個「細作」現身幫他。

「你在哪裡工作？爲什麼我們一直沒看到你？」林諾的嗓音在深夜聽來有如暗雷的鳴響。

「我是最前頭第一批進坑的，你們後頭來的應該還在出口附近吧？」夏論功道：「我已經來了四個多月了，你們呢？」

「七天。」林諾看著兩人。「我們得想法子出去才行，明天凌葛會來看我們，我們見面之後再商量。」

「凌葛是誰？」夏論功問道。

「我姊姊。」

「林諾，我先說，若是淩姑娘沒有把握夏將軍一起出去，我寧可和他留在這裡。」楊常年立場極端堅定。

林諾直嘆氣。「知道了，夏將軍……」

「我已不是將軍了，兩位若不介意，我虛長了兩位幾歲，乾脆稱一聲大哥吧！」

「那怎麼可以……」楊常年大驚。

林諾按住他的肩，不讓他再浪費時間在這些無謂的稱謂上。

「夏大哥，你明天能不能想個法子不要進坑去？我們這幾天最好盡量靠近一點，方便傳遞聲息。」

夏論功沈吟一下，點了點頭。

「我可試試裝病，待在坑口處撿撿石頭，只是這些守衛眼色極是精利，不知騙不騙得過。」

林諾點點頭。「盡力就是。」

舉步要走時，他突然回過頭來，眉頭緊擰彷彿在思索什麼。

「怎麼？」楊常年低問。

林諾古裡古怪地看他一眼，從懷中取出那個裝了紅藥丸的瓷瓶子，楊常年不明所以地看著他。

「大哥，你明日若欲裝病，將裡面一顆紅色的藥丸吞下。」林諾將瓷瓶交給夏論功。

楊常年的下巴掉下來。

「淩、淩、淩姑娘莫不是都算計好了？」講話都結巴了。

虧得林諾想得到，事先將藥丸留下來，只能說這對姊弟倆默契十足。

「這是什麼？」夏論功接過來。

「不知道，你吃了就知道了。」林諾很老實地說。

夏論功點點頭收進懷裡。

是夜三人約定好隔日碰面的地方，各自回自己的睡棚去。

★

「找到人了。」林諾這話一出，所有人全精神一振。

「真的找到啦？」黃軍跳了起來，眼神閃閃發亮。

「那果真是夏將軍吧？他可還安好？」宋東秦急急地問。

「運氣好的話，現在應該病著。」林諾說。

「啊？」黃軍傻了，淩葛的唇角卻露出一絲淡淡的笑意。

宋東秦也是一愣。但只是一轉瞬，宋東秦便露出笑容，一拍大腿道：「好極好極了！」

「夏將軍生病有什麼好的？」黃軍瞪他。

宋東秦嘆道：「黃軍你有所不知。凡被帶回七星蕪做工者，短則五月、長則七月必換一批。夏將軍到此已經四個多月，若是他現在身子不適，我或可向大頭目說說，提前讓他出去。」

「那我們呢？」黃軍睜睜地道。

凌葛看他一眼，只問宋東秦：「你們平時都是怎麼放人出去的？有特定的日子嗎？」

「那有。」宋東秦點點頭。「一般是初七傍晚，將那月要放出去的人集合起來，每人給些盤纏，將他們趕出谷去。」

「怎麼是晚上放人哪？」芊雲訝道。

凌葛櫻唇一挑。「因爲夜裡不容易認路，他們直直走就進了我們現在住的鎮子。這種泛著寒意的夜裡，誰還會急著找人哭訴？當然先找落腳的地方要緊。等住了店，熱熱的飯食下肚，再算算七星蕪發的工資，突然發現自己有了一筆小財，那還不喜出望外？隔天睡醒只想趕快帶著銀子回家，哪有人還有心思招事？」

「姑娘說得是。」宋東秦苦笑。

「初七就是後天了。」芊雲心頭一喜，嘴角泛起了淺淺的笑花。

「凌姑娘，妳別擔心。我這幾日將我挖的那條谷道摸個半熟了，我們還有兩日的時間。林諾你和楊大哥也找找地坑裡有沒有往外的通路，夏將軍在前頭挖那麼久，一定知道情況。我們摸清了路，頂多下工時躲在谷道或坑道裡，等天黑了伺機爬出谷外也就是了！」黃軍一拍胸脯，豪氣干雲。

凌葛看他一眼，回頭對趙虎頭一點，趙虎頭將肩上背的包袱打開，往桌子一放——一百兩銀子。

「三個人，一百兩，我們來交贖金了，後天準時放人。」凌葛拍拍雙手。

「……」

「……」

「……」

「就就就這樣？」伶牙俐齒的黃軍失去了正常說話的能力。

「不然呢？」

「不不不不挖坑、不鑽地道、不攀岩走壁？」

「你想嗎？」

「……不想。」

「你想的話，等離了寨你盡量爬，我們可以先出去等你的。」凌葛和善地告訴他。

「不用了。」黃軍委屈地扁扁嘴。

芊雲抿唇輕笑。「黃軍你就別操心了，時間一到，我們在門口等你們便是。」

凌葛率先站了起來。

「就這樣說定了，後天見。」她再瞄宋東秦一眼。「宋頭目有把握夏論功那日出得來吧？」

「只要這幾天繼續病著，倒是不太難。」

「那簡單。」她從懷中掏出一個瓷瓶交給林諾。「叫他後天半夜的時候吃一顆，他整個早上會不舒服，到了下午狀況會開始舒緩，不過看起來氣色不會太好。到傍晚要出谷的時候，藥性就代謝得差不多了，雖然虛弱一點，行動不會有問題。這幾天記得多喝些水。」

林諾點點頭，將瓷瓶接了過來。

『你呢？』凌葛忽然用英文問。

『什麼？』

『你的狀況如何？這幾天有頭痛、頭暈的現象嗎？』

『我很好。』

凌葛太明白她弟弟了！就算他不好，在這個節骨眼他也不會說的，這個臭脾氣也不知像到誰。

她瞪他一眼，衣襬飄飄而去。

✶

陸征打開手中的短箋，對上頭的字露出微笑。

那是極冷、極滿足的一抹笑容。

帳外孟見離掀簾而入，陸征將手上的短箋往桌案一壓，負手起身。

「如何？」他低沈地問。

「探子已將他們在京城的行蹤都查得一清二楚，只是……」孟見離沈吟。「他們入城之前是往何處而來，卻是一無所悉，十分神祕。」

「哦？」陸征緩緩在自己的帳中踱步，嘴角勾起一抹冷笑。「他們在京城都做了什麼，見了哪些人？」

「他們在京中，白天都在街上比武賣藝，無啥特異之處。倒是其中一天安樂公主微服欲前往清和苑時，經過了他們賣藝的梨花巷，停下來瞧了他們一會兒。他們似乎不識得公主，只當是一般富家小姐要了些賞錢，後來也未再有接觸。」

「他們沒遇到三弟？」

「沒有。」孟見離搖頭。

「安樂那丫頭長居宮中，這輩子出宮的次數屈指可數，倘若只有她一人，諒他們也認不出她來。」

孟見離點點頭續道：「不過就在異光大現的那一晚，他們的客棧有了訪客……」

「什麼人？」陸征蹙眉。

「刑部尚書蔡韻聲。」

陸征停了下來，銳利地盯視他。

「不只如此，領蔡尚書去見他們的人，乃當年伺候於戴尚書府內的家丁鄭朝義。」孟見離續道。

陸征這下子轉身正視孟見離。

「蔡尚書少年時和戴燎原乃爲同一書院的學生，兩人是自幼的交情。後來戴燎原犯事，蔡尚書成了審他、發他的人，雖是鐵面無私，私下卻頗爲感懷，認爲自己雖忠於家國，卻愧於至交……」孟見離道。

「姓戴的當年最是看好老二，他垮台之後，如今老二那頭最挺他的就是蔡韻聲了。」

「是。蔡尚書微服進入林諾等人的客棧，雙方深談一夜，隔天他們便離開京城，前來諸餘求見將軍，提出合作之議了。」

兩人都心思轉動。

「看來，他們確實是老二的人無誤。」陸征緩緩道。

孟見離點頭。

陸征冷笑一聲。「這人裝得一副溫和無爭、謙讓天下的模樣，原來骨子裡也不過就這點料。」

孟見離忽地想到那日林諾說的：同樣都是有才之人，爲什麼你能我不能？兄弟相爭，看來終是免不了的結局。

「無妨。現在所有的武器都在我手上，我倒要看看他們怎麼跟我爭這個！」陸征大步走到桌前，拿起方才的短箋向孟見離一遞。

箋上短短幾字：

明夜，夏論功離七星蕪。

8

初七這天下午，素來冷清的七星蕪難得熱鬧無比。

後村的寨門打開，一群衣物蔽舊、頭臉沾滿塵沙的人開始蹣跚地往外走。每個人聽說是被准許回家了，茫然的表情霎時轉成乍驚乍喜。

以往放人都是在太陽下山之際，今日卻因寨中有事，提前了兩個時辰。

這一批被放出來的約莫二、三十人，羊漢沖在現場監督，周鐵七率著一群守衛在門口，一個一個叫人：「陳狗子！張阿牛！黃大根……」

每個被叫到的人上前，一旁的守衛就遞個小包袱過去。有些人走到一旁打開來，裡面是一套乾淨的換洗衣服跟幾兩碎銀。

無人想到竟然還有銀錢可拿，一時高興得喜逐顏開，惴惴不安的氛圍霎時變成歡欣鼓舞，甚至有人跑回頭對羊漢沖等人千恩萬謝。

林諾、黃軍和楊常年也走了出來。凌葛一行人早就在外頭等著。守衛將一開始從他們那裡的沒收的包袱和物品還給他們，卻沒有另外給錢兩，他們也不介意。

芊雲走到林諾面前，嬌美的臉蛋仰得高高的，露出一排小小的貝齒直笑。林諾也不管旁人，攔腰將她抱起轉了一大圈。芊雲又羞又喜地拍打他，小聲要他放自己下來。

「沒想到你們說是窮老百姓，倒有一百兩銀子來贖人。」羊漢沖負著手施施然而來。

小嬌娘馬上化身為母老虎，衝過去指著他鼻子罵：

「你們這些沒良心的，遲早有報應！我公婆辛辛苦苦攢了大半輩子，就攢了那點錢買了幾塊地，如今兒子女婿都被你們抓進來了，一家老少怎麼活？我公公狠了心，將家裡田地都賣了贖他們回去，你倒來說這等風涼話。」說著說著，芊雲眼眶一紅。「可憐我公公婆婆，到老來兩袖清風——」

她轉頭撲到林諾懷裡嚶嚶地哭，羊漢沖給她罵得臉青一陣紅一陣，其他從他們身旁經過的人忍不住看了過來，羊漢沖被看得不知所措。

「咳！」他輕咳一聲，讓一名守衛拿了三個小包袱過來，轉交給林諾。「行了行了，也有你們一份，別說我們七星蕪虧待人。」

「你們本來就虧待人！」芊雲回頭呲牙裂嘴。

「咳，」想了想，羊漢沖從懷中又掏出五兩銀子來，塞進一個包袱裡。「喏，不無小補，也夠一陣子用啦！」

凌葛伸手去拿，芊雲突然一把拍掉她的手，把所有的錢收起來。

「我管錢的！」她重重道。

這句可不是在演戲！

凌葛看看自己被打掉的手，默默地收回來。好像眞的把她教壞了……

黃軍在旁邊拚命忍笑。

寨門最後走出來幾個人，其中一個赫然是夏論功。他的臉色青白，手微微捂著肚子，半佝僂著身子，一個高大昂揚的男人倒成了個病秧子。

那日要裝病，他吃了林諾給他的藥，一開始倒不覺得如何，沒想到進到坑道裡不多時就開始腹痛如絞，當場就吐了起來。眾工人擔心他帶病，全驚恐地閃到一旁，守衛只得先將他帶出來。

那日他回睡棚躺了許久，到了傍晚才緩解過來。說也奇怪，病來之時雖然難受，病去卻其快無比，突然間他就一點兒也不吐不拉了。

沒想到不久林諾又給了他第二顆藥，他只得苦笑接過。半夜之時他聽從林諾的話服了藥，到了早上大家伙要上工時他果然又開始鬧起病來。羊頭目、周鐵七和幾個守衛都來看過，連宋東秦都藉故人在附近過來看看。後來他們幾個頭目商量了一下，果然同意今日放他出來。

羊漢沖轉頭看著他鐵青的臉，神色甚是愼重。

「喏，這包袱裡有銀子，今晚你到了鎭上去找一家德記藥館，那老大夫醫技頗精，去給他瞧瞧，省得死在半路上，官府倒要怪罪到我們七星蕪頭上。」

夏論功連應都不太有聲音應，抖著手接過來——其實他的症狀從申時就開始慢慢退了，現在除了臉色不太好看之外，已無大礙，但他還是裝出一副病弱的樣子，省得引人疑心。

林諾主動走過來。「這位大哥，看你身子不舒坦，大家都是要進鎮的，不妨一起走吧！你路上也有個照料。」

「多謝，多謝……」他低聲道。

羊漢沖看看他們，最後只是一點頭，走回寨裡。

寨門要關之際，忽然一騎緩緩而出。

「宋兄弟，你要出去？」羊漢沖問道。

「嗳，我上鎮子找個人，明兒一早回來，我已跟大哥說過了。」

「好，你自己小心。」羊漢沖一揮手，寨門在他身後掩上。

所有人不動聲色混雜在一群步履蹣跚的工人裡，慢慢往外走。

出谷的河道約有五丈，他們故意落到最後面，走了約兩刻鐘才瞧見河谷出口。

出谷的那一刻，所有人不由自主地深呼吸一下，春寒的沁涼鑽入心脾，令人不禁精神一振。

天空只剩下西方的一點點淡橘，頭頂天幕已開始轉爲深藍了。

整片曠野如蒙上一片靛色的紗帳，仰頭月漸半露，星點現蹤，悠淡的銀光參在深藍的天幕中，別有一份詩意。

遠遠望去，影影綽綽的工人形影散落在郊道野地裡，他們披上包袱裡的新袍抵擋寒意，只盼快快走到有人煙的鎮子上喝碗熱熱的湯。

空濶幽靜的原野如一張大毯，盛載著世間萬物的喜怒哀樂。紡織娘隱在草堆裡唧唧地放聲高歌，不知名的昆蟲大聲加入吟唱。空氣裡浮著青草的香味與林木的氣息，很難相信幾十丈外有一座草木難發的乾谷。

往前走了一小段距離，宋東秦已停在全暗下來的郊道旁等著他們，一見他們身影，立刻迎了過來。

「夏將軍。」他下馬一拜。

「宋兄不必多禮。」夏論功趕緊一扶。

「將軍，你身子不舒坦，我這袍子你披上。」楊常年見他單薄的衣衫在寒意中飄動，連忙將把自己的袍子脫下來。

夏論功朗朗一笑，舉手阻了。「楊校尉儘管穿著便是，這點兒冷風算不得什麼。我早已無事，只是揉碎一些青灰石粉抹臉，做做戲而已。林諾，你這藥丸可眞霸道啊！」

林諾的長指往旁邊某女一指，凌葛聳了聳肩。

「只是一些刺激腸胃的藥物而已，大概五、六個時辰藥效就過了。你的胃如果會絞痛，喝點流質的東西會舒緩一點。」

趙虎頭一聽，立刻從自己的包袱掏出牛皮水壺交給他。

夏論功也不同他們客氣，接過來喝了一口，卻發現裡面不是清水，而是肉湯，喝下去之後果然連最後一絲欲嘔感都沒了。

這位凌姑娘似乎算妥了每個細節。他不禁看向凌葛。

「將軍，你還有兩個兄弟，此時在何處？」宋東秦忙問。

「我已和他們約好了地方相候，未到時限之前我也不知他們此刻在何處。」

「將軍，你怎麼會跑到陳國來？」黃軍問出許多人的疑問。

夏論功看過眼前的幾張臉孔，深深一嘆，語調轉為低暗。

「我既已掛冠求去，無謂再留在朝中引人猜忌。我聽聞南海有一仙島，長滿奇花異卉，四季如春，便想著這天下既無容身之處，不如去找那南海仙島吧！衛虎夏青兩人不願我一人獨去，硬要跟著我。不想我們才入陳國不久，便遇上了七星蕪這幫好漢，眞是官兵倒蹦在賊子手中。」他苦笑道。

「那是將軍體恤下屬病重，不跟這幫土匪計較，若是讓將軍雙槍在手，便再來兩窩土匪也不當一回事。」楊常年大聲道。

「楊校尉果然一如夏某記得的熱情熱性。」夏論功對他一笑。

「將軍，你眞要去南海嗎？你要去南海，我們跟你一起去！」黃軍叫道。所有人都往他臉上看去，想想不對，他再加一句：「我們現下有要緊事做，等我們忙完了，我和楊大哥跟你一起去！」

「對，對，順便帶上你那個春桃。」楊常年附和他的話。

「青桃啦！也不忘帶上李四姊啊！」

楊常年當場老臉發紅，只差看將軍的份上沒巴他後腦一掌。

「青桃是誰？」凌葛奇道。

「就是……」黃軍扭捏道。

咻——

一聲銳響破空而來。

「有埋伏！」林諾動作最快，飛身過去將凌葛和芊雲撲倒，用他的身體將她們蓋住。

趙虎頭往後一翻，躲在路邊一顆大石後。

黃軍、楊常年、夏論功三人同時趴倒，宋東秦躲在馬旁做掩護。

咻、咻、咻、咻、咻——

一陣箭雨疾射而來，宋東秦的馬長嘶一聲，腹部中箭倒地，宋東秦跟著趴倒，急急躲在馬屁後方。

林諾把兩個女人的臉壓低，急速地左右張望。雖然黑暗影響準頭，再這樣下去他們依然會變活靶。

「那裡。」他低喝地往路邊一指。

路邊有一個很大的凹陷，是以前農夫挖坑燒野草留下來的，他抱著兩個女人滾到那個凹洞裡，黃軍、夏論功、楊常年匍匐前進，一起滾到凹處。

「宋兄弟過來！」夏論功對馬屁後的宋東秦招手。

宋東秦幾次要過來，都被落在中間的箭雨擋住。

「夏將軍擋好，莫要管我！」宋東秦叫道。

這箭是從左邊丈餘外的樹林射出來的，射得並不密，但涵蓋範圍極寬，顯然射箭之人亦無法完全掌握他們的所在之處。

咻咻箭聲忽地停止，曠野之上響起一陣細碎的腳步聲。

「待在這裡！」林諾嚴厲命令兩個女人，轉瞬間解開包袱，掏弓、組弓、上箭、探頭——

咻！咻！咻！

他的弓快疾如電，三箭射出，三個人倒下。

曠野長滿了半人高的草叢，只見十餘條蒙面黑衣人就地滾倒，藏進草叢裡。

「點子爪子硬！」一名黑衣人低喝。

這片曠野雖一望無際，野草卻長得茂密，一旦他們鑽進草叢裡，一時卻不容易看見。兩方只要誰一站起來看，就暴露了自己的身形，一時兩方人馬皆按兵不動。

林諾偏頭看了看左邊的楊常年，楊常年早已將七星燕還他的那支長棍操在手中，黃軍和夏論功都空手，趙虎頭已抽出藏在身上的短劍。

五個男人互相交換視線一下，都是輕輕一點頭。

林諾臂上的肌肉剛繃緊，正欲暴起，凌葛突然抓住他。

「讓宋東秦過來！」她低聲道，林諾微一遲疑。「他不是武將，在戰場中央只會拖累你們，讓他過來照應我和雲兒。」

林諾點了點頭，對宋東秦做個手勢。宋東秦點點頭，準備好。

衝！

幾乎是林諾等人跳起來的那一刻，草叢中的黑衣人也飛身而起。宋東秦趁隙飛快橫越中間的小小空地，滾到凌葛和芊雲所在的坑裡。

「宋兄，有勞了！」林諾的嗓音在黑夜裡如平地一聲悶雷。

兩波人馬在空中干戈相交，齊齊落地，激烈地鬥了起來。

「兩位莫怕，宋東秦便是性命不要亦會保得兩位周全。」宋東秦趴在凌葛身邊道。

「多謝了。」凌葛低謝一聲。

三個人探出腦袋觀看外面的戰局。

凌葛一直對古代的將軍沒有什麼概念。在現代，那些發號施令的將軍都安全地坐在有冷氣的辦公室裡。即使年輕時曾經是戰場英雄，大多人到了這個年紀也不過是龐大官僚體系的一部分，夏論功卻讓她見識到了什麼叫眞將軍。

只見他空手而上，幾招過去，第一個和他交手的黑衣人已經躺下，他手上多了一柄對方的劍，至此當者必傷，出招必血，再無人近得了他身。

凌葛見他連斃數人如切豆腐，又驚又佩。

她當然知道自己的弟弟能耐在哪裡。如果比空手肉搏，林諾不見得輸給他，不過她得老實說，若是比刀槍兵器，林諾應該不是夏論功的對手。

楊常年一根長棍耍開來，棍法即槍法。他長棍擊中之處必有一聲很響的「喀喇」，中者不是斷手骨就是斷腳骨。林諾的弓是精鐵所著，比一般弓更長，持在手中便如鐵棍一般，又隨時可以反棍爲弓射出幾箭。黃軍的功夫雖然沒有他們三個厲害，可是他勝在輕盈靈巧，左出一拳，右踢一拳，不見得招招都中，卻聲東擊西偷襲得那些黑衣人陣腳大亂。趙虎頭劍法如神，那就更不用說了。即使現在拿的不是他使慣的長劍，那些黑衣人也攻他不。

不多時，十幾名的黑衣人對上他們五人，竟呈敗象，漸漸變成只有七、八個人。

「姑娘快躲好！」宋東秦見她頭探得太高，連忙將她押回去。

他這一叫卻暴露了藏身處，兩名最近的黑衣人聽到，立刻提劍殺了過來。

林諾吃了一驚，橫起長弓一箭射來，先阻斷了他們的去路；再要摸出另一枝時，箭卻沒有了。跟他糾纏的兩名黑衣人見他不顧自身安危，顯然坑內的人才是重要，竟然也捨他一起往道旁的淺坑衝來。

夏論功是五個人裡離坑最近的，他手中銀芒亂飛，立刻逼退兩人。剩餘的兩人一人纏住夏論功，一人繼續朝凌葛他們衝來。

那邊廂林諾從一名中箭的黑衣人身上抽出箭，回身正要搭弓，另外兩人揉身而上將他纏住。

這些人簡直跟蟑螂一樣！

夏論功和纏住他的黑衣人連對數十招，旁邊又有一名黑衣人衝來，眼看提劍就要往他的身後刺下。

宋東秦大叫一聲：「夏將軍，我來助你！」跳出來坑外，橫箭擋住那名偷襲的黑衣人。

那黑衣人功夫比他高出不知多少，幾招使在他手臂上劃了一劍。

夏論功此時已逼退來人，回劍護住他。「宋兄，你沒事吧？」

坑裡芊雲突然尖叫一聲，原來適才被夏論功逼開的黑衣人反身跳入坑中，朝芊雲和凌葛抓了過去。

凌葛和芊雲一人往一邊跑，那黑衣人愣了一下，最後決定追向速度較慢的芊雲。

凌葛趕快奔到宋東秦和夏論功身旁。林諾此時終於擺脫絆住他的人，另一人撲來被他一拳擊中鼻梁暈了過去，另一人被他剛拔回來的箭直刺心窩，哼也沒哼一聲便軟倒。

他迎著芊雲大步過去，長手一伸將她拉到身後。

剩下的黑衣人人數已經和他們相當。

接下來發生的事，林諾站在右邊，楊常年站在左邊，趙虎頭和黃軍站在後面，幾個人的角度全看得一清二楚——

宋東秦指著右邊大叫一聲：「將軍小心！」

夏論功直覺地回頭一看。

宋東秦手中的長劍一橫，往他的頸側抹去。

「不可！」林諾大吼。

「將軍！」楊常年厲喊。

全世界彷彿在這一刻靜止。

黃軍呆站在原地。

楊常年不由自主地伸出手。

林諾彎弓架箭，一觸即發。

趙虎頭從一名黑衣人腹中抽出自己的長劍，飛快撲上。

所有黑衣人彷彿被不知名的力量定住，一時所有人的眼光都落在這幾個人身上。

宋東秦的長劍，停住。

夏論功按住左頸的血痕，退開一步。

所有人都看著他們兩人，但他們兩人都看著同一個地方——

插在宋東秦心窩的那柄短刃。

那柄短刀細細長長，形狀特異，卻鋒銳無比。

短刀握在一隻纖白嬌嫩的手中。

那隻手，是凌葛的手。

宋東秦的眼光慢慢回到凌葛臉上，神色古怪之極，不是痛，不是恨，而是一種深深的莫名，彷彿難以理解這件事是眞的──他的心口眞的插了一柄刀，刺他的人眞的是他一直沒放在眼中的女人。

凌葛平靜地回望他。天空已然全黑，銀白月華落在她的臉上，有一股說不出的清雅莊嚴。

她不主動殺人，但當她要殺人時，她絕不失手。

「妳……我並不……傷妳……」一縷血絲從宋東秦嘴角沁出。他想說的是：我並不傷妳，我要的是他。

凌葛只是偏了偏頭，清明如星辰的眼中只有淡淡的好奇。

「那又如何？我並不信任你，爲何你要信任我？」

「妳……爲什……」

「我從不相信巧合。而你，有太多巧合了。」她輕輕道。

宋東秦無法再說什麼了。

他仰天一倒，失去生命的眼睛直直對著滿夜星空。

所有人被這短暫卻驚心動魄的一幕震懾，竟然沒有一個人動作。

「他奶奶的，原來你眞是個下三濫的細作，老子差點信了你！」楊常年最先回過神，衝過來踹宋東秦屍身兩腳。

他這一吼將每個人都喊回神，黑衣人迅速躍在一起，重組陣形。

夏論功鬆開捂著頸項的手，看看指尖的血色。

「若不是姑娘，夏論功如今已是一縷幽魂。」他嚴肅地抬起頭凝視她。

直到現在他終於發現，他能活下來完全是因爲她，這個叫凌葛的女子。

她安排的兄弟進來找到他。

她給的藥讓他得以脫身。

她殺了那個差點殺了他的人。

他現在還能站在這裡，完全只是因爲一個弱女子而已。

他是個威風凜凜的大將軍，戰場上和敵人剽悍殺伐，戰場下和兄弟大口飲酒大塊吃肉，女子對他從不是值得上心之事，今晚，他改觀了。

或許她從來不是「弱女子」。

「將軍，習慣就好，我老楊的腦袋給凌姑娘已經救了不知幾次了。」楊常年竟然有心情說笑。

凌葛將手術刀從宋東秦心口抽回來，在他衣服上擦乾淨，重新放回皮鞘子裡收好。

「這下子要怎麼交差？」林諾完全當剩下的幾個黑衣人不存在。

「爲什麼不能交差？」凌葛瞥他一眼。

「那些人要他回去問話！」即使照現在情況來看，宋東秦很可能只是陸征的一只暗棋，但他們還是得帶他回去才算依約。

「錯，確切的說法：他們要『以他的人頭祭旗』。」凌葛微微一笑。「我們拿顆頭去不是比帶著整具屍體更方便？」

「……算妳對。」陸征，只能怪你自己說話不夠清楚，偏偏又遇到我這個精得像鬼的姊姊。

那群黑衣人見他們竟然聊起天來，是可忍，孰不可忍！

「把夏論功留下，其他人我們必不為難。」其中一人操著沙啞的嗓音怒喝。

「笑話！你們幾人跪下來給夏將軍磕個響頭，老子必不為難。」楊常年反喝一聲。

眾黑衣人心中一怒，揮動手中刀劍，眼看又是一波惡鬥——

前方突然一陣隆隆的馬蹄聲傳來，隨著距離越近，腳底下的泥土都能感覺到馬蹄的震動。

黑衣人心頭一凜。這來勢，看來人可不少。

「凌姑娘一切可安好？在下來遲了！」一把清亮的嗓音從遠處傳來，竟然是秋重天。

那群黑衣人蒙著的黑布下面色一變。

原本二十人剩下七人，如今又有一群為數不少的人前來助陣，顯然今天無論如何無法成事了。

方才追入坑中的那個黑衣人對其他人一點頭，幾人慢慢開始退後。

「現在想逃了？」楊常年狠笑。「那還得看你們有沒有命逃。」

秋重天領著的人馬已奔到左近。

「楊大哥。」凌葛手一揚，阻住了他。

她舉步走向那群黑衣人。

『不！』林諾連忙把箭對準他們。

凌葛舉起一隻手，示意他不要輕舉妄動。

她白衣飄動，停在方才追她們的黑衣人面前。月華在她身周形成一層淡淡的光暈，飄飄然有出塵之姿，那黑衣人被她丰采所懾，一時竟沒有動作。

她望著他蒙面布上露出來的明亮眼睛，輕輕啓齒：「回去跟你的主子說，我們終會一見，請他耐心相候。」

那黑衣人一震。

最後，他同其他人一點頭，所有黑衣人迅速奔回樹林，消失得不見蹤影。

「凌姑娘，他們是誰派來的？」楊常年愣愣地問。

凌葛未來得及答，馳來的秋重天翻身下馬，身旁鄭朝義、鄭朝禮、幾個他們見過面的也都一起來了，其他臉生的端坐在馬背上，神色凜然。

「秋掌櫃。」凌葛迎了上去。

雖然他不是眞的掌櫃，但她已經叫習慣了。

「姑娘，一收到妳的飛鴿傳書，我便立即趕來……」秋重天才剛說了幾句，眼光突然瞄見地上的宋東秦。

他身後的鄭朝義渾身一震，慢慢走過來，單膝跪在宋東秦的屍身旁。

過了一會兒，鄭朝義伸手將他未闔的眼閉上。

「是誰殺的？」他抬頭問。

林諾等人微一躊躇。

他們並不想和秋重天一行人爲敵，但情況若是惡化，該怎麼做就怎麼做吧！

他和趙虎頭互視一眼，兩人心中有了默契。

如果眞要動手，一人擋住鄭氏兄弟，一人制住秋重天，再伺機脫困。

「是我殺的。」夏論功忽地上前一步，森然地道：「他趁我們中了埋伏，意欲殺我，被我一劍穿心而過。諸位若要報仇，只管動手便是。」

鄭朝義臉色一變，後面的人馬出現一絲波動，幾匹馬煩躁地蹭了幾步，被輕聲喝止。

「住了。眼下另有大事，先將這些私怨放諸身後。」秋重天舉起一隻手制止眾山民。

鄭朝義不敢有違，只能神色陰暗地退到後面去。

「怎麼你們是認識的？」黃軍輕叫。

「此人與我家中這些人淵源頗深。」秋重天嘆道。

鄭朝義、鄭朝禮臉上都出現淒色。

「淵源？什麼淵源？」楊常年連忙問。

「楊大哥、黃軍，你們在七星蕪裡沒有一點熟悉感嗎？」林諾低沈的嗓音在這時插進來。

「什麼熟悉感？」楊常年愣愣的，黃軍開始回想，臉上慢慢露出了悟的神色。

「楊大哥應該更熟才是。」林諾對他解釋：「你可記得我們去年被俘，是如何脫逃的？」

「去年？是陸三那小子帶我們我們走地下水道啊……啊！」那水道不是和七星蕪的乾谷有異曲同工之妙麼？他一拍大腿，指著秋重天道：「難道，他們……他們都是……山民後裔？」

秋重天嘆道：「林諾說得是，七星蕪確實亦是晴川山民後裔。這中間的原由卻是有些複雜。當年山民逐漸凋零，所有後人對要繼續守山或者下山來有不同的意見。最後雖然都決定下了山，一群人認爲雖不守山，亦應繼續保護朝中忠臣，於是跟隨了我父；另一群人卻堅持『不入世』的祖訓，寧可避居荒谷，成了七星蕪那一支。」

「秋掌櫃早知七星蕪是山民之後麼？」趙虎頭皺著眉。

「不入世的山民與我少有聯繫，我方也不知他們的行蹤。那日凌姑娘將七星蕪的行事說與我知，我一聽便知八九不離十了。朝義他們掛念同族之情，自然要來一探究竟，不想正好遇見凌姑娘遇襲，幸好諸位無礙。」

「你們這些人怎麼這麼喜歡挖洞啊？」楊常年問鄭朝義他們。

「噯，這……唉！」鄭氏兄弟只能苦笑，旁人也就不便再問了。

「凌姑娘，妳說這宋東秦是怎麼回事？」

「對對，凌姑娘剛剛說巧合，是什麼巧合？」黃軍道。

凌葛輕嘆：「在我的經驗裡，戰場上沒有巧合。巧合只是一連串高明謀劃的結果。林諾和楊常年剛被陳國俘去不久，他就離開馬將軍營，這是第一個巧合。

「夏論功剛入七星蕪，他也正好回七星蕪，這是第二個巧合。

「他中間這段時間都在哪裡？他說他在找尋他的兄弟。若他是從七星蕪出去的人，照理說他不可能不知道他們在哪裡。

「宋東秦對夏將軍認識不深，不敢肯定他眞的就是本人，幾次試探夏將軍又裝傻，正好我們來找陸征，而陸征馬上派我們來七星蕪，說穿了就是來幫忙認人。夏將軍正好在七星蕪，宋東秦正好在七星蕪，楊校尉也正好在七星蕪，這麼湊巧的事機率有多高？你把它們一一拆開來看，就會發現這其中有問題。

「陸征說宋東秦是吃兩面的，再怎麼吃兩面，也有最先派他出去的那一邊，如果馬將軍被俘跟他脫不了嫌疑，那他眞正忠於哪邊就昭然若揭了。」

她再看一眼秋重天那一行人，輕嘆道：「最後也是最關鍵的一點，當我知道他有可能是山民後裔。山民都有些共通的特質：忠誠、團結。他無論如何都不會背叛陳國，所以他是哪一邊的人就很清楚了。」

「如果陸征正在趕來的路上，他其實沒有必要暴露自己的身分，大可等陸征到了再一起動手。」林諾沈吟道。

「因爲他沒預料到七星蕪今天會提早兩個時辰放人，兩個時辰後我們已經不知跑到哪裡去了。所以他才出寨在路邊等我們，這兩個時辰他可以一直跟著我們，等陸征近了再傳書密報。」

只是他沒料到中途會殺出一群黑衣人，索性將計就計，摸黑趁亂動手。林諾想到剛才姊姊突然要他把宋東秦叫過去，可能就是防宋東秦在混戰中動手腳。

他一定沒想到自己最後是死在一直暗中注意他的凌葛手上。這應該就是「螳螂捕蟬、黃雀在後」了吧？

「姑娘說的夏論功將軍，莫非就是這一位？」秋重天對夏論功一比。

夏論功昂首挺身，一點頭。後面的忠誠山民又是一眾騷動。

「比武過招，技高者勝，是他命該如此，沒有人對不起他。」林諾淡淡地道。

他的語意在迴護誰是相當明顯的了。

「而且他暗施偷襲啊！」黃軍叫道：「明刀明劍的比武也就罷了，偷襲人還不許人還手，原也沒這個道理，夏將軍不過是自衛。」

鄭氏兄弟臉色變了一變，卻是無法反駁。

秋重天看看他們幾人，最後目光落在凌葛的身上。

「臨敵對陣，不是你死就是我活，東秦藝不如人，無話可說。」秋重天終於道：「將軍如今已是平民之身，此事不涉國仇家恨，就此揭過了。」

「是。」鄭氏兄弟在後面低聲應道。

「眼下大難臨頭，諸位還是盡快離開爲宜。」秋重天回頭指向西北。「從那一頭走，切莫進鎭子裡。」

「爲什麼？」凌葛問道。

「此事與凌姑娘無涉，諸位盡速離去爲宜。」秋重天搖搖頭。

「到底是什麼大難？」凌葛蹙起娥眉。

秋重天終於嘆息。「陸大將軍帶了一支人馬，正往七星蕪而來。我們原不知道他爲何有此一舉，」他看了夏論功一眼，夏論功神色一凜。「現下知道了。」

「那又如何？讓他搜一遍便是，他找不到夏將軍也拿你們沒法子。」楊常年瞪眼道。

「楊大哥，那日他遣人搜景陽山，你可見到我讓他入密道搜山？」

楊常年一滯。

無論他們這些人爲何如此愛挖洞，七星蕪費盡心思不讓人盡見全貌，與當時的景陽山之於秋重天一般，只怕寧可一戰都不會讓陸征的人進入谷中。

「晴川山民對皇室向來忠心耿耿，只要表明身分，陸征想必不會爲難你們。」

林諾蹙眉道。

秋重天唇角一勾，微有自嘲之色。「山民忠於皇族，皇族未必忠於山民；朝義他們的先祖負有守山重任，那已是百年前的事了。他們的忠誠是因爲祖上傳下來的，與其說是忠於皇族，不如說是忠於祖訓。如今的皇室對山民完全不瞭解，這份忠誠對他們可有可無。若是毀一座寨能抓到一位敵國大將，那便是多殺幾個人又如何？」

林諾沈默了。夏論功沈思半晌，毅然站了出來。

「既是如此，諸位領了我交差便是。」

「將軍！」

「將軍！」

幾人同時出聲。

「不能讓我一人，犧牲七星蕪內數百條人命。」他清朗的雙眸直視著秋重天。「夏論功在此，得以一命換千百條人命，那也値得了。」

鄭氏兄弟眼中現出驚色，彷彿不敢相信自己的耳朵。林諾立刻上前一步，拉住夏論功的手臂。

「將軍，不可！」他轉向秋重天，凜然道：「夏論功既已回復平民之身，兩國征戰便與他無涉。你們若要傷害平民，除非踏我的屍體而過。」

『Leno……』

『我心意已決。』林諾回頭看著姊姊。『他們絕不能從我面前帶走他！』

黃軍、楊常年立刻站到他身旁去，趙虎頭蹙了蹙眉，慢慢上前一步一起站定，芊雲不甘示弱也站到林諾身旁。

一時間，他們一堵人牆擋在夏論功面前。夏論功又驚又愧，不知自己何得何能，竟得一群幾乎陌生的人如此相助。

「哈哈哈哈，我夏論功得此至交，此生亦不枉。」他仰天長笑。

凌葛深深嘆了一口氣，這群睪固酮分泌過盛的小鬼眞是讓人傷腦筋。

「各位，各位，」她拍拍手要大家看過來。「你們的爭先恐後犧牲奉獻眞是令小女子感動不已，如果犧牲奉獻有用就好了，所以請大家不用急著送死。」

「凌姑娘，妳說這話是什麼意思？」楊常年怪道。

「我的意思是，秋掌櫃就算把夏論功綁了交出去又如何？陸征又不是傻子，我們都猜得出誠陽水道、景陽山道與七星蕪河谷必出同源，他會猜不出來嗎？他只要一見到七星蕪，就會知道這裡住的一定不是普通土匪。

「待他查出他們是山民之後，只會更想知道那藏國祕寶在哪裡。就算他查不出底細好了，一群土匪把一座河谷築得如此規模，難道會沒鬼嗎？他怎麼可能乖乖收兵回去當做沒看見？

「眼下出兵攻宋已是必然之舉，他怎麼可能讓自己的背後藏著一群不知是好是歹的匪徒，在他後門挖谷開道，肆意橫行？」

秋重天長嘆一聲，點了點頭。「凌姑娘所說甚是，今夜無論是正面迎擊或退守避戰，直接衝突已是在所難免之舉。我既是半數山民的首腦，便不能坐視旁觀，諸位卻無此義務，請盡速離去爲宜。」

「好。」凌葛很乾脆地點頭。

「凌姑娘！」黃軍和楊常年同時叫道。

「宋東秦已經死了，他先出賣陳國後出賣宋國，在外頭混不下去了才回七星蕪，今晚又想背叛七星蕪的規矩殺他們放出來的人，如此不忠不義之徒你們也不必太放在心上，他的首級我取了，你們沒有意見吧？」她和善地問。

『Grace!』悶雷一響。

『幹嘛？』

『妳能不能克制一點？』

『他們打他們的，我們依原訂計畫行事啊！這又不是我們的戰爭。』她攤了攤雙手。

『我們跟他們一起回去。』他告訴她。

『不！』凌葛的立場非常非常堅定。

林諾點點頭。『好，妳先回客棧等我。』

又來了！你若以爲同樣的招式可以一用再用，你就太小看你老姊了。

『你和我一起離開，否則……』她眼睛一瞇。

『否則什麼？』

凌葛四下看了一眼，突然往夏論功一指。

『我就殺了他。』

『爲什麼？』林諾怒道。

他的姊姊不常殺人，他甚至懷疑宋東秦是她親手殺的第一個，但他毫不懷疑她若要殺夏論功的話，夏論功一定活不了。

『他是一切問題的根源，他死了，就什麼問題都沒了。』

夏論功莫名其妙地指著自己，很明顯他們一定在談論他，卻沒有人知道他們在說什麼。大家只能輪流在姊弟倆臉上看來看去。

『妳不准動他，否則……』

『否則什麼？』凌葛冷冷地盤起手。

林諾終於想到一個一定有效的威脅——

『否則我就不喝妳的藥。』

Fuck!

9

他們終於見到聞名已久的七星蕪大頭目。

秋重天與二十餘位山民後裔，加上凌葛一行六人，夏論功，一群人重新踏入通往七星蕪的河谷，

秋重天的人讓出幾匹馬來讓他們兩兩共騎，到了谷口，一條黑暗的人形不知從何處鑽了出來，默默看他們一眼，又消失不見。

在狹長的幽谷中沒有人說話，路面漸漸下傾，兩旁谷壁漸高，除了頭頂的星與月別無任何光線。偶爾有一個黑影從兩旁的石壁高處閃過，快到讓人以爲自己看錯了，但他們都很清楚他們沒有看錯；自入谷的那一刻起，他們的一舉一動都在旁人的監看之中。

一路來到七星蕪的前門，釘懸在谷壁上的火把將小小的空地照得亮如白晝，四周卻恍如鬼域，無一絲聲響。

寨門忽地悠悠開啓，十來個青壯男人從裡面走出來，左右各分成兩排站定，神色森然。大部分的人凌葛他們都不認識，只認得右排最後一個走出來的是羊漢沖。

光線照不進寨門內太遠，但是他們已經看出街道上黑影重重，不知佈了多少人。

最後，一個身材略矮的男子慢慢走了出來。

看到他，你會想到一堵肉牆。

並不是說他胖，他身上沒有一絲多餘的脂肪。

他只是壯，非常的壯！

他的肩膀寬闊得不符合他的身高比例，他被布繃住的大腿全是一束一束的肌肉，每隻腿都有幼童的腰身粗。他雖然只有五尺多高，橫向卻壯得屬於七尺高的人才有的骨架。看著他，你只會連想到一堵又厚又重的方形人牆往你壓過來。

此人年近四十，膚色黝黑，五官平凡無奇，走在街上就算從你身旁錯身過十次，可能你都不會記住，但是一對上他的眼睛，你就再不會忘記。

他的一雙眼精光四射，炯炯有神，被他盯住了會你的背心會不自覺地開始發汗。

秋重天等一行人都下了馬，慢慢走到前門的空地上，氣氛一時有些肅殺。

「大頭目……」羊漢沖在一旁低語。

大頭目手一抬阻了他的話語。

「這等陣仗，是幹什麼？」大頭目冷冷地道。

秋重天回身看了一下自己身後的人，輕咳一聲：「大大哥……」

大大哥？凌葛和林諾交換個古怪的視線。這什麼怪名字？

「住了！」大頭目舉手又是一阻。「我大元清領著一幫兄弟在這七星蕪安身立命，大隱於世，於這外間的世事卻是不多過問。景陽山的弟兄既然違了祖訓，甘爲朝廷命官家臣，自此便與我等道不同不相爲謀，又何來一聲『大哥』？這位公子既非我族後人，就更不需喚這一聲『大哥』了。」

原來他姓大，名元清，所以大頭目真的是「大頭目」。

秋重天被他的冷語一陣搶白，頓露尷尬之色。

身後的鄭氏兄弟心裡一急，就想開口，驀地，一把清冷的嗓音如冰擊玉珠傳入眾人耳中——

「你想不理紅塵，大隱於世，紅塵就甘願放過你嗎？」凌葛的嘴角輕輕勾起。

大元清如電的目光投在她精緻的眉目上，再看她身旁的芊雲一眼，便決定她們不重要。

「這幾位看來是從我七星蕪出去的？我大某人倒是有眼不識泰山了。」他看了看林諾、楊常年和夏論功幾個，冷笑一聲。

凌葛也不理他的輕慢，對鄭朝義做個手勢。鄭朝義點點頭，跑到後面的馬群裡，不久抱了一具覆著白布的屍身出來。

他將屍身放在地上，把充當屍布的長衣掀開，大元清和其他幾個頭目登時臉色大變。

「是誰殺的?」他一聲斷喝。

「我殺的。」凌葛冷冷地道。

秋重天瞪大了眼睛,鄭氏兄弟亦是微微一震。

「妳說什麼?」大元清厲聲道。

「他想殺我的朋友,我就殺了他。」

大元清冷笑一下,朗聲對著他們所有人說:

「是哪個人做的,是個男人就自己站出來!躲在個娘兒們身後,算什麼英雄好漢!」還是覺得女人不重要。

凌葛從懷中掏出那柄手術刀。

『Grace!』

「凌姑娘!」

林諾和剛才保她的夏論功同時開口。

「他心口的那一刀,是用這把刀刺的,你不妨拿去比對一下。」她只是冷冷地道。

『Grace!』

『閉嘴!』

大元清深吸一口氣,蹲在宋東秦的屍身旁,兩手一拉,屍身上的衣物如撕紙張般裂成兩片。

宋東秦正心口那個不到半寸的傷口，確實符合她手上那支怪異的小刀。

大元清霍然起身，林諾馬上微側一步擋在他姊姊面前。

『走開。』凌葛平靜地跟他說。

林諾看她一眼，只得再讓開來。

「姑娘殺我七星蕪的兄弟，想必是事出有因的了？」大元清怒極反笑。

「你知道的這個人叫宋東秦，投在陳國大將軍陸征旗下，被陸征派到宋國去當奸細；我知道的這個人叫秦東，投在宋國將軍馬志勇旗下，被馬志勇派到陳國去當奸細。

「我聽聞晴川山民有祖訓：不涉塵，不出仕；清心寡欲，淡泊名利；永生永世忠於大陳，矢志不改。有違者，逐出族門，終身不得歸。」

凌葛慢慢踱了兩步。

「當年，秋重天身後的弟兄認爲忠於陳國最好的方法就是保護忠臣良君，所以他們入了戴尚書府中，並且祕密保護許多官員；你認爲他們違了祖訓，寧可決絕而去，毫不顧兄弟之情。

「如今這宋東秦既跟了陸征，那便是違了『不涉塵不出仕』的祖訓；既跟了宋國馬家軍，那便是違了『忠於陳國』之命；既想殺了我這朋友回去跟陸征邀賞，那更是違了『清心寡欲淡泊名利』，你收留他回七星蕪，倒是很顧兄弟之情啊！」

大元臉色又變了幾變，兩旁其他頭目也出現驚疑之色。

凌葛冷笑一聲。果然她猜得沒錯，七星蕪的人並不知道宋東秦在外頭做的好事。無論他用什麼理由讓大元清收留他，說的一定不是實話。

短短的這點交談已經足夠凌葛瞭解大元清的性情。

他的性格固執守舊，十分古板。這種人最大的特徵就是不知變通，一旦認定了什麼，無論旁人如何勸說都不能改變他的想法。

所有的性格都有好與壞的一面，他的不知變通，在這個時候反倒對她有利。

「你們以爲出世不出仕就比較清高嗎？不涉紅塵的結果就是外頭發生什麼事，你們通通都不知道，最後變成糊塗蛋一個。」她冷笑。「戴尙書府裡的人或許身在濁水之中，起碼他們清清楚楚知道自己在做什麼。眞要比，又是誰高誰低呢？」

秋重天長嘆一聲。

「好，即便是如此，那也由不得外人殺他，我自會清理門戶！」大元清厲色道。

「這可好笑了，我們一出七星蕪便遇到殺手狙擊，你這位好兄弟假裝跟我們同一路的，實則摸到我們身旁想趁機暗算。難道你們七星蕪的人是天皇老子，只准你們殺人，不准別人還手？」

大元清每一句話都被她堵回來，終於正眼看一下這個「不重要的女人」。

「你們是什麼人？爲什麼會有殺手埋伏狙擊？」他沈聲道。

林諾主動說：「在下林諾，素有『宋國新虎』之名，但我現下已離開宋軍了，她是我姊姊。」

「楊常年，宋國校尉，現在也不在宋軍了。」楊常年道。

「黃軍，我以前是楊校尉的部下，現在跟著他們。」黃軍回頭對芊雲和趙虎頭一比。「這是我們浪盪江胡認識的一對朋友，這位大哥叫趙虎頭，那是他的義妹。」

「原來是幾名宋國棄軍和江湖浪人，這和我宋兄弟又有何干係？」

「因爲埋伏的人就是他安排的。他並不甘心屈居在七星蕪裡，早已與人串通，想領了我兄弟這幾顆人頭去陳軍領賞討好，趁機升官發財。你如果不信的話，谷口三里處有幾具黑衣人的屍體，你的人想必就快搬回來了吧？何不自己檢查？」

她話聲方歇，陣陣急促的馬蹄聲自眾人身後傳來，幾騎黑影快速接近。

這麼準？林諾看她一眼。

凌葛聳聳肩。剛好而已，她還沒神通廣大到可以預測大元清的人何時會回來。不過效果既然這麼好，她就保持一下世外高人的神祕感好了。

回來的總共四個人，每人的馬背上都疊著兩具黑衣人的屍身。

「解下！」大元清喝道。

所有屍體拋在地上，大元清一具一具親手去搜，前幾具都沒搜到什麼，摸到第五具他神色一動，從那人懷中摸出一枚令牌。

那令牌約莫一寸寬，兩寸長，硬竹所製，因久爲人把持而呈潤澤的深褐色，上頭烙有中軍軍徽及「通行」二字。

中軍大營的通行令。

林諾見過這種通行令，軍中士兵若是外出辦事，回返時必須出示通行令方得入營。那日陸征召他們去見時，領他們入營的小兵就出示了一張這種通行令。

大元清臉色鐵青，回頭再走到宋東秦身旁，往他的懷裡一摸，果然摸出一模一樣的通行令。

黃軍、楊常年、趙虎頭等人聲色不動，彷彿變成了雕像，林諾又瞄姊姊一眼。

大元清拿了那兩張令牌站起來，大聲質問：「這是什麼？」

「中軍通行令。」凌葛很善良地告訴他。

他當然知道這是什麼，他只是無法置信。

大元清心頭狂怒，兩手一扳，硬生生將通行令拗成兩截，眾人頓時動容。

須知竹子有韌性，尤其是這麼短的竹令沒有太多可施力之處，他隨手一扳就能斷成兩截，足見指力之驚人。

「好！這宋東秦既欺我弟兄在先，復又勾結外人，欲獻媚於朝官，此事算我們七星蕪理虧，諸位自行出谷吧！大某不爲難就是。」大元清大手一揮，轉過身去望著漆黑的七星蕪。

「不可……」秋重天急忙站出來。

凌葛對他一搖頭。他是最不適合出聲的人。

夏論功往前一站，神情凜然，氣如山嶽。「你們想揭過，陸征卻不願意放過你們。」

「閣下又是誰？」大元清旋身怒問。

「宋國前信威將軍，夏論功。」

所有七星蕪的人頓時騷動起來。

大元清怒極而笑。

「原來你們這些人混入我七星蕪，就是爲了營救姓夏的！我等雖不涉俗事，殺敵國大將卻是忠貞愛國，想來祖宗在天有靈亦是讚許。除了夏論功，所有人即刻出谷，否則休怪我翻臉無情！」

「大哥，你有所不知。」鄭朝禮忍不住上前道：「陸大將軍這次帶了兵馬來，就是打定了主意要將七星蕪盡皆剿戮，林諾、凌姑娘和夏將軍他們本不需回返，他們是爲了救七星蕪的人才回來的啊！」

「我等既是晴川忠民之後，待陸將軍一至，自承身分便是，難道我陳國大將軍會是如此不明理之人？」

凌葛這時才發現他們有多天眞。

可見在亂世中，「避世」眞的不是個好主意——尤其你還想搞個很大的地下組織。

「是，陸征是這樣一個單純善良的好人，你們自承是山民之後，他當然會毫不猶豫地相信你們，跟你們道聲歉，然後再把他帶來的人原封不動帶回去了。」

大元清臉色一變。

「凌姑娘說得極是。」夏論功沈聲道：「陸將軍此行必是以剿匪之名，且不論他願不願意相信諸位爲忠良之後，便是相信了又如何呢？諸位劃地爲王，是不爭之事。難道你們願意讓陸征帶兵進來，一一探遍河谷，確認你們並無反意麼？」

他不曉得他們開鑿河谷是爲了什麼，卻很明白這一切做得如此隱密，就不會想輕易讓外人看見。

一旦陸征到了，所有佈置只會讓他更想一探究竟而已，而七星蕪的人只要反抗，一場血戰就在所難免。

兩百個平民與一支戰技精良的軍隊？後果如何不言可喻。

「便算是如此，我七星蕪難道還需幾個敵國棄將相幫？」

林諾再也聽不下去，神色凌厲如刀。

「夏將軍早已辭退官職，如今只是一介平民，江湖就是他的家。若這七星蕪只是山民後裔也就罷了，裡面卻還有兩、三百位百姓，全都是你們從各地半拐半騙回來的。他們又何辜？」林諾厲色道：「我們想救的不是你們，是那幾百位無辜的百姓。大頭目若是不開心，趁現在陸征的兵還未殺到，自管帶著你的弟兄離去便是，這七星蕪我們是守定了！」

他一句句鏗鏘有力，擲地有聲，雖然一身污穢骯髒，卻像一尊散發金光的神將，所有人爲他的氣勢所懾。

夏論功毫不猶豫，上前一步站在他身旁，身後幾十個人通通上前一步。

大元清面對著他們肅然堅定的神情，竟然無話可說了。

✶

『妳不過來幫忙嗎？』林諾推門走進她和芊雲歇息的小屋。

『不。』

『爲什麼妳老是這樣？』林諾重重嘆了口氣。

『什麼意思？』

『在不適當的時候跟我拗脾氣。』

拗脾氣？

噢，這下她被得罪了。

淩葛放下手中的書跳下炕。

『因爲你總是忘記我們的任務是什麼！你永遠有別的人要救，別的地方要去。這不是我們的世界，我們並不承擔拯救它的義務！我們只要依照原訂計畫離開這裡，找到歐本，任務就結束了，但你總是把別人的生命置於你自己之上！』

『我沒有把別人的生命置於我自己之上。』

『你把別人的生命置於我之上！』

『我沒有把別人……』林諾頓住。

七星蕪眼看將變成一個箭靶，他卻把她一起拖回靶心上，嚴格說來，他確實把別人的生命置於她之上……罪惡感快速掃過他瘦長深刻的俊臉。

「你欠我一次！」她堅定地說。

想跟我吵架，你還嫩了去，小屁孩！凌葛心頭冷笑。

「……好吧！」

「記住，這是你自己說的。」

凌葛把書放下，芊雲立刻把掛著的長袍取下交給她，她披上長袍，轉身而出。

「等一下。」林諾忽道。

「又要幹嘛？」

「妳哪裡弄來兩張令牌的？」這個問題他已經想了很久。

今夜一團混亂每個人都只顧著自己活命，她竟然還記得順手栽這個贓，她當時就算到他們有可能回頭了吧？

只是，黑衣人和宋東秦身上各有一張令牌。他知道她是怎麼拿到第一張的，當初帶他們入營的小兵可能身上少了張令牌，可是之後她就沒有機會再和任何陸征的人接觸了。

要說她第二張令牌是從陸征帳子裡摸走的，那談何容易？陸征一定會發現。

他想破了腦袋也想不出第二張令牌是怎麼來的。

「你在說什麼？宋東秦身上的令牌是他自己的。」她開門走出。

林諾一呆。

什麼？她怎麼可能知道……她爲什麼……她就這麼有把握？

林諾啞口無言。

最後，他搖頭輕笑。

他很早就放棄研究他姊姊爲什麼總是有辦法做到這些事，如果要搞到懂，他的腦袋可能會先爆掉。

★

「……唯今之計，唯有先將老邁或行動不便的人送入谷中，暫時一避。」夏論功正伏在桌前，對著大略畫出的河谷地形沈吟，楊常年黃軍趙虎頭均站在他身後。大元清、羊漢沖、秋重天等人圍在桌前，兩個頭目站在門旁待命。

她一進來，楊常年和秋重天神色一振，都直起了身。

「凌姑娘，妳終於來了。」楊常年看起來很高興，大元清莫名其妙地看他一眼，不知道他在高興什麼。

「凌姑娘。」夏論功對她一抱拳。

顯然現場暫由他指揮調度。說得也是，他是長於征戰的將軍，這種進退攻防的事他確實較有經驗，

大元清回頭繼續研究他們分享的部分谷道圖。「中間這一塊尚未挖通，通到其他谷道是可以，卻沒有對外出口，一旦陸將軍的手下攻入，只怕成了甕中之鱉。」

「那你倒說說你們有哪條路是挖通的呀！」楊常年不耐煩地道。

大元清面露不豫之色，楊常年看了眞想罵人。都什麼時候了還在那裡搞神祕？

「我們爲什麼不趁著還有時間，讓大家趕快出谷呢？」黃軍問。

其實大元清的想法就是如此，一旦出了谷，大家各安天命，官兵來時他們七星蕪自會設法應付。

「散了只是死路一條。」不料凌葛和夏論功同樣的說法。

楊常年瞪黃軍一眼。「你少出鬼點子。夏將軍和凌姑娘都在，輪得到你開口？」

黃軍有點委屈。

凌葛和夏論功互相微微一笑，只有大元清的臉色不太好看。

「秋掌櫃，你知道陸征的人還有多久會到嗎？」她走到桌旁，盯著那個臨時畫出來的半成品。

「依我們的探子回報，若兵速不變，約莫再一個時辰。」

「可以確定他帶了多少人嗎？」

「四、五百人是有的。」秋重天道。

凌葛娥眉微蹙。四、五百人比他們的人數多出兩倍，他們就算挖醒每個民工備戰，這些人終究是烏合之眾，怎敵得過征戰沙場的精銳士兵？

「凌姑娘，爲什麼現在散了是死路一條？」黃軍不禁問。

此時門又推開，林諾魁梧的身影閃了進來，後頭跟著一條嬌弱的俏影子。

「因爲七星蕪前前後後裡裡外外加起來，夯不郎當也有兩百個人，這不是少數目。就算現在散了，一個時辰這些人也走不多遠，別忘了現在是鎮民安睡的時分，鎮上突然出現兩百多個從『土匪窩』出來的人，焉能不造成騷動？且別說躲在鎮子裡跟躲在七星蕪一樣毫無防禦能力，陸征此行定是以剿滅賊子爲名義，我們等於直接送給他一個堂而皇之的理由逮捕人。」

黃軍恍然大悟。「可是……難道大家伙眞困在這鳥地方等死？」

大元清對他「鳥地方」這三字甚是不滿。

「硬拚是不行的，在下和陸將軍對陣過一回，此人練兵確實精良，便算是七星蕪裡有五百平民，也不是他的對手……」夏論功直起身道。

大元清聽到這裡竟然露出得色，楊常年狠狠瞪他一眼。

夏論功續道：「唯今之計只有將民工分成數股，遁入河谷中躲避，陸將軍的人即使要追，也非得分散兵力不可，如此我們逃生的機會方得大增。大頭目，這些乾谷既是天然形勢，必有流向出口，你們應有活路領這些人出谷才是。」

「確實有三條谷道可通至不同的出路。」大元清勉強道。

「如此甚好。」夏論功道。

「對了，前村的人一定得叫上的。」黃軍趕緊道。

「這是自然的。」夏論功點頭。

「尤其不能落了李四姊。」黃軍再加一句，楊常年狼狽地瞪他一眼。

此時門口又進來一個人，原來是韓必生。他手中提了一大壺熱茶，眼神還透著幾絲惺忪，一見屋內竟有這麼多人，嚇得連睡意都沒了。

「羊頭目，周大哥叫我給你們送茶進來。」

「這時候誰有還心情喝茶！」羊漢沖低斥。

韓必生唯唯諾諾，只得把茶水擱在角落邊几上。

凌葛只是對著桌面的地圖沈吟。

「妳有什麼想法?」林諾低聲問道。

凌葛對目前的分派都沒有意見，夏論功絕口不提防禦，除了他們實力不如人，也因爲他們無法肯定大元清的人願不願意公然與官兵爲敵。只要七星蕪有一絲遲疑，整個防線就崩解了。

雖然人到危急之時，都有自我防衛意識，但最怕的就是前頭那段要打不打的猶豫期，那等於將逃跑的先機送給了敵人。

「我們唯一的任務就是逃。」她道。

大元清翻個白眼，夏論功微微頷首，知道她的顧忌和自己一樣。

「追上來的官兵越少，我們逃命的機會就越大。」她再說。

「這不是廢話麼？」大元青終於忍不住了。

「大頭目！」黃軍不滿地道。

凌葛不理他們。「所以我們的戰場必須闢在谷外。只要他們追進谷裡來，我們就全盤皆輸了。」

「五百兵馬已追至眼前，難不成姑娘站在谷口一喝，他們便自己停下不成？」大元清出口譏刺。

楊常年大怒，還來不及發威，後面的韓必生卻叫了起來。

「大頭目，你可別這麼說！凌姑娘領著我們幾人，連死人林都闖得出來，你聽她的話準沒錯。」

大元清眉頭揪了起來。

「豈只死人林？老子和林諾、馬將軍去年在邊關被你們陳國使計抓了，你們世子裡三圈外三圈派了一大隊人要押往京城去，你道是誰硬生生將我們三人從上百人手中劫走？」楊常年嘿嘿冷笑。

「涼宋交境那個人人聞風喪膽的黑風寨，你自己出去打聽打聽是誰一夜剷了他們吧！」黃軍也加一腳。「凌姑娘不跟你計較，你真當她好欺負？」

「好了！吵什麼吵？這些事現在重要嗎？」凌葛不耐煩地低斥。

三個人立時收聲。大元清很難相信地看凌葛一眼。

夏論功只是盯著地圖沈思她的話，對他們的爭執恍若未聞。

其實他在擔心的便是這點。一旦陸征的人追進來，即使兵分三路，每一路的人也比七星蕪的人多。即使中途用任何方法阻他們一阻，終究也是一時的，遲早會被追上。

在河谷裡逃命有好處也有壞處。好處是它曲裡拐彎，不熟地形的人極易追丟；壞處是，它除了谷道就沒有地方可以躲，不能竄高伏低、鑽天遁地。陸征一定帶有長於追蹤的人，倘若在逃出谷之前就被追上了，這片河谷就是每個人的葬身之地。

可是，要讓他們止步於谷外，談何容易？

「凌姑娘心頭可有計較？」他終於問道。

夏論功、陸征、楊常年這些人或許是沙場上的戰將，七星蕪的谷道卻類似阿富汗或伊拉克的街道，城市巷戰和大規模的攻擊策略不同，而這恰好是她的專長。

「大頭目，這三條能出谷的路在何處？」她問大元清。

「這裡，這裡和這裡。」

「它們的出口各自是通往哪裡？」

大元清微微一頓，終於道：「一條通往西北十里外的一座樹林，一條中間需得過一段河，不過河水並不急，可涉水而言，入鄰縣兆陽城。這一條沿著河谷繞往東南方。」

所以每條路線的出口都分得很開，這是好事。

她對大元青和羊漢沖道：「如此甚好，請七星蕪的頭目各分三路前引，楊常年、趙虎頭、黃軍，你們每人各分配一路斷後。你們帶著十數個壯丁，待所有人都進了谷道之後，不管要挖要塡要搬要埋，將這三條路盡量封起來。七星蕪的頭目們應知何處是適合斷路之處——你們的主要任務是撤離和疏散平民。」

楊常年三人同聲稱是。

「進七星蕪的這段引道是一條極佳的天然屏障，易守難攻，陸征一定不會一口氣全擠進來；他會兵分兩路，一支直攻，另一支繞到河谷側邊，試著取得居高臨下的制高點，所以谷中最靠外圍的這一路需得如此——」她將引敵擾敵之策大致說了一下。

「這不就是搗亂嗎？搗亂我最會啦！靠外頭這一路交給我便是。」黃軍笑道。

「大頭目，我另外需要你派兩個人去做一件事。」凌葛看大元清一眼。

「何事？」

「你派兩個人到鎮上……」凌葛如此這般說了一番。

大元清想了一想之後，點點頭。「這可辦到。」

「如此便請現在就去，我們時間不多了。所有工人和村民也請將他們叫起，大家該開始準備，一炷香的時間務必開始撤離，來不及的人我們就不等了。」

大元清立刻回頭對守在後面的一個頭目一點頭，那頭目匆匆出門。

過不多久，寨裡響起一陣「嗚——嗚——嗚——」的牛皮號角聲，驚破寧靜的夜，各種騷動的聲音傳了出來。

「凌姑娘，我們呢？」秋重天道。

「秋掌櫃，你們負責守入口的這段引道，為後面的人爭取一點時間。」她指了指地圖，說一下秋重天的人應該如何佈置，如何擾敵，如何攻防。期間又問了大元清一些跟地勢有關的事。

事關緊急，大元清也不再隱瞞，將谷內谷外的一些佈置大致說了。

議定之後，秋重天和鄭氏兄弟立刻領命，出門而去。

夏論功見她分派有度，心頭微微詫異，雖然心裡已知她非尋常女流，卻未預想到她的思路竟如此周密。最後他索性站在一旁讓她主導，以免亂了她的步調。

「雲兒，陸征識得妳，有件事妳能幫得上忙，可是會有點危險，妳怕嗎？」她看向芊雲。

「在伸手不見五指的山裡扮鬼、滾人頭的事都做了，還有什麼可怕的？」芊雲很勇敢地點點頭。林諾微笑，長指溫柔地撫過她的烏髮。

連最弱不經風的她都這般說，大元清終於相信他們這些人真幹過些匪夷所思的事。

「凌姑娘，妳可別忘了算上我一份。」一直在後頭的韓必生突然叫道。

「你不和其他人一起逃嗎？」凌葛挑了挑眉。

韓必生搖搖頭。「今夜要是避不了，大家通通一起死，我走前頭走後頭還不是一樣？我雖然不會武藝，卻身強體健，跑跑腿一定行的，凌姑娘妳帶上了我，有什麼需要差遣的儘管說便是。」

凌葛點點頭。「好，我確實需要一個人幫忙。你會用什麼兵器？」

「這……菜刀我是用順了手，就不曉得它算不算兵器……對了，我常幫著劈柴，所以使使斧頭是行的。」

凌葛四下看了一眼，對大元清身後的那名頭目做個手勢，那頭目低頭看了自己腰間的佩劍，將它解下遞了過來。

「多謝。」凌葛謝過那人，將劍交給韓必生。「你就先用這個吧！」

韓必生嚇了一跳，謹慎無比地接過來，不曉得該拿這明晃晃的劍怎麼辦。

「我呢？」林諾耐心地等她分配完，卻沒聽到自己的工作。

「你？你留在外面。唯有戰場在谷外，我們才有勝算。」

林諾思索片刻，微微點頭。

「如此難得一遇的盛會，姑娘切莫忘了在下。」夏論功笑道。

凌葛看著他，唇角浮起一抹極淡的笑意——

「這是自然。素聞夏將軍英武過人，不知將軍可有意思搏一筆大的？」

10

陸征高舉右手，身後的數百騎齊齊停了下來。月華落在他身上的銀甲，輝耀出淡淡銀光。

一片幽靜無聲的靜谷橫在眼前，猶如遠古時期雷神一怒，以旱雷劈開了地面，又似亂刀砍出的傷口，血肉翻起，坦皮之下一道道傷疤。

他盯著漆暗的谷口，這條路可通向天堂，也可通向地獄。當然，他希望通向的是他的天堂，某人的地獄。

他往右手邊一指，副將范齊立刻領著一百人從河谷的邊緣繞去。

「將軍。」孟見離騎到他身旁。「派去附近鎮子上的人回來了。」

「怎麼樣？」

孟見離眉頭深鎖。「鎮上一片漆黑，幾乎空無一人，情景甚是特異。派去的探子挨家挨戶地敲門，終於在村尾一戶人家裡找到了一個病重的老翁。那老翁道一個時辰前，七星蕪的頭目突然策馬而入，大喊：『寨內生活無著落，今夜酉時入鎮打草穀，不想送命者速速離去！』七星蕪向來不在地方上犯事，時間大家還半信半疑，不想一炷香時間又有幾個人衝進村裡，見雞鴨牛羊就殺，又喊了一次，鎮民才相信這是眞的，當下爭先恐後收拾家當全避出鎮去了。那老翁因身子病重，怕拖累子女，才沒有跟著逃命。」

「什麼？」

「探子問了，那七星蕪裡可有放人出來？那老翁道，今日整天都無人出來。」

「嗯。」陸征皺起濃眉。

酉時早已過去，兩人的目光落回眼前那黑洞洞的入口。

「將軍，會不會有詐？」孟見離道。

陸征冷笑一聲。「不入虎穴，焉得虎子。我倒想看看一群佔地爲王的匪徒如何奈得我數百精兵！」

他手一抬正要下令，那黑洞洞的入口忽地傳來一陣細細的馬蹄聲。

達達的馬蹄聲漸近，一抹素白的身影出現在谷口。

眾人不禁眼前一亮。只見銀月溶溶涼若水，白衣飄飄淡如月，滿天銀輝落在她淡雅的白衫上，在身周映出一圈光暈，她髮長如泉，皓腕如玉，腰間一約束，羸弱不禁風。

她身後跟著一騎黑衣黑馬的男子，腰間佩著一柄長劍，似是個隨從。

「公主。」陸征冷冷地道。

芊雲公主的眼中映著星斗，冷若銀河。她隨身只有馬鞍上吊著的一只黑袋，此外別無長物。

「將軍太多禮了，待吾等一行人完成任務，回中軍大營見也就是了，又何需將軍一路迎來此處？」公主冷冷的眼光譏嘲著。

陸征向來不喜女子，尤其是不安分待在深閨的女子，尤其是不安分待在深閨且高傲的女子。

芊雲公主看著他的眼神，讓他想到梅貴妃，總是那樣清倨高傲，彷彿他這皇長子在她眼中也如草芥一般，不及她兒子的萬分之一。

他最瞧不慣三弟有極大原因與他討厭梅妃的眼神有關。

他壓下怒氣冷笑。「公主孤身一人在此，難道不怕危險？宋國新虎呢？宋國校尉呢？妳的禁軍統領、貼身女侍呢？」

「倒不知將軍對本宮如此關心，本宮不勝感激。」公主微微一笑，將鞍上繫的那個黑袋子解下來，往他馬前一扔。

「這是什麼？」陸征冷冷問。

「將軍忘了我們來此是為了什麼嗎？本宮交差來著。」公主淡淡道。

旁邊一名精兵下馬撿起那布袋，交到陸征手中。陸征將袋中的物事倒出，一顆人頭咚地滾落在地上。

看清了人頭的相貌，他的臉色變得極之難看。

「你們殺了宋東秦？」

「將軍不是說要用他的人頭祭旗嗎？」公主偏頭看他。

「孟先生。」陸征牙根一咬。

「屬下在。」孟見離應道。

「將公主送回鎮上，好生保護，切莫讓賊人傷了她。」

「是。」

這是要以她爲人質了。

孟見離回頭正要叫人，公主已涼涼開口：「不必了，這裡一個人都沒有，還有什麼賊子？」

「公主什麼意思？」陸征目光如電。

「我說這裡面一個人都沒有，將軍白來了。」

「公主若使的是空城計，也未免太小看本將軍了！」

「空城計是城裡眞空，諸葛孔明故意敞開城門欺敵，我卻是直接明白地告訴將軍，七星蕪裡一個人都沒有，這是實話，何來的空城計？」

「夏論功已經逃了？」陸征臉色一變。

「哪個夏論功？」她反問。

陸征懶得和她多說，大手一揮，瞬間戰馬踢踏，聲威震天。

他這趟帶了五百精兵而來，只爲了抓夏論功一人。他並不是太恭維夏論功，而是從不輕敵。他不知七星蕪的人會不會乖乖教出夏論功，因此他寧可愼重也不放過。

扣去谷側與派去鎮上的兵力，他猶有三百五十名。其中一百五十名立刻由另一名副將胡桓志領軍，奔入谷道之中。

最後一名精兵入谷之際，轟隆一響，一顆巨大的圓岩突然從石壁上滑落，將谷口堵得密密實實。

「大頭目，七星蕪既築此規模，必不會全無防備。若是將來有敵入侵，入寨谷道想必設有斷後的機關吧？」

「……」大元清微一遲疑。

「大頭目，現在眾人都在同一條船上，可不是藏私的時候。」

「……有。」

陸征臉色一變，長刀揮出，堪堪停在公主的頸前。

一縷青絲飄然斷落，她瑩白如玉的頸項被刀氣所傷，滲出一絲淡淡的紅澤。

公主不動不躁，端凝如舊。她身後的小廝用力抽出長劍，抽到一半狼狽地卡在鞘裡，抽了兩次才抽出來。

「大、大膽！」小廝色厲內荏地大喝。

陸征劍眉一軒，正要揮刀將那小廝一刀了結，寅夜中忽地響起一聲清朗的叫喚——

「陸征，你要我夏某人一條命，親自來取便是，爲難一名姑娘家，算什麼英雄好漢？」

陸征精神一振。「追！」

餘下的兩百名鐵馬轉向聲音來處，齊奔而去。

「將軍，且慢！」公主一夾馬腹，緊緊跟了上去。

★

繞到谷邊的一百人聽見了那聲巨石滑落的巨響，范齊騎至谷道邊緣，往下大喊：「胡兄可還安好？」

「沒事。」胡桓志的嗓音從下頭傳出：「賊子雖埋伏了機關，焉能奈何我等？」

「眾兄弟小心了。」范齊領著自己的百人，繼續沿谷邊而去，意欲上下包抄。

然而，這谷到後面卻是如扇形岔開，他與谷道中的同僚距離漸漸拉開。

所有人都在暗夜中行進，利用黑夜掩護身形。突然火光隱隱一現，卻是谷中胡桓志的人已到了七星蕪門口，燃起了火把。

范齊見了心頭一寬，繼續前進數百尺。忽地，下方的谷間又亮起了一點火光，離他們約有五丈遠。這絕不是胡桓志的人，這火光分明在深谷之中。

「老大，是胡大哥的人？」范齊的手上往火光一指。

「不是，他們還沒入到裡面去。」范齊低聲道：「箭手！」

一排弓箭手站到谷緣。

「放箭！」

一陣黑色箭雨射往火光的方向。

啊、啊、快趴下、快趴下——

隱約似乎聽見谷中傳來痛苦的呻吟。那火光霎時隱沒，不久又是一現，分成前中後三把，迅速在谷間衝了開來。

「追！」范齊一策馬韁，信號手放了一枚煙花，讓谷中弟兄知道他們的方向，大隊人馬沿著邊緣追趕

那火光雖然與他們的距離越來越開，卻一直往同方向去。范齊發現河谷漸開，心中有絲急躁。若是讓賊子逃得不見人影，他豈非顏面盡失？

忽地，那火光又朝他們靠近了一點，原來是谷道曲折拐彎，到了後面這一段又開始往岸邊靠近。

范齊精神大振。「弓箭手！」

一陣箭雨又往谷中的火光射去，「啊啊喔喔」痛呼之聲隨著距離的遠近跟著忽大忽小。

一隊百人隊快速追逐，谷中的人雖然是用腳跑，可是谷外的追兵得避開嶙峋亂石，速度頗爲受限，谷內的人一直落在他們前方三十丈遠處。

終於！

谷道眼見與邊緣越來越靠近，再追數百尺谷中之人幾乎就與谷緣貼壁而行了。

「衝！莫放了賊子！」范齊振臂一呼。

忽地——

「啊！」

「啊！」

「啊！」

衝得最前的幾十騎突然消失。

後面的人煞停不及，繼續追撞撞過去，有幾騎接著消失。范齊堪堪在他們消失處的前一尺拉停了馬。

呼……一陣風吹嘯而上，他瞪著腳下黑不見底的深谷，背心流了一層冷汗。

眼前的一道斷谷吞滅了他三十幾名弟兄。

✶

胡桓志領著一百兵馬進入谷道，未料前端開口尚得三、四匹馬並行，到得中段僅得兩匹馬身的寬度，在彎角的地方甚至馳得快些都要碰撞，不得不單騎而行，待得最尾端的人馬進入谷內，前頭的人已遙遙望見七星蕪的寨門。

轟隆！

谷道口突然傳來驚天巨響，胡桓志連忙回轉過馬身，只見後方層層回報——入口被巨石斷後。

胡桓志暗叫不妙，粗喝一聲：「當心埋伏！」

所有人霎時刀劍在手，原地打轉兩圈，嚴防兩旁陡壁上有人偷襲。

「上頭有人，右邊！」忽然有人大喊。

一串箭雨登時往右邊陡壁射去。

後方又傳來一聲：「左邊、左邊。」

咻咻咻咻咻——一陣箭雨淋向左邊石壁。

胡桓志見這般下去不是辦法，需得立刻進到前方空曠之處。

「走！」他一拍跨下戰馬，領先往前衝。

中段忽地響起：「蛇！蛇！右邊有人放蛇！」中間段立刻發出一陣箭雨射向右臂。

胡桓志總覺不對，那喊的聲音不似他認識的弟兄。

只這般阻得一阻，長長的隊伍分成前後兩截，胡桓志正要厲聲斥喝他們跟上，轟隆——

中段斷開的地方有一顆圓石從石壁上滑落，登時將整個隊伍切開。

後半進來的兵馬，一端被谷口圓石攔住，一端被中間圓石斷後，被困在谷道之中。

胡桓志大吃一驚，回頭欲待救援，嗄隆嗄隆——一陣機關聲響起，他再回頭一看，通往七星蕪的那一端已然被一堵藏在山壁裡的石門攔住。百餘人被切成兩斷，密密麻麻困在山谷間動彈不得。

唯有戰場在谷外，我們才有勝算。

至此陸征的兵馬無一入得七星蕪去。

✶

兩百名鐵騎在空曠漆黑的草原上奔馳，蹄聲震天，領先的一襲銀甲猶如凜凜戰神。

他要的人就在眼前，七星蕪已經不是重點。

他的戰馬後緊緊跟著一騎，馬上的人白衣飄揚，緊追不捨。陸征對她視若無睹，毫不理睬。

夏論功淡青色的衣衫在這片黑暗之中清楚得猶如帶了一把月光在身上。陸征冷笑一聲，速度毫不放慢，張臂取弓、彎弓、放箭！

「將軍！」旁邊的公主驚叫一聲，竟策馬撞向他的馬側。

陸征手一歪，箭射偏了。箭從夏論功的身畔掠過，夏論功用力　鞭策馬跑得更急。

陸征大怒，長弓往白馬頭上揮去，公主連忙勒一勒馬，避開他的一擊。

「哼！我見妳是女人，對妳手下留情。若是妳再作怪，莫怨我破了不殺女人的例！」說完不再理她，催馬急追。公主的白馬漸漸跟不上他的速度。

夏論功穩穩保持在丈餘遠，其他人再發箭卻是臂力不及，被他持棍一揮便輕輕鬆鬆撥開。

陸征緊跟不捨，突然間，那抹淡青色的身影硬生生消失。

他吃了一驚，用力揮鞭追上。

原來前面有一條小小的滑坡，淡青色的衫影在下方突然一分爲二，另一騎斜斜刺出，往左方而去。

兩騎從背後看起來一模一樣，都是高頭大馬，黑騎青衫，一時竟不知哪一個是哪一個，又是從何冒出來。

陸征一陣清嘯，身後分成兩半各追一騎，準備包抄。

過了剛才那個滑坡，地勢開始略有高有低，雖然坡度不大，卻不再那般平坦。原來此處也是個陳年河谷，只是谷道更寬，又在外圍，水氣豐潤，所以樹木林草皆生，實則底部並不平坦。

往前再追片刻，距離又追近了，陸征再度張弓放箭。

這一箭準確射入青衫人的背心。奇異的是，他卻未摔落馬背，只是往前繼續急馳。

一陣箭雨接連射出，前方的馬長嘶一聲，被釘得如刺蝟一般軟倒。

就在此時，右方突然又竄出一騎，也是高頭大馬，黑騎青衫。

「賊子搗鬼！」陸征高罵一聲，繼續追趕。

經過剛才軟倒的那匹馬身邊，馬背上不知何時換成了一段披著青衫的木樁，用繩子牢牢縛在馬鞍上。

他心中越來越怒，這些人竟敢如此戲弄於他，休怪他不客氣。

前方青衫人跑出片刻，被一小叢樹林遮住。

忽地，樹林旁又跑出另一騎青衫人，陸征身後的人馬只得繼續分成兩路，緊緊直追。

之前分開的另一半也出現另一青衣人，就這樣大隊人馬越分越細。

有時前方的青衫人還會若隱若現。一下子不見了，再出現時卻不在之前消失的路徑上，實是古怪得緊。

半個時辰後，整片草原黑壓壓的都是兵馬，每個人的間距越來越寬，忽而東而西，倒像是被蒼蠅逗弄的狼群。

陸征領著跟在他身後的二十騎往前急趕，前方突然出現一片濃密的林子。密林裡無法驅馳，遠遠看去那青衫人棄馬爲足，遁入黑暗的密林之中。

既知他是眞人，那就好辦了。陸征追近之後亦棄馬入林，所有人提劍在手，愼防有人埋伏。

這片密林竟然比預期中更大更濃密，除了枝枒間偶爾透出的月華星芒，幾乎伸手不見五指。

陸征偶爾看見自己的人出現在枝影之間，彼此微打手勢，繼續搜索。

忽地，眼角餘光一抹白影閃過，他如鷹般飛撲而去——

「將軍！」身後一聲厲叫，卻是公主和那小廝追上來了。

陸征不收不讓，一劍刺出，那白影在樹下縮成一團。陸征心中微怔，手腕微微一翻，劍端刺進白影旁的樹幹裡。

那白影臉上蒙的紗掉了下來，竟然是公主身旁的侍女。

那侍女嚇得滿臉發白，抱成一團對著他發抖。

「將軍！你堂堂大男人，何必欺侮一個弱女子？」公主飛快趕來，擋在他與侍女中間厲斥。

韓必生僞裝成的小廝僵著身子跑過來。

陸征看著他們三個人，那侍女腳旁有一襲黑袍，他頓時省悟，原來青衫人隨身帶了黑袍，若是被追得緊了就黑袍一罩，在這無光無火的夜裡便如消失一般，待跑出一段路，再將黑袍掀開，又神奇地出現在另一個方位。

這些人竟然戲弄了他一晚！陸征心頭湧現殺機。

「你們既助那姓夏的，就是與我為敵！」

「將軍，你敢殺涼國公主，不怕我朝報復麼？就算本宮再微不足道，我朝必也不與陳國干休！」

陸征懶得再和她多說，抓起她衣襟往旁邊一甩，撞在韓必生身上，韓必生連忙將她抱住。

咚！一柄黑黝黝的長劍突然釘進他身後那名精兵的胸口。

密林深處響起了金戈交鬥之聲。果然有埋伏！四下有腳步奔走，林中的精兵早已與敵人開打。

「既是如此，公主也怨不得我了。」陸征獰笑。

公主飛快撲到自己的侍女身前，主僕二人緊緊攀住對方。陸征長劍在手，直直往公主的胸口刺去。

「韓必生，你還不動手！」公主突然高喊。

韓必生像木頭人一樣僵住。

「妳叫誰都沒用了！」那劍端刺向她懷中那侍女的背心，這一劍必將主僕二人穿心而過。

「韓必生，你眞要讓今晚功虧一簣？」公主淒叫。

一記長虹如電如光揮灑而來。

陸征一怔，右腕一轉回劍急格，連撐了兩招疾如閃電的精妙劍招。定睛一看，竟是那小廝！

韓必生長劍在手，形如淵嶽，哪是之前畏首畏尾的模樣？

「大膽！」身後五名精兵立刻揮刀殺來。

韓必生手腕翻動，長劍連連點出，一、二、三、四——每點一處必挑起一陣紅霧。

「啊」、「啊」、「啊」五名精兵或手腕或雙腳盡皆中劍，刀劍委地。韓必生五招各自一送，登時結果了他們。

陸征臉色鐵青，盯住韓必生。

「原來眞正的高手在這裡。」他手中長劍正欲出招，一陣極淡的花香忽然飄向他的鼻端。

他腦中一暈，暗叫一聲不好，踉蹌地跌撞在樹幹上。那侍女摸出暗藏的竹管，趁他被韓必生引開注意時，將毒粉吹到他的臉上。

陸征眼前金星亂冒，再也站不穩身形。

「妳……妳們……」

「將軍撐住，我們來助你。」他林間的幾名手下衝過來助陣，黑暗中突然撲出四條長影——砰砰砰！匡匡匡！或使棍，或使拳，或使劍，將那幾名陳兵打翻過去。

眼前的人威武嚴正，赫然是林諾、楊常年、夏論功和趙虎頭。

韓必生臉色一變。

「怎麼，很意外看見我們？凌姑娘只叫我們封路斷後，沒叫我們一起撤啊！」

楊常年對他嘿嘿一笑。

韓必生看向「公主」。「凌姑娘，妳……」

「我說過，我不相信巧合。你，是另一個巧合。」「公主」清亮的眼神迎上他。

陸征再撐不住，顛顛躓躓地扶住樹幹。這一路殘餘的幾名陳兵衝了出來，楊常年和趙虎頭清斥一聲，揉身與他們幹上。

陸征勉力揮出劍招，卻已是歪歪斜斜不成章法。

「妳們……使毒……算什麼英雄……」

須知臨陣用迷魂藥之流是極下乘的手段，但對方沒有這層顧忌。她只知道，戰鬥的目的就是贏。不擇手段，一定要贏，最後站著的那個人才是英雄。

「我本來就不是英雄好漢，那又如何？」「公主」冷冷地道。

黃蔓的藥性何其強烈，他竟然到現在還能撐得住，她也不禁佩服。

陸征勉強看了「公主」一眼。

他終於發現他的錯誤是什麼。

他的線報告訴他涼國公主只是個弱女子，沒有殺傷力。

他錯在認爲她眞的是涼國公主，沒有殺傷力。

他從未想過：他以爲的「涼國公主」不是眞正的涼國公主，而殺傷力也不等於戰鬥力。

他眼前的「公主」或許沒有戰鬥力，卻絕對有十足的殺傷力。

「公主」冷冷地從他身旁走過，彷彿他只是一塊石頭木頭，再也不重要。

「今晚的事，你家主子的人也算摻和進去了。回去跟你主子說，只要他不說，我就不說。」凌葛對韓必生微微一笑。

「小子認栽。」韓必生對她一抱拳，回身躍入幕色之中。

林間「啊」、「啊」兩響，他離去之前順手幫趙虎頭和楊常年撂倒了兩個人。

陸征勉強向凌葛刺出一劍，夏論功輕輕鬆鬆擋了回去。陸征不甘心地看他一眼，終於昏死過去。

遠方一聲牛皮號響，有人發覺情況不對，正號集了人馬往林間聚攏。

林諾點然箭頭的一段引線，朝西方射出，箭破空而去，轟地炸開西方的一片林地，箭頭上綁了凌葛用硝石做的爆裂物。

這種土製爆裂物太不穩定，無法達到眞正的殺傷力，轉移焦點卻是很適合。

曠野上的陣陣兵馬登時往起火處衝去。

「我們走……」林諾龐然的身形突然一晃，芊雲和凌葛及時扶住他。

「林諾，你……你流鼻血了。」芊雲的話中帶有哭音。

「你覺得怎麼樣？」凌葛臉色鐵青。

「沒事。」林諾晃晃腦袋，把殘餘的一絲昏眩感甩掉。「此處不宜久留，他們隨時會包圍過來，我們快走。」

大元清在七星蕪落腳的第一件事，是先從石壁鑿穿一條與出入口平行的通道，以備他日被圍陷時逃生之用。這條祕道銜接平原上的一道坡崁，是一條截彎取直的捷徑，是以楊常年等人才能以如此快的速度從谷內來到林間與他們會合。

夏論功輕哨一聲，楊常年和趙虎頭打退最後幾個纏鬥的陳兵。趙、楊兩人扛起陸征，林諾和夏論功墊後，所有人從密道裡潛回七星蕪去。

他們繞過谷外的千軍萬馬，繞過谷中被困的陳兵，無聲無息地消失在夜色裡。

11

「這是最後一碗，所有黃蔓都用完了。」凌葛端著藥碗走進來，盯著他喝下。

林諾乖乖把藥喝完。「我有話要問妳……」

「藥都用完了？一點都不剩了？」芊雲驚道。

凌葛的神色陰沈。「我的黃蔓本來就所剩不多，最後一點都用在姓陸的身上了。」

「那怎麼辦？」芊雲俏臉急得煞白。

「我有話……」

「哼，怎麼辦？涼拌！」凌葛冷笑。

「凌姊姊，現在不是賭氣的時候！他的病又犯起來，現下又沒了藥……」芊雲垂淚道。

「我很好，我沒事，我有話……」

「他的發作周期縮短了。」凌葛冷冷地盯著他。「一開始用黃蔓控制還能維持三週到一個月，現在他的發作周期已經縮短到兩個星期，這還不算他瞞著沒告訴我的次數！」

林諾翻個白眼。顯然沒人在聽他說話！

「兩個星期？那是……？」芊雲茫然地道。

凌葛冷笑地盯著他。「黃蔓完全無益於治療你的腫瘤，只能一時壓制大腦不正常放電，這些日子以來你的腫瘤越長越大，早已壓迫到許多不該壓迫的地方。一旦黃蔓的藥性消失，所有症狀一起反撲，我沒有把握你活得過下一次發作。」

「我不會有事的。」除了偶爾的暈眩之外，他真的沒有任何不適感。

「十四天！十四天之後，我們一定要回去！」她翻簾而出。

「林諾……」

十四天……好短啊！他們只能再相守十四天。但，他一定要走。她寧可跟他永世分離，都不願他死在她的面前。

「我沒事，妳別擔心。」林諾將她拉進懷中，輕吻她一下。「我們出去吧！」

✶

凌葛一出外頭，就見楊常年坐在那裡，趙虎頭坐在那裡，黃軍坐在那裡，三個大男人眼也不瞬地盯著她。

身後的林諾走了出來，見此陣仗，想了想，也拉張凳子坐在那裡。芊雲也跟著拉張凳子坐在那裡。

霎時五個人五雙眼睛全直勾勾衝著她瞧。

這是幹什麼？三堂……不，五堂會審？

幸好夏論功已經和他們道別，不然就會是六堂會審了。

經此一役，夏論功知此時不是放手不管的時候，待與夏青衛平會合之後，他將返回宋國。

「幹嘛？」凌葛乾脆也拉張凳子坐在那裡，六個人圍著桌子互瞪。

「我有話問妳。」林諾率先發難，總算他可以好好說話了。

「請。」

「妳對我們十分不老實。」

「我哪裡不老實了？」

「妳從來沒有告訴過我們妳的計畫。」

「噢。」

她甚至不否認一下！

眼前的五雙眼睛皆露出不滿的神色。

「所以呢？」凌葛決定她還是繼續引導談話，不然他們可能一個晚上都談不完。

「凌姑娘，妳不覺得妳欠我們一個解釋嗎？」黃軍叫道。

「不覺得。」

她如此坦率讓所有人都被打敗了。

「凌姑娘！」楊常年很難得用這麼重的口氣叫她。

林諾決定還是從頭開始好了。

「我們從來不是要殺陸三或同陸征結盟。妳從一開始的目標就是要抓陸征對不對？」

「嗯哼。」她承認。

「爲什麼？」芊雲忍不住問。

她聳了下肩。「我們的目標是抓到歐本。歐本躲在王京裡，根本沒有任何人抓得到他，只有已經在王京核心的人才抓得到他。」

「陸三。」林諾吐出這個名字。

她點了下頭。

搞了半天，凌姑娘眞正談好同盟的人是陸三。所有人恍然大悟。

他們在京城待了這麼些時候，卻「什麼都沒做」地突然離開京城，前去找陸征，原來是因爲她早已和陸三談好了合作之議。

可是她是如何跟陸三搭上線的？

「你們白天都在街上賣藝賺錢養家，很好很辛苦，所以這些枝微末節我就自己搞定了啊！」她回答他們心頭的疑問。

「可隨時都有人陪著妳，若是姑娘去找了三皇子，我們怎會不知道？」黃軍好奇問道。

「你們自己眼珠子不夠亮，難道是我的錯嗎？」凌葛問他。

每個人又被打敗了。

算了，憑她的滑溜，真要瞞著他們與陸三取得聯繫也不是太難的事。

「可姑娘何必瞞著我們？」趙虎頭也微有不滿。

「我沒瞞著你們，你們要是問我：『凌姑娘，妳是不是跟陸三合作了？』我就會說了呀！」她回答得非常理所當然。

誰會沒事突然去問這個？眾人心頭怒吼。

「其實那日去陸征營中找他，我心裡就覺得怪。」黃軍看了看其他人。「我們在出發前凌姑娘才教咱們要怎麼說怎麼做，她一說到我們要佯裝自己是二皇子派來的，我就想：咱們從頭到尾連二皇子長什麼樣都沒見過，突然就冒充是他的信使，不是很容易穿幫嗎？」

說完，所有人的眼光一起轉向她。

「你們記得鄭朝義那晚帶來的那個蔡叔齊？」見所有人都點頭，她道：「他本名叫蔡韻聲，是兵部尚書。我傳給秋重天的信上說：『我需要一個跟二皇子很親的人』。京中眼線多，無論蔡韻聲再如何低調，一定會有人盯上他的。

「陸征只要讓人稍微探問一下就會知道，咱們入了京之後誰都沒見，卻在離京前的最後一夜和『二皇子的信使』徹夜長談，之後便直接去中軍大營找他，所以我們由二皇子派出的可能性頗大。

「當然這個說法不是沒破綻，他只要派人去二皇子那頭探聽一下，很容易問出來。可是我所有的策略都是打帶跑戰術，講究快狠準，這個時代沒有電話、網路、傳播媒體、視訊設備，連送封簡單的書信都要短則七天長則十天，更何況是去二皇子那裡打探情報？

「我設定的安全時間是七到十天，足夠我們在穿幫之前把任務完成了。」這是她經過計算之後必須冒的風險，她成功了。

「凌姑娘……妳妳……妳不會是在京城裡……不，是在進京之前就想好了計策？」楊常年口吃。

「噯！」

「那妳為什麼不告訴我們？」眾人怒吼！

「還虧得我以為姑娘為李博士的事傷心過度，腦子糊塗了。」黃軍控訴。

「害我十分擔心。」芊雲控訴。

「……」趙虎頭無聲控訴。

林諾的控訴在七星蕪就發過了，所以略過一回。

「那姑娘為什麼要冒充公主呢？」黃軍問。

凌葛嘆道：「你們別以為我是神，什麼事都算得出來。陸征這人脾氣很大，搬個民女出去他是不放在眼裡的，當然『公主』的名頭好使些。可他喜怒難測，我怎麼知道將來會不會有需要『公主』與他周旋的時候？爲了預防萬一，還是由我來當『公主』安全一些。」

這是爲了保護最弱的芊雲，眾人倒是十分能理解。

「妳跟陸三完整的協議到底是什麼？」林諾沈聲問道。

「很簡單，我把陸征給他，他把歐本給我。」

「所以歐本眞的在他手中？」林諾銳利地注視她。

「我沒說歐本在他手中。」

幾人互視一眼，趙虎頭突然靈光乍現。「他在二皇子手中！」

凌葛對他微微一笑。

林諾有些懂了。

天降異光之後，她「貿然」確定歐本就在三皇子手中——其實她根本就知道歐本不在陸三那裡。只是比起從未見過的二皇子，陸三是她更熟悉的人，所以她決定和陸三聯手。

她「貿然」在陸征面前冒充是二皇子的人——其實她根本在進京之前就佈好了蔡叔齊這步棋。

就算陸征眞的從二皇子身邊打聽，林諾相信她既然已與陸三有了協議，陸三必然有幫她圓謊的方法。他們兩個人現在是互相利用的關係，他幫她就是幫自己。

在陸三這裡其實很簡單。他有兩大勁敵，他可以聯合其中一人對抗另一人，但這兩人都不足以信任。

然後凌葛出現了。

他知道凌葛的能耐，突然凌葛出面表示願意幫他，這簡直是天上掉下來的禮物。

凌葛相信陸三有辦法將歐本交到她手上，同樣的，陸三相信凌葛有辦法將他兩個兄弟之一交到他手上。

「可是，歐本既然不在他手中，妳這麼有把握他交得出來嗎？」林諾道。

「這不關我的事，他用他的方法，我用我的方法，只要時間到了，我們手中有人質可以互換就好，至於對方是怎麼弄到人的，我們互不干涉。」

「可，陸征不是已經失勢了麼？他爲什麼不讓凌姑娘去對付二皇子？」趙虎頭蹙眉道。

「陸征哪裡失勢了？現在三個皇子裡面，手握百萬雄兵的可是他。」凌葛冷笑。「就算他一時不得陳王喜愛，未來會如何又有誰知道？陸征積極佈署中軍，意欲攻宋，偏逢宋國臨陣換掉夏論功這名大將。他本來就算只有五成勝算，這下也升到七成。若是眞讓他攻下宋國中軍，他在陳國聲名大噪，如日中天，屆時二皇子、三皇子誰的鋒頭蓋得過他？」

所以陸三急了。他必須趕緊讓陸征跌上一跤，緩緩他的勢子。

「可他抓了陸征要做什麼？難道明目張膽殺了他？」黃軍瞪大眼。

「誰管他呢！那又不是我們的問題。不過如果我是陸三，絕對不會那麼傻。我只會做一些安排讓陸征丟個大臉，例如被土匪綁走，然後被他偉大的世子灰頭土臉地救回來之類的。最好陳王震怒，摘了他的大將軍之職。」

他們兄弟惡鬥，或許能換得宋國一時安寧，黃軍和楊常年心中都不禁有些慶幸。

「那幾日凌姑娘一直透著不願去救夏將軍的樣子，我真是急壞了。沒想到現在夏將軍救回來了，陳國中軍也被搞得雞飛狗跳，真是一舉數得。」楊常年樂得心飛飛。

「可，凌姊姊，妳就這麼有把握抓得了陸征？」芊雲還是覺得匪夷所思。宋趙涼許不知多少人想殺陸征，卻沒有一個人成功過。

「這種事哪裡有辦法預算的？就是看上天丟給我們什麼樣的牌，我們順著打也就是了。是我們運氣好，拿到一手好牌。我本來想抓了宋東秦，用宋東秦誘他出來。沒想到鬼使神差竟然讓夏論功出現在七星蕪，夏論功自然比宋東秦更吸引他一百倍。」

黃軍突然跳起來，對凌葛長揖到地。

「這是做什麼？」凌葛被他嚇一跳。

「凌姑娘，我錯了，我那日不該說妳壞話！我還以為妳腦子糊塗了，做事沒了章法，沒想到姑娘早就成竹在胸啊！」

「噢，原來你說我壞話？」凌葛涼涼地道。

「呃，啊，唔，噫，呀……沒事。」黃軍頭低低坐回去。

楊常年噴笑。「瞧你傻冒的！我就跟你說你別瞎操心，你還以為你比較聰明麼？」

「妳還是可以一開始就跟我們講清楚。」林諾唯一不滿的就是這點，她竟然連他都一起瞞了。

每個人想到這些日子以來的惶惶不定，跟無頭蒼蠅一樣，她又表現得一副心不在焉、魂不守舍的模樣，分明是蓄意誤導，害他們白擔心了這些時日。

凌葛迎上每一雙含怨帶怒的眼，又好氣又好笑。

「這能怪我嗎？楊大哥，我問你，你老實回答，你第一個女人是誰？」

「啊？」楊常年傻眼。怎、怎麼問這個？「呃，啊，唔，噫，呀……呃……」

她翻個白眼，再換個人問。

「雲兒，我們都知道妳跟了林諾，可我現在問妳，妳不准說實話。來！告訴我妳第一個男人是誰？」

芊雲面紅耳赤，怎麼樣也講不出林諾以外的名字，就算是大家都知道她在說謊也講不出來。

「我……我不知道，妳別問我……」她腦袋咕咚垂下去。

「結案！」凌葛攤開雙手。

「什麼意思？」林諾不滿地道。

「你們這些人是糟糕透頂的騙子，你們根本不會說謊！」

「妳把我們蒙在鼓裡，就因爲我們不會說謊？」林諾簡直不敢相信。

「當然，別忘了我們在對付的是什麼人。所有我在陸征面前說過的關於陸三的話，都同樣適用在陸征身上。只要陸征留在中軍大營，我們就動不了他。我們唯一把他誘出來的機會是透過宋東秦。別忘了宋東秦是一個成功的雙面諜。最擅長的就是察言觀色，只要你們露出一絲破綻，讓他覺得情勢難料，他就一定會警示陸征。」

「……」幾個人互看一眼，竟然無法反駁。

「既然你們不會說謊，我就要你們最眞實的反應。」她說：「你們在七星蕪的一舉一動必然都在他的監看之中，我要宋東秦相信他騙過你們了。我要宋東秦看見你們的惶然不安。我要宋東秦以爲我們內部互不信任。我要宋東秦相信你們是眞的來救夏論功的！」

他們本來就是去救夏論功的，只有她動機不單純吧……

「所以，妳一開始就打算救夏論功？」林諾終於說。

「當然。」拿他當誘餌比較恰當。

「所以妳所有的抱怨、呻吟、不滿、抗議……」

「嘿！」凌葛指著他鼻子。

「通通在演戲？」林諾補完。

「我總得刺激你們一下！你們越緊張不安，宋東秦才越不會懷疑。」

「……」

「……」

「……」

所以他們都被耍了的意思。

「不公平！凌姊姊妳不是說我很會演戲嗎？」很會演別人就是很會騙人了啊！

「是啊，妳演別人行，演自己就不行了。」凌葛說風涼話。

芊雲沒聲音了。

凌葛聳聳肩。「不過我沒想到連三皇子的暗樁都誘了出來，這倒是意外的收獲。」

「那個韓必生，哼！」一想到他，楊常年還有氣，虧自己那麼信任這小子！

「無所謂，陸三想從他大哥手下搶這個功，沒想到沒搶成，他的人還助我們一臂之力，殺了陳兵，這事傳出去對他麻煩更大。現在不管他願不願意，他和我們都在同一條船上，他就算想反悔都不行。」

「姑娘怎麼會猜到韓必生有鬼？」趙虎頭蹙著眉頭。

「你們從來沒有懷疑過嗎？」凌葛疑惑地看看他們。

「……沒有。」

「楊大哥，你是朝延欽犯。歷來朝廷欽犯素不與民犯同押，因爲路上被拖累事小，若是被混入民囚裡的人劫去事大。當初陳國世子押你和林諾、馬將軍回京時，不但派了重兵保衛，也未與軍中其他囚犯同押，就是相同的道理。

「你們在黃龍河澇區停留，說是爲了救災也就罷了，事後卻說要與黃龍河其他民囚一起押回邊關，我就覺得有些奇怪。正常情況，即使民囚要押往邊關，也是自己走一路，由地方衙差接管，怎會叫得動京城來的軍衛？

「偏偏你們通通在那裡，陸三也在那裡。我就不信整個黃龍河災區這麼大，他就這麼剛好在你服勞役的地方出現。我當時就想，他應該是安排好了人在裡面，準備伺機劫了你走。」

「他劫我做什麼？」楊常年指著自己鼻子愣住。

「你是當朝校尉，腦子裡裝了多少軍情機密？宋君不要你，你對陳國卻是大有用處。他當初爲什麼要押你和馬將軍親審，現在就爲什麼要劫你。即使不爲刺探敵情，就算將你劫回去砍了，也一雪你們從他手中被救走之恥。」凌葛冷冷道。

「啊！」楊常年恍然大悟。

「這時候韓氏祖孫出現了，多麼可憐，多麼冤屈，每一點都打中你的俠義心腸。他們其實可以不跟我們一起闖死人林，我幾次三番給了他們機會退出，但『孝順』的韓必生卻硬是拖著他老邁的爺爺跟上。

「好不容易逃出去了，你們在七星蕪，韓必生也正好在七星蕪。這個世界多大，兩個人要隨機碰到的機率多低？他的軌跡卻總是跟我們貼在一起，這難道不可疑嗎？」

「可他在去七星蕪的時間比我們早啊！」楊常年不解。

「多早？你求證過他的故事嗎？」凌葛反問。

楊常年被她問得一噎。

「七星蕪本來就會僱用外人，你們問過別人他是被僱來的還是被抓來的嗎？他眞的有他自己說的待那麼久嗎？」她說。

楊常年和黃軍被她說得面面相覷。

「陸三當然密切在監控我們的行蹤，只怕我們還沒到七星蕪，他已經知道我們要過去了。一個小小的七星蕪，爲什麼會引來他大哥的覬覦？以這個人的心性，不派人潛進去弄個清楚，他是不會干休的。」

本來不可疑的事，被她一說就處處可疑了。

「他的菜切得很好。」林諾忽然道。

其他人都轉頭看他。他再補充一句：「每根菜絲大小一模一樣。揉麵團的時候，別人要揉一刻鐘才出筋，他一半的時間就揉好了。」

其他人還是呆呆看著他，林諾只好再補充：「他挑水特別穩，兩肩等重，從來沒晃出一點水珠子。他砍的柴粗細都一樣，燒起來的火勢特別均勻。」

「林兄弟，不會你也早就懷疑他了吧？」楊常年指著他鼻子。

林諾遲疑了一下。「在死人林裡，他揹著爺爺走路的步伐特別輕健，我當時懷疑過他會武，可是練武健身的人也不少，我倒是沒懷疑他是誰派來的。」

「那你怎麼不早說呢？」

「……你們沒問啊！」林諾有些無奈。

果然是一對狼狽為奸的姊弟！黃軍和楊常年頓時激憤。

芊雲「咯」的一聲笑了出來。

「不過，這些只能證明此人有問題，不能證明他一定是陸三的人吧？」芊雲想。

這一點其他幾個學武的倒是沒有懷疑。

「他的武功與去年伏擊送嫁隊的黑衣人同出一脈。」林諾告訴她。

芊雲恍然。

那夜襲擊夏論功的人應該也有他在內。難怪凌姑娘當時直直對著其中一個黑衣人說話，只怕那人就是韓必生了。

「看來那韓老爹也不是什麼好人。」楊常年有些氣餒。他真的太容易相信人了。

「總之，我們現在就等著交換人質，接下來回到京城才是最險惡的。陸三比他哥哥更狡詐千倍，大家切莫因為有陸征在手，就失了防備。」凌葛正色道。

「那是自然。」黃軍和楊常年同聲道。

「黃軍、林諾和雲兒，我們四人先進京去。楊大哥趙大哥，你們兩位跟著陸征那一路走，待秋重天的人將他藏妥，你們再來京城與我們會合。」

「秋重天的人可以信嗎？」林諾不無疑慮。若是對他們，秋重天的人自然是信得過，但牽涉到陳國大將軍，這個風險……有些大。

凌葛沈默。

行動展開之前，秋重天來找過她。

「姑娘，師父走之前將所有的事都告訴我了。」他的神色十分嚴肅。「他說姑娘在做之事，遠重於一家一國，請我盡力相幫。重天不敢有違師訓，也十分信得過姑娘爲人。」

凌葛心中一暖。她一直沒有機會眞正的靜下心來悼念李博士，他卻連死後都在幫她。

「我們抓到陸征之後，需要一個安全的地方將他藏起來，直到換俘爲止。」她終於說。

「姑娘可否允我不殺陸將軍？」

「我自己沒必要殺他。我認爲陸三也沒有殺他的理由，陸征在這時死了，陳王必定震怒，陸三身爲世子必擔起調查之責。他既牽涉在內，要脫身也要花費一番工夫，還得我不扯他後腿，所以現在殺陸征對他弊多於利。」

「既然如此，我知一處所在離京城不遠，便於藏匿，凌姑娘儘管交給我便是。」

原野中那群不斷出現的青衫人便是秋重天的手下。誘開了陳軍之後，他們直接散開，到約定好的地點與凌葛等人會合，等著接管陸征。

凌葛望著眼前的同袍戰友，嘆了口氣。

「他十分看重李博士對他的交代，只要我們不殺陸征，我認爲他的人還信得過。」

其實黃軍對她的感覺不算全然錯誤——雖然她沒有「亂了章法」，「茫無頭緒」，可是她目前所做的每一件事都在行險招。

她的打帶跑戰術建立在賭注之上——賭這個年代的情報不流通，沒有二十四小時播送的媒體讓他們的臉孔被全世界認出來，賭一群她認識不久的人願意站在她這方。

她瞭解戰略沒有百分之百的篤定，永遠都會有意外，她就是個意外備案計畫的高手，可是全部建立在高風險的賭注上，卻是第一次。

幸好她賭運不錯，目前爲止都押對了。

她若有充裕的時間，寧可穩紮穩打，可惜沒有更多時間了，她只能盡量把這個世界的劣勢變成對她的優勢。

她看著弟弟蒼白英俊的臉龐。

兩個星期。

他相信自己沒事是因爲他現在眞的沒事，但她才是醫生，從他的發作頻率，她很清楚他的腫瘤已經一步步壓迫到他的生命中樞。

他不見得撐得過下一次發作。

她的時間不多了。

無論如何她都會在兩個星期之內完成任務、帶林諾回家，沒有任何人可以阻撓她的計畫！

✶

陸淺淺不敢相信自己的眼睛，那一隊耍武藝很好看的人家又回來了。

她興沖沖地擠到最前面，只見那個高壯如鐵塔的男子正在射圍觀者輪番丟到天上的木球。

他幾乎是每發必中，只漏了一顆一個大嬸丟的木球。那球掉下來時群眾響起好大的一聲「唉——」，甚是可惜。

這回使棍的大叔不見了，拿著竹簍接賞錢的是一個年輕的小伙子。

那鐵塔大漢往後一退，正好停在她的面前，陸淺淺連忙開心地向他揮揮手。

「是我，你們還記得我嗎？」她一講出來突然想起，這大漢是又聾又啞的。

她吐了吐舌頭，有些不好意思。

「我當然記得妳。」誰知，那大漢竟然開口了，聲音既渾厚又好聽。

「你……你不是……」陸淺淺嚇得嘴巴開開。

那大漢對她眨了下眼睛，將一小袋木球拋給她。身後的常服宮衛險些將他和那袋木球一起劈了。

陸淺淺興高彩烈地接過木球。「我要丟了，你準備好。」

那大漢對她一笑。她登時有些臉紅。

她現在才注意到他笑起來眞是好看！潔白的牙齒襯著黝黑的皮膚，笑容甚是明亮。

她玩心一起，同時把五顆木球往天上一灑。

咻、咻、咻、咻、咻——

五箭射出，力道十足，渾然不像剛才的「表演賽」。

三顆木球被釘在三個不同的木頭招牌上，一棵木球釘在樹頭，一顆木球釘進對面的木頭屋頂，每顆木球都穿心而過，一分不差。

陸淺淺看得連嘴巴都合不起來。

哇……才多久不見，他怎麼突然技術大進哪？

她身後的幾名宮衛疑心微起，緊緊盯著那大漢。

「小姑娘，看得歡喜不？看歡喜了就給點賞錢吧！」那年輕小哥笑嘻嘻地巡到她面前。

「這次怎麼換成你了，那個使棍大叔呢？還有小娘子呢？怎麼不見了？」她從腰間掏出小荷包，丟了幾個大銀進那竹簍裡。

「原來小姑娘是熟客。」年輕小哥笑得益發親熱。「我大哥今兒另外有事，改天小姑娘就見得著他了。至於小娘子麼，她不就在那兒？」

年輕小哥往旁邊大樹下一指，果然之前見過的那個小娘子就坐在那兒喝茶。陸淺淺自個兒人來熟，開開心心地直往樹下而去。

「小姐，您切莫自己一人亂走！」身後四名宮衛趕緊追了上去。

樹下是一處茶攤子，茶攤老闆擺了幾張桌子，圍著大榕樹圈成一圈，此時喝茶閒聊的客人佔了好幾桌，都在議論紛紛。

「你們有沒有聽到，那土匪窩是給剿了，大將軍卻受傷了……」

「是啊，聽說是爲了擋那些土匪射向副將的一枝箭，自個兒挺上去擋……」

「不是！我大舅子的二表弟的三堂哥在軍裡當差，我知道得可多了。大將軍是被十七個人圍攻，一個人全把他們打退了，那一個威猛啊！就是背上不小心給劃了一刀……」

「不是不是，我這兒聽到的是……」

「唉，現下聽說臥床養傷，已幾日沒露面啦……」

「聽說更嚴重啊……」

「你們說得都不對，我聽說大將軍被屬下護著，到天雪山求神醫去了，也不知何時才回來……」

「聖上那一個擔心呀……」

「那能不擔心嘛？都這麼些日子了，沒人見過大將軍啊……」

陸淺淺對這些市井閒談毫無興趣，直接走到那小娘子桌邊，精氣十足地喊一聲：「這位姊姊，妳還記得我嗎？你們上回來京城，我也見過你們射箭使棍的！」

「原來是姑娘，我當然記得，承蒙您不棄又來看我們啦！」那小娘子一見到她連忙把茶杯放下，親切地道。

陸淺淺注意到她的對面還坐了另一名女子，一瞧清那女子長相，小姑娘的下巴又掉下來了。

「嘩……」她自個兒在另一張椅子上坐下，呆呆地瞧著那名女子。「這位姊姊……妳長得好漂亮啊！」

那女子本來低頭正在看信，一見她來，把信收回懷中，對她溫柔地笑了起來。美女啊，不愧是美女！一笑起來百媚生，燦然若錦花，五宮如宮廷畫師親手所繪一般，修眉淡目，櫻唇挺鼻，宮裡好多娘娘都沒她漂亮！

「這是我大姑子，叫凌葛。」芊雲抿唇一笑。

「好名字！人長得美，名字也不能俗氣。」陸淺淺一捶掌心。「要是取個美花、麗珠什麼的，不是俗套了麼？」

「這位妹妹真是可愛，姊姊喜歡妳。」凌葛笑得更歡，溫柔地牽起她的一隻手。

「大膽！」身後宮衛一斥：「小姐玉體可是尋常民女得以冒犯？」

「妳別理他們，咱們聊咱們的。」陸淺淺最討厭他們跟在她身後惡形惡狀了。人家她出宮來玩就是要體驗民生嘛！民生懂不懂？

她還來不及斥責，一把徐和的嗓音響了起來——

「淺淺，妳又在這兒搗鼓什麼了？還不回家去？」

「哥哥，你也來了，你事兒辦完了嗎？」陸淺淺喜出望外，直直撲進來人懷中。

陸衍之望著凌葛。兩人臉上都是溫文的笑容。

「凌姑娘。」他客氣作了一揖。

「三公子。」她客氣回了一揖。

「哥哥，你……你認得她們呀？」陸淺淺在兩人之間看來看去。

陸衍之手中摺扇輕輕一點她的額心。

「乖，回家去吧！哥哥還有事，不能陪妳。」語氣清淡卻溫存。

「好吧——」陸淺淺誇張地嘆了口氣。「兩位姊姊，我下回出宮再來瞧你們耍棍。」

「這京城裡可有沒有什麼熱鬧好玩的地方？我們初來乍到，對京裡還不太熟。」凌葛忽道。

「那有那有，可多了。這條街走到底就是城裡最有名的萬佛寺，寺裡的大佛可壯觀了，香火鼎盛，下一回有空我帶姊姊去。」陸淺淺馬上介紹。

「好，小妹妹，下回讓妳當地陪，好好帶我們去玩兒。」

陸淺淺一聽自己已經晉升爲「地陪」，登時開心不已。這位凌葛姊姊眞是太溫柔太美麗太動人太有眼光了。

「咳。」陸三輕咳。

「好嘛，我回家去了。三哥，你讓他們不急著走，我們改天一起出去玩兒。」

陸淺淺依依不捨地離去。

陸衍之撩起衣襬，坐在妹妹方才坐的椅子上。

林諾不知何時無聲無息地來到他們身旁，黃軍另外拉了張椅子過來，林諾在陸衍之的對面坐下，黃軍抱著手站在一旁乘涼似的，實則盯著陸衍之身後的暗衛。

街道依然是剛才的街道，人潮依然是剛才的人潮，可是有些什麼悄悄地改變了。

例如他們旁邊的空位變多，例如人們自動繞開他們周圍，例如一些穿著常服、身手卻十分沈練的漢子默默坐滿了空出來的位子。

「好久不見了，陸三。」凌葛盈盈而笑，素手捻起一顆花生丟進口中慢慢地嚼。

「凌姑娘近來可好？」陸衍之抬手親自替每個人斟上一杯茶。

「歐本在哪裡？」林諾不像他們兩人愛曲裡拐彎，直接切入重點。

「姑娘要帶來的人可帶到了？」陸衍之揮開摺扇輕搖。

「帶來了，你的呢？」凌葛輕輕微笑。

陸衍之偏頭望著她。

即便不為其他，對著她看也是一幅賞心悅目的畫。

只是他知道「這幅畫」有多致命，多危險。

「那人改名叫吳我，已自二皇子府裡被押進天牢。」陸衍之道。

果然歐本一直在二皇子府中。林諾看向姊姊，她的神色卻沒有任何變化。

「如此甚好。」

「兩位可要知道細節？」陸衍之端起茶杯在指間把玩。

「不用了，說到底，不過就是一個人關在一間鎖起來的屋子裡。」凌葛啜了口茶。

陸三想了想她的話，不禁點頭。

「姑娘說得沒錯。如今，妳有一間鎖著的屋子，我也有一間鎖著的屋子。」

「不如我們交換鑰匙吧！」凌葛笑得頗歡。

「要怎麼換？」

「你先讓我們見歐本。放心，這裡是京城，你重兵守住，我們也跑不掉。我們見了歐本之後，自然將我們的『鑰匙』交給你。」

「姑娘太妄自菲薄了，五百精兵也一樣沒能守住姑娘不是麼？」陸衍之挑了下眉。

林諾神色一凜，凌葛卻笑得更歡。

「那不一樣，這裡可沒有一堆地道。」她忽然問：「喂，我問你，人為什麼要挖洞？」

陸衍之想了想。「挖洞通常不外乎兩個原因，找東西或是藏東西。」

「沒錯，我就是這麼想。」她一副非常認同的樣子。「那我再問你，我的『鑰匙』交給你之後，誰要去開？」

陸衍之微微一笑。「自然是最想開的人去開。」

「你不想開嗎？」她嘴角帶笑，眼中卻蘊滿深意。

「灶頭上一鍋水煮得正旺，人渴得急了，急急忙忙去掀蓋——」

「——第一個掀的人通常是燙到的人。」凌葛把他的話接完，兩人互視一眼，撫掌大笑。

林諾開始思索兩人的話。

三個兄弟裡，最「渴」的人是誰？

陸征是軍中大將，握有百萬雄兵，他不缺。

陸衍之是陳國世子，下一任君主人選，他也不缺。

陸二呢？

他只是一個掛有皇子之名的人，他，什麼都缺。

林諾似懂非懂地看著姊姊。

「拿到這把『鑰匙』不外乎兩種作用：安排一些條件讓自己變成拯救的英雄，這是利己；安排一些情境讓對方看起來狼狽不堪，這是損人。無論結果是利己或損人，最後都不免回到一個最基本的問題——這個人是怎麼拿到這把鑰匙的？」凌葛微微一笑。

林諾恍然大悟。

如今陸征是失蹤的狀態，民間雖然不知，陳王一定知道。只怕他現在震怒不已，已在用盡方法尋回大兒子。

陸三只要想法子把陸征在哪裡的訊息透露到二皇子那頭去，二皇子如何不見獵心喜？

找回陸征的人無疑在陳王心中立一大功，可是接下來要面對的問題就複雜了。

第一個發現的人，通常是最大的嫌疑者。二皇子因何知道陸征在哪裡？他要如何提出一個合理的說法？

當然，陸三一定會在旁邊推波助瀾，甚至製造一些假證據，暗示二皇子和陸征的失蹤有關。屆時二皇子難以在陳王面前自圓其說，而陸征自中軍大營被人擄走，顏面掃地，最大的贏家就是他陸三了。

「個子不矮，卻也一肚子拐。」林諾忍不住挖苦。

「客氣、客氣。」陸三一拱手。

「妳也差不多。」他又對姊姊說。

「客氣、客氣。」凌葛笑了起來。「陸三，你這小子要是不這麼討人厭，我們兩個說不定可以變朋友。」

「凌姑娘過獎了。」陸衍之受寵若驚。

他真的有被誇獎到的感覺！他對她，也有相同的想法。

如果他們兩人能連手，幾乎是天下無敵。

可惜她不願意。

這注定了他們只能站在對立的兩邊。

「好吧，等你那邊張羅好，就來叫我們。我相信你要找我們並不難。」凌葛站起身。

天牢是平常人進得去的嗎？林諾很懷疑。

不過他放棄跟這兩個奸詐狡猾的人搞心機了，總之陸三必然有他的辦法。

想到他們在外頭奔波的時候，陸三在京裡也是絞盡腦汁，他就覺得平衡一點。

幾人走開不遠，陸三突然從身後叫住他們。

「凌姑娘！」

凌葛回頭。

「姑娘，妳的信掉了。」陸三拾起從她懷中掉出的一張紙條。

是李博士臨終前寫的那張紙，上頭只有兩個英文字。

雖然對這兩個字已牢記在心，凌葛時時把李博士的手跡拿出來看，緬懷他的恩義。

陸三好奇地看了一眼，上頭的字歪七扭八，他沒一個字識得。

凌葛看著陸三拿那張信紙的樣子，突然抓住林諾的手臂。林諾微訝地看姊姊一眼，隔著衣服都能感覺她掌心的潮熱。

她雖然力持鎮定，手卻在微微發抖，幾乎隱藏不住眼中的興奮。林諾極少見她如此激動。

『不是英文……』她喃喃道。

『什麼？』林諾問。

凌葛只是直勾勾盯著陸三拿那張信紙的樣子，林諾只得上前將那張紙取回來。

「多謝。」

凌葛的心在胸腔裡狂跳，一行人轉身走開。

來到一個人少的角落，林諾立刻停下來問她是怎麼回事。

『不是英文！這是數字！』

peas ape，當初李四身上的字都是小寫，可是李博士寫的全是大寫，正面看是這個樣子——

PEAS APE

他的字體方方正正，類似電子顯示器的字母。凌葛知道他久病之中，雙手不穩，後來寫字都是兩手握著炭條，一筆一劃慢慢地刻，字跡和他以前的筆跡已經不一樣了，所以她對這方方正正的字體沒有多想。

她從來沒有想過，李博士其實是留給她一個最大的線索。

他推敲出來這兩個字是什麼意思了。

如同天下所有老師一樣，他不喜歡直接給學生答案，而是鼓勵學生自己去思索。

他總是告訴學生們要跳脫框架思考，她卻聰明反被聰明誤，一心去鑽研這兩個字的含義，甚至把字母換來換去推敲它的變位語，卻從未想過重點其實是在字的本身。

她顫抖的手指將那張紙反過來，像剛剛她看著陸三的角度，舉在半空中，讓光線透過信紙。

林諾靠過來和她一起看著信紙上倒映的文字——

12

「39A 2A39……」林諾沈吟道：「看起來像一組密碼。會不會是歐本的銪彈發射密碼？」

凌葛只是盯這個字串，陷入沈思之中。

「林諾，楊大哥他們來啦！」推門進來的芊雲歡聲道。

林諾立刻大步迎了出去，黃軍早已迫不及待地等在大門旁。

他們租住在西交巷尾的一處民居裡，並不難找。不多久，楊常年和趙虎頭果然跨入小院裡，眾人分離了數日，再相見都十分歡喜。

「楊大哥，那頭都安頓好了吧？」林諾問。

「好啦！秋重天離京不遠有處宅子，現場留了他和十來個人看管。『那人』平時就關在一間房間裡，窗和門都裝了鐵柵，四周也挺僻靜的，他就算大喊大叫也不會有人聽見。不過那人脾氣眞大，大喊大叫是沒有，破口大罵倒是常常聽見。我跟他說，他若不想嘴巴裡被塞了布五花人綁起來，他就給我安分點，然後我和趙兄便回來了。」

「嗯，這樣就好，多謝兩位了。」林諾對他和趙虎頭一抱拳。

趙虎頭只是點點頭，向來少言的他也沒多客氣。

眾人一進到屋內，楊常年見凌葛對著一張紙出神，不禁小聲問林諾：「凌姑娘怎啦？」

幾人圍著桌子坐了下來，林諾將他們最新的發現告訴大家。

「這是三？這是九？」芊雲指著凌葛寫下來的字串。「你們那兒的字都曲曲兒的，真不好認。」

「這字是什麼意思？」楊常年愣愣問。

「這不是字，有點像你們的……聲母和韻母，」林諾努力解釋：「這就是一堆隨機的聲母韻母湊起來，沒有什麼意思。」

「那個歐本怎會留個沒有意思的字？」趙虎頭皺了皺眉。

「所以我懷疑它是一組密碼，就是暗語，用來啓動某種機括的。」林諾深思道。

「這不是密碼。」凌葛嘆了口氣，輕輕將那張紙往前一推。

「那是什麼？」

「這是文件編碼。」

「文件編碼？」林諾皺眉望著她。

「科學部有一間全球最先進的圖書館，以二十二世紀末的物理學家法布・歐瑞命名。」凌葛告訴他。「全球的機關團體或個人都能申請歐瑞科學圖書館的會員。

當然每個人的等級不一，也會有不同的權限。基本上除了科學部自己最機密的研究之外，所有跟科學有關的資料和文獻幾乎都可以在歐瑞科學圖書館裡找到。」

林諾曾向其他人概略解說過二十三世紀的政府結構，所以他們知道「科學部」是什麼。雖然有許多名詞他們無法理解，大抵上他們明白「科學部」就是負責類似現在煉丹製藥、觀測星象、冶金術這些玩意兒。

冶金術是最古老的科學基礎。直到二十三世紀，許多化學理據依然是從古代冶金術演進而來。

凌葛續道：「在科學圖書館裡有一個科學部的專區，存有科學部所有的研究；科學部總共有十一區，每一區的資料都分為八個總項，再從這八大項裡下去細分。因此編碼01到08屬於科學部第一區的資料，09到16屬於第二區，以此類推。」

「編號39A是屬於科學部第五區的文獻資料。」林諾深思道。

凌葛點點頭。

說到這裡，姊弟倆都安靜下來。

「第五區怎麼了嗎？」芊雲來回看看他們。

「我對第五區……瞭解不深。」林諾的眉蹙得更深了一些。

其實他對整個科學部都不熟，尤其是第五區。

惡名昭彰的第五區。

凌葛的眼神蒙上一層陰影。「第五區是科學部最神祕的一區，正式名稱叫『邊緣科學部門』，負責跟邊緣科學有關的實驗。」

「邊緣科學」這詞就連林諾都似懂非懂，遑論幾個「古人」，於是她花點時間解釋了一下。

「在這個年代很多事你們無法解釋，或可能已習以爲常，沒有去推究背後的原因，但這些事在未來都可以用科學來解釋。例如太陽爲什麼永遠從東方升起、西方落下？是因爲地球是一個球體……」她大略說了下公轉自轉的概念。「所以『天圓地方』的說法是不對的，我們其實生活在一顆巨大的磁鐵球上面。」

她又講了一些很簡單的科學原理，例如水爲什麼會沸騰，火焰爲什麼有時是橘黃色的，有時是青藍色的。眾人聽她說了之後恍然大悟，這些日常之事他們眞的從來沒去想過爲什麼。

「但科學不是萬能的。」凌葛道：「有些事物即使到了兩千年之後，依然無法以科學來解釋，於是研究這些神祕現象的就被稱爲邊緣科學——它不全然是迷信，有些可能可以用科學手法來驗證，卻又不能被列入正統科學的領域，例如心電感應、隔空移物、天眼通、他心通……」

「第五區就是負責研究這些邊緣科學的部門？」林諾的嗓音低沈。

凌葛點了點頭，神色越發陰暗。

「所有最骯髒、最恐怖、你能想到最匪夷所思的人體實驗，都在第五區發生。」她輕聲地說：「舉例來說，俄羅斯有一對十二歲的雙胞胎能夠互相感應對方的感官知覺，第五區的科學家把她們分在兩個不相鄰的房間裡，叫姊姊摸一樣東西，妹妹在另一個房間感應姊姊摸的是什麼，她們幾乎答對了所有的問題。

「科學家開始用針刺姊姊的身體，要妹妹回答姊姊被刺的是什麼對方，她們也幾乎都答對了，然後是用火，然後是用電擊……兩人都非常痛苦，要求停止實驗，但是她們只是一對難民的女兒，父母都在戰爭中死了，她們不知道自己早就變成科學部的『財產』。

「後來科學家爲了明白兩人爲什麼有這樣的感應，於是在她們的大腦相對應區域鑽孔，連接電極，然後他們活生生肢解了姊姊的右腳，妹妹的右腳立刻麻痺，他們強逼她站起來走路，即使她的腳還連在她的身上，那隻腳卻失去作用了；後來科學家嘗試電擊姊姊大腦的反應區域，妹妹也會有相同的抽搐反應……最後姊姊死在實驗台上，在她停止呼吸的那一刻，另一個房間的妹妹也停止了呼吸。」

芊雲驚恐地捂著嘴巴。怎麼會有人對兩個小女孩做這麼殘忍的事……

「這只是他們做的最普通的一個實驗。」凌葛輕輕地道：「他們把有心電感應的人大腦切片保存，能隔空移物的人關在各種不同形式的黑牢之中看他們有沒有辦法隔空取得鑰匙，把不怕火的人丟進高壓爐裡看他們到哪個溫度會開始起火，能在水底下呼吸的人浸在水裡直到他們超過極限淹死……

「這個世界不管哪個年代永遠充滿戰亂。人命在戰爭中微不足道，科學部永遠有世界各地送來的難民或政治犯，供他們以科學研究之名做最恐怖的人體實驗……」

說到這裡，她必須停下來。

『妳還好嗎？』林諾握住她的手。

她輕輕點頭，從他寬大的手中吸取一點力量。

「我不知道妳曾和第五區合作過。」他輕聲道。

她曾說科學部和歐本沒有兩樣。

雖然一邊是白道科學家，一邊是恐怖科學家，確實沒兩樣

「因為我只想把這一切拋諸腦後，不想再回想我在那裡看過什麼。」她臉上出現一絲疲憊。

這樣的葛芮絲是他第一次見到——陰沈、退縮，甚至有絲脆弱。

無論當初她在第五區發生了什麼事，那些事都永遠地烙印在她的記憶深處，成為鬼魅一般尾隨不去。

林諾發現自己也開始痛恨科學部了。

「所以這些怪字與和那第五區有關？」趙虎頭輕咳一聲，把話題轉回來。

痛苦的記憶被他引開，凌葛對他感激地一笑。

「對。」她的神色恢復如常，只除了眼中的陰影揮之不去。「39是第五區編號39的總綱，屬於再生能源的部分——」

「再生能源？」林諾蹙眉。

「邊緣科學裡也有許多跟能源有關的理論。」

「什麼是『能源』？」黃軍插口。

林諾想了想。「能源就是一種……動的力量。馬車能跑是靠馬拉車，馬吃的是蘿蔔青菜，所以蘿蔔青菜就是讓馬動的力量來源。在我們那裡是靠車子來跑，車子用的是石油，所以石油就是一種能源。」

他又解釋了一下資源短缺和能源危機的問題。

他自己不是專業人士，用的就是像他這種市井小民能理解的詞彙，所以由他來解說反倒比凌葛解說更易懂許多。

「所以這『能源』是一種很重要的東西了？」芊雲似懂非懂地道。

「嗯。」林諾點點頭。「在我們那裡，很多戰爭發生的原因就是為了搶能源。石油與礦藏總有一天會挖完，所以許多人動腦筋到可以不斷再生的能源上。例如太陽光，它永遠不會消失，還有風力，水力，火力，這些都叫做再生能源，就是它自己會不斷地再產生的意思。」

凌葛深思地盯著那張紙。「39 A項是『再生能源』裡的『光能源』。」

「慢著，第五區起碼有幾千種細項，妳竟然記得他們的編列序號？」林諾難以置信地看她一眼。

「當然不是每一種，幾個主要項目還記得住。」凌葛皺起眉心。「2A39，2A是

『宇宙光源』，39是……」

她突然停住。

不可能……不會吧？

即使是邊緣科學，這也太邊緣了！但，兩個半月前的那陣異光，難道……？

她的臉上現出不可思議的神色。

『What?』林諾疾問。

「不可能……天……」她喃喃自語。

「到底是什麼？」他有點不耐煩。

凌葛深吸一口氣。

「你說太陽光不會消失其實是不正確的，因爲大氣層污染的關係，我們的太陽能發電效能已經大不如前。太陽能主要是運用太陽光產生的熱能，但許多科學家相信，只要有光，即使沒有熱能也能成爲一種光能源。」

「這怎麼可能？」

「光會移動，所以有『光速』、『光年』。有一派學說相信任何東西只要會移動，就有動能；只要有動能，就能轉換成其他能量，這是能量不滅定律。理論上越遙遠的星球旅行過來的光，累積的動能越強，所以，『39A 2A39』是科學部第五區『再生能源』的『光能源』的『宇宙光』的『遠距星球光能量』！」

楊常年等人被她繞得頭暈腦脹。

「妳是說，這是一個研究由星星發出來的光轉換爲能源的計畫？」林諾勉強跟上她的速度

凌葛用力點頭。

「星星的光也可以發電？」林諾不敢相信，這太超乎他的認知範圍了。

「二十二世紀初這個理論被提出來的時候，大部分的人反應都和你一樣，所以它被視爲一個異想天開的理論。或許，這個理論不再是異想天開了……」

「但是星星的光要怎麼發電？它這麼微弱。」

「你記得我們那天晚上見到的異光嗎？」凌葛銳利地盯住他。

林諾啞然無聲。

異光乍現的那天確實是夜晚，天上只有星光，然後所有的冰開始融解。這分明是強烈熱輻射造成的現象，問題是他們沒有感到任何不適，也沒有被煮熟，所有人畜通通無害。

難道，將星球光轉爲能量的儀器已經被成功地發明出來？

凌葛突然跳起來在屋子裡走來走去。每當她需要大量思索的時候，她就會坐不住。

星球光能量終於不再是邊緣科學。它是一項眞實存在的東西，而歐本的手上極可能握有原型。

這就是科學部極欲找回來的東西！

如此重要的發明被歐本偷走，難怪他們會急得跳腳！想像這種無成本的能量儀落入敵對陣營手中，對他們國家會造成多大殺傷力？

其他人紛紛問林諾那到底是什麼東西，林諾極之艱難地，勉強解釋了五、六成。

「但是，歐本為什麼要把這個編碼刺在李四身上？它和我們在找的錆武器有什麼關係？」林諾難以不解。

凌葛的腳步終於停了下來，深深地注視他。

「我想，科學部騙了我們。」她平靜地道。

他們要找的東西，非但一點都不邪惡，很有可能是人類史上最偉大的發明。

✶

見歐本的時機比他們預期中來得更快。

兩天後一個宮裡的侍衛帶來兩套侍衛衣服，要她和林諾換上，跟他一起走，門外還有七個侍衛在等候。

「姑娘，會不會有詐？」楊常年趁他們進門換衣服時，低聲對他們說。

「有沒有詐都得闖一闖。」

「既來之則安之。」

這是凌葛和林諾兩人的回答。

楊常年和趙虎頭不放心，遠遠跟在隊伍後頭，直到進了京城禁區他們無法跟下去為止。

京城禁區，又叫「內城」，是圍繞著王宮的核心區域，所有公府、王府、重要大臣府都在這裡，一般百姓進入內城需有通行令，天牢自然也在內城裡。

所謂天牢不是名字叫「天牢」，而是關押內城重囚的所在，

凌葛化為男裝，與林諾兩人沈默地跟在其他侍衛身後。途中經過重重檢驗和通行，他們終於來到內城戒備最森嚴的天牢門口。

天牢其實建在地下，是一座地牢。他們要下去時，一開始去接他們的那名侍衛突然攔住他們。

「姑娘，主上說您有話要告訴他。」

凌葛從懷中掏出一紙信箋。

「跟他說，他要的東西都在上面。」

那侍衛接過信，對其他人一點頭，兩名侍衛一前一後帶他們下去。

下到第一層，空氣裡濃重的濕氣和異臭已讓人感到不適，石砌的牆面有許多處滲出地下水，長出濕滑的青苔。牢房從他們右手邊延伸而去，每層約有六、七間，以小兒臂粗的柵欄關押。一層只有頭中尾三段有火把，所以牢內陰濕而晦暗。

石梯在樓層的尾端，不會通過牢房區，他們不得而知裡頭都關押了哪些人。

一直下到第四層，濕氣濃得幾乎伸手一撈就可以抓出水來，呼吸起來開始感到不順暢。凌葛林諾都見過不少關囚的地方，環境如此陰惡的卻是極少數。

第四層很小，只有一間牢房而已，樓梯一下來就正對著牢房門。這間牢房是木板做的，門外站著一名獄卒。

兩名侍衛對他一點頭，那獄卒掏出鑰匙開鎖。

門打開的那一刻，一股強烈的惡臭往他們的鼻間衝來——濕氣、排泄物、血腥味、腐肉味。

那侍衛也知不好聞，還從懷中掏出兩張白帕，一人給他們一條。

凌葛既然如此也就不客氣了，馬上接過來捂住口鼻。

「一刻鐘。」那侍衛面無表情地道。

凌葛率先走進去。

眼前的情景讓她吃了一驚。

牢房內只有六尺見方，高大一些的人都無法躺平，滿地排泄物幾乎讓人無落腳之處。

在牢房角落有一團血肉模糊的物事。

她實在無法稱那是一個「人」，因爲它幾乎失去人的形狀。

那人受過重刑，雙腳自膝下彎成一個很奇怪的角度。上半身全裸，只有腰間圍著一塊已經染成暗紅色的布。他的胸口血肉模糊，有一大片皮膚不見了，似乎被人生生地剝了下來，背上滿是鞭痕。

他的左手只剩下一根手指頭，右手還剩兩隻，他的嘴巴只剩下一個血洞，鼻尖已被削去。

凌葛無法相信這眞的是歐本。

那團血肉蠕動一下，轉過頭來——然後她看見了歐本的眼睛。

那是他。

她永遠不會錯認他的眼睛。

她曾幻想過無數次她抓到歐本的情景，但絕不是眼前的這個樣子。

這就像妳一心一意在對付的大魔頭，有一天終於出現在妳的面前，他卻已是虛弱不堪的老人，毫無反抗能力。所有妳以爲的惡鬥、激戰都只是在妳想像中而已。

她心下竟然感到一絲惻然。

他雖然是壞人，但他不應該被如此對待。

沒有任何一個人類應該被如此對待。

她終於有些明白當初林諾看她放手讓成勝天被刑求的心情，而成勝天所受的甚至不及歐本的一半。

『啊，凡德中尉。』歐本微笑。『他們派出了最好的人來抓我。』

他竟然還能夠笑得出來。

來。

『你還好嗎?』她開口，嗓音在密閉空間中產生回音，聽起來有些悶悶的。

『我好極了。』他的咬字非常模糊，可能是出於口中的傷，不過還能辨認出

『你需要我拿點什麼給你?水嗎?』

『噢，不用了。』他揮揮只剩下兩根手指的右手。『別被妳看見的嚇到了，我一點感覺都沒有。』

『哦?』

『當他們衝進來抓我的時候，我就知道這一次應該逃不了，所以我把手邊的黃蔓全嚼碎了吞下去。我大腦許多部位已經漸漸在壞死，早就沒有痛覺了。』他笑得像個惡作劇得逞的孩子。『妳知道嗎?人類眞是一種奇怪的動物，當他們折磨你而你一點感覺都沒有的時候，他們只會更生氣，然後下手越重，這眞是非常沒有必要的事。』

凌葛聽說他感覺不到痛楚，心裡莫名其妙地覺得好過一點。

林諾走進來一步，把身後的門帶上。

『你被抓進來的原因是什麼?』她問。

『偷竊，妳能相信嗎?』歐本微笑。『在我做過這麼多事之後，竟然是以偷竊這種微不足道的罪名被捕入獄。』

『你確實偷竊了，只是不是在這個世界裡。』她冷冷地道。

樣子。

『啊！』他隨意地一揮手，彷彿那不值一提。『我知道我被出賣了。前一刻我還在享受最高等級的待遇，爲我的主子寫下天體運行的基本道理，下一刻就有一堆官兵衝進來抓住我了。告訴我，凡德中尉，這是因爲妳嗎？』他指了指自己的樣子。

她不知道陸衍之是用什麼樣的方式讓二皇子與歐本劃清界限，顯然不管是什麼手段，陸衍之都成功了。

『一個人，和一間鎖起來的房間。』她的任務，就是找到那間房間。如果那間房間不存在，她就製造一間。

『啊，是。』他微笑。『當那些官兵衝進來抓我時，我就知道一切結束了。我猜這就是效忠一個缺乏道德良知的人的代價。』

『被出賣又如何？你也會出賣人的。』她冷笑。

『沙克是自己被妳抓到的，我並沒有出賣他。再說我就算出賣他又如何？他遲早也會殺了我，因爲我知道得太多了。』

『我說的不是沙克，是李博士。』她心中最後的一絲憐憫完全消失。

歐本一僵。

他的眼中第一次出現人性化的情緒——懊悔。

『我知道我欺騙了他。』他終於說：『但是我需要他的神經學知識，不得不如此。雖然他被我騙了過來，但他是一個到了哪裡都能活得比我自在的好人，科技文明的不發達對他不會有太多影響。在這裡，只要經過適度的學習，他依然可以當一名受人敬重的大夫。』

『李博士死了。』她冷漠地道。

歐本的眼睛瞪到幾欲掉出來。

『不……不可……怎麼……發生了什麼事？』他的嗓音乾啞。

『蒙娜麗莎病毒。』她口氣淡得像在說一個完全不相干的人，只有林諾知道她的心有多傷痛。『顯然你們兩個人對彼此都不老實。你騙他以爲還有機會回去，所以他在自己身上打了蒙娜麗莎病毒。』

『他……他爲什麼要這麼做？』他沙啞地道。

『他想要親自試驗蒙娜麗莎對抗輻射的能力，他怕他的『好朋友』會阻止他，所以沒告訴你。』

歐本啞然無聲。

『我並不……我從未想過爲害他的安全……可是他知道得太多，我不能把他留在那個世界裡……』他默默低下頭，露出十分難過的神色。

『他總之是因爲你的謊言而死，又有什麼差別呢？』她殘酷地道。

歐本深呼吸一下，閉了閉眼。

再張開眼時，他又是那個微帶些瘋狂的歐本博士。

『算了，人難免一死。』他嘲諷地笑了笑。『妳能找來這裡，我相信妳已經追蹤到我完整的歷程了。妳見過陸海爾斯的屍體了嗎？』

陸海爾斯是歐本最重用的助手，沒有之一。陸海爾斯是個孤兒，一直以來都視歐本如父親一般，原來他就是李四。

顯然對歐本來說，孺慕之情是一種不必要的情緒，任何人都可以被犧牲。由此來看，李博士對他終究也不算什麼。

凌葛第一次這麼恨一個人。

『他沒剩多少屍體。』

『啊。』歐本點點頭。『這就是人握有權力時麻煩的地方。手下們總是太急於表現，做得太過了。』

她一點都不懷疑他曾是二皇子最寵信的門客。

無論在哪個世界裡，歐本都像是一座活動的知識庫。當你和他交談時，你會爲他淵博的知識而驚異，有如進入一座寶山，怎麼挖都挖不完。

能站在高點的人不只自己夠強，還需要身邊的人也也夠強。歐本能讓你相信你一旦擁有了他，你會更強——因爲事實就是如此。

沙克相信他，二皇子亦是如此。

『39A 2A39。』凌葛冷冷吐出。

『我就知道妳一定會追蹤到我給妳的訊息。』歐本讚許地笑了起來。『我本來想把這一串刺在陸海爾斯身上的，但那太容易了，他一定比我更容易被找到，簡直是侮辱妳的智商——幸好我後來決定刺在自己身上，不然妳就失去最重要的線索。』

林諾擰眉。果然那些人刺青不是爲了他自己，而是爲了葛芮絲。

這一切對歐本就像個遊戲，他喜歡跑在前面，不斷讓別人追著他跑。某方面他就像個惡作劇的孩子，只是，這個「孩子」非常致命。

『你的鼻子在流血，你還好吧？』歐本忽然對林諾說。

林諾舉手抹了一下自己的鼻下，果然看到一絲血色。他立刻抽出剛才拿的手帕抹掉。

『沒事。』

『你的遺傳腦瘤發作了嗎？』歐本猶如關懷老朋友一樣地問他。

凌葛的神色十分難看，歐本笑了起來。『是的，我知道你們有家族遺傳腦瘤。妳研究我的程度，跟我研究妳的程度差不多。』

『你究竟從科學部手中偷走什麼？』她冷冷地問。

『女孩，我對妳有些失望，難道妳還沒猜透？』歐本嘆了口氣。『我從未從科學部手中偷走什麼，是他們想從我手中偷走什麼。』

凌葛一震。

『你是要告訴我，你眞的發明了星球光能轉換儀？』她的語氣緊繃。

『在你們眼中我是個恐怖份子的幫兇，但別忘了，我眞正的身分是個科學家。

所有科學家心底都有相同的想望——完成人類史上最不可思議的科學成就。』

原來星球光能量轉換儀確實已經發明成功，卻不是科學部做的。歐本才是眞正的發明者，而科學部要他的發明，不計一切代價！

所以他帶著他的發明突破時空壁，逃到古代來。

他留在那個世界裡，無論躲在哪個角落都不安全，逃到這裡，他起碼還有一絲機會。

凌葛不斷消化他丟給她的資訊。

『你可以跟我們一起回去。』她突然說：『你的肢體雖然有傷殘，只要跟我們一起回去，這些皮肉傷都可以被治癒。如果我們回去得及時，實驗室裡有適當的藥物可以解除你體內的黃蔓毒性，你不必死在這裡。回去之後，你有更重要的目標。你的發明可以爲人類爭取到更多時間，你的名聲甚至有機會被洗刷，你將會是人類史最偉大的科學家之一！』

歐本仰頭大笑，笑了幾聲後他咳了起來，不還還是繼續笑。

『回去？妳眞的以爲你們還回得去嗎？妳眞是太天眞了，孩子！』

『我們身上有科學部的傳送定位器，他們可以從另一個世界打開時空壁，將我們傳送回去。』林諾銳利地注視他。

歐本邊搖頭邊笑。

『你們到底要被科學部騙到什麼程度才甘心？這是一張單程票，根本不可能再回去了。』他看他們的眼神像在看一對無知的小孩子。『蟲洞儀在另一個世界裡，它啓動後需要耗費多少的能量才能勉強把兩具人體送過來？你們竟然認爲在這個世界裡什麼設備都沒有，僅憑著他們在另一頭啓動儀器，就能輕輕鬆鬆把你們接回去？』

『你是什麼意思？』林諾厲聲道。

『意思很簡單，蟲洞儀的能量不足以把你們接回去，我是蟲洞儀發明人，相信我，我很清楚。』歐本微笑。『是的，空間可以被開啓，但是那個能量不足以完成整個回傳程序，你們可能傳送到一半時空壁就已關閉了，最後你們只會帶著我偉大的發明在時空的夾縫被碾成碎片。』

『Grace，他說的是眞的嗎？』

凌葛瞪著歐本。『爲什麼科學部要毀了你的發明？』

『這還不明顯嗎？』歐本微笑。『我們的世界由各個不同的政府統治，但是科學的世界只有一個統治者——至高無上的科學部。星球光能轉換儀可以輕易地將星球光轉換爲能量，想想所有能源短缺的第三世界國家。他們貧窮、落後，必須仰賴文明先進國家的鼻息。如果有一天他們能得到源源不絕的廉價能源，他們的發展會多快速？世界局勢會如何變化？科學部還能繼續當獨佔鰲頭的科學部嗎？』

科學部的目的不是爲了佔有他的發明。

他們想毀了它。

妳知道世界上早就發明了不會壞的燈泡嗎？

但是一個燈泡大廠的老闆花了鉅額的權利金將這個技術買下來，然後把它鎖在他的保險櫃裡。

妳瞧，這就是人性。

我們們一直在提升自己的生活，可是提升到某個程度……既得利益者的貪念終究還是戰勝一切。

李博士一直都知道。

他一直以著各種不同的方式在暗示她。

她曾納悶過爲什麼慈和善良的李博士會和歐本結爲朋友。即使一開始惺惺相惜，當他知道歐本的眞實身分之後，以他的性格是不會再和歐本有任何往來的。

但他發現歐本發明了可以解決人類能源問題、救助許多貧困國家的星球光能轉換儀。

李博士的人道精神讓他相信歐本心中依然有著人性，依然願意幫助更多人類——或許歐本一開始眞的也有這樣的意念，然而，科學部開始追殺他，他性格中憤世嫉俗的那一面佔了上風。

他寧可帶著他的發明逃到另一個時空去，在那裡重新開始。

李博士以爲自己回得去，所以當歐本邀請他一起來見證星球光能的奇蹟時，李博士同意了。後來的事，他們都知道了。

凌葛心中充滿無比悲傷。

這算是誰害死了博士？歐本，或者科學部？

她閉了閉眼睛。無論是誰要負責，她都不會讓他們再害死她弟弟。

『你的鼻血又流出來了，嘖嘖，你應該是非常末期了吧？』歐本對林諾十分友善地說道。

林諾拿著手帕不斷把鼻血擦掉，對他的問題渾然不理。

『你發明的那個能源轉換儀在哪裡？』她張開眼睛，清明地望著歐本。

『妳的腦子轉過來了。』歐本給她一個讚許的微笑。『妳想得沒錯，要從這端發出足夠的能量讓蟲洞儀接引你們回去，星球光能轉換儀是你們唯一的機會。』

『它在哪裡？』她冷冷地問。

『放心，我完全願意把它交給妳。妳或許難以理解，不過在我心中，妳是一個可敬的對手。我是逃不過這一劫了，卻不願意見妳或妳弟弟莫名其妙地死在時空的夾縫裡。不過，有個技術性的小問題，我必須先告知妳。』

『什麼問題？』她冰冷地問。

『星球能源轉換儀只能使用一次。』

『爲什麼？』凌葛不相信他。

『不能怪我！我才啓動了第一次試驗，來不及做任何調整就被抓起來了。幸好我藏得很好，他們應該找不到，不過那個核心機件是損耗性的，陸海爾斯的體內只夠裝進兩個而已，我已經用掉一個了，所以你們只剩下一次的機會。它產生的能量我確定足夠一個人的傳送，但足不足以傳送兩個人……恐怕你們得自己試驗了。』

『什麼？』林諾的背挺得筆直。

『如果它吸收的光能達到最大值，或許有機會吧！』歐本咯咯低笑。『放心，實驗失敗頂多死而已，死又不可怕，問我就知道了。』

『足夠傳送一個人就可以了，告訴我它藏在哪裡！』凌葛不理他。

『Grace，不！』

『可惜……』歐本遺憾地喃喃自語：『如果我有足夠的時間，我可以用第二次啓動的能量來製造更多核心機件，我甚至可以開一間工廠專門生產。在古代東方開工廠製造二十三世紀的產物，那會是多有趣的事……』

『這就是你選擇這個古代的原因？你想成爲改變這個世界的偉人？』凌葛有點荒謬地問。

『是不是偉人不重要，但是人類的科學文明可以少掉一千年的摸索期。伽利略只不過抬頭看看天空就被封爲現代科學之父，那還是在十六世紀的事。想像我利用星球光能轉換儀，可以在這裡成就多少事業？

『我可以徹底改變這個時空的文明進程，他們在八世紀就能擁有世界上第一間工廠，第一輛在街上行駛的車子；第九世紀就可以有飛機、輪船、電動車……人類的科學發展將往前推進一千年！

『一旦科學開始發展，醫療技術也不再是問題。我們直到二十一世紀才出現第一台進行精密內視鏡手術的達文西機械手臂，在這裡，我將讓他們在第十世紀就出現第一台達文西。想想看到了二十三世紀，這裡將會進入何等的輝煌時期？同一時間的我們，早就望塵莫及。

『李博士完全明白我的理想。我告訴他，星球光能轉換儀順利開始運作之後，我的第一個作品將是興建一間醫院，他可以在這裡教育新一代的醫生，將他的理想帶到這個世界來，以這個時代所未見的醫療器材治療這裡的病人。他為這個遠景興奮不已，所以願意跟我一起過來親眼見證，而我完全打算實踐對他的諾言。』

凌葛驚奇地望著他。

歐本博士被冠上各種封號：死亡科學家、邪惡的瘋子……但她現在才發現，骨子裡的他竟然是個徹頭徹尾的理想主義者。

她突然明白李博士為什麼會跟他變成至交了。本質上他們都是理想主義者，只是李博士是出於人道精神的理想主義，歐本卻是出於狂想。

更恐怖的是，他有本事將他的狂想具體實現！

她大笑一聲，笑聲中卻殊無喜意。

『你們理想主義者有個最大的毛病，就是忽略現實問題，讓我告訴你現實是什麼！』她殘忍地指出：『人類出現在地球上大約是二十萬年前，但眞正開始發展人類文明是一萬年前。這一萬年以來，百分之九十九點九九的時間，人類都在低度開發與冷兵器時代，我們和這個地球相安無事。

『四百年前瓦特發明了蒸氣機，開始了工業革命，人類的科學和文明達到前所未有的輝煌地步。這四百年來我們在天上飛，在海底鑽，在外太空航行。我們也成功地做到了一件十九萬九千六百年以來沒有人能做到的事——毀了地球。』

歐本張了張口，她舉起一隻食指阻止他。

『人類的科學文明建立在摧毀我們的生存環境上。我們的雨林在消失，人口遠超過地球所能容納的上限，數萬種動植物在這四百年內完全絕跡；我們發明了速度更快的車子和飛機以縮短距離，但是我們必須發明更快的飛行器才能到更遠的星球尋求移民機會。文明演進的結果是讓我們在四百年內就毀了地球，而你竟然認爲人類提早一千年發展科學是一件好事？

『你以爲到了二十三世紀，這個時空將擁有我們時代企及不上的文明，所有人會圍在你的銅像前對你膜拜獻祭？你錯了，到了二十三世紀，這裡只會變成一片死寂，因爲人類早就毀了自己。你只是將地球的毀滅提早一千年而已！』

歐本張了張口，卻什麼話都說不出來。

最後他的眼中出現濃濃的沮喪，因爲他心知肚明她說的是對的。

人類是地球的病毒。總是不斷消耗這個世紀的資源，直到再也榨不出東西爲止，然後再移到下一個地方，再繼續榨取，再移到下一個地方，再榨取……

人類文明之於地球沒有任何的益處。

『轉換儀在哪裡？』她厲聲道。

歐本回過神，對她諷刺地一笑。

『放心，我完全願意把它交給妳。它在一個再容易找不過的地方！』他將地點告訴她。『雖然不是很容易接近，不過我相信妳一定有辦法。』

『你爲什麼願意交給我？』

『因爲它從現在開始就是妳的問題了。』他又露出那種惡作劇得逞的笑意。

『現在妳握有整個科學部不惜一切代價想毀掉的東西，打算怎麼做呢？毀掉它，稱了他們的意？或是使用它，眞正做出一些驚人的事？』

『如果你騙我的話……』凌葛瞇起美麗的眼睛。

『如果我騙妳，妳也不能對我怎樣了。』他指指自己現在的樣子。

凌葛冷哼一聲，轉頭走出去。

歐本在她身後突然說了一個名字。

她的腳步停下來。

『西波·伍斯。』他重複一次，但是他的口唇受傷太重，咬字依然不清晰。

『Cybill Woods？』她重複。這是一個當紅好萊塢影星的名字。

『西波·伍斯是紋在陸海爾斯身上的刺青。』他微笑。『直接告訴妳算是作弊，不過讓紋身被毀掉是我的責任，而我們兩個都沒有時間讓我冉做新的安排了，所以……』他聳了聳肩。

他告訴她不是因爲善意，只是在享受到了生命終點依然能操弄他人的樂趣。到了最後一刻，他依然想當神。

『你需要我幫你做什麼嗎？』她站在門口，沒有回頭。『你想早一點死嗎？』

歐本想了一想。『有何不可？我可以感覺我的中樞神經開始停擺，我想，最多不出兩天，我若不是心肺功能停止運作，就是陷入瘋狂，把自己的腦袋砸碎在這道牆上，不過再等兩天也是挺浪費時間的。』

凌葛點了點頭。

這一次走出去，不再回頭。

13

凌葛回到家的第一件事，立刻把紙筆翻出來，把「Cybill Woods」寫下來。

『我們不先去把星球光能量轉換儀拿回來嗎？』林諾跟在她身後進門。

『它自己不會長腳跑掉，有什麼好急的？』凌葛只是盯著面前的白紙。

『Cybill Woods不是那個電影明星嗎？她跟這件事有什麼關係？』

如果要說現在當紅的好萊塢一線愛情喜劇片女星與失竊的星球光能量轉換儀有關，林諾實在很難置信。

凌葛沈吟片刻。

『歐本說西波．伍斯……他並沒有明確地拼出來Cybill Woods，所以很可能是任何一個同音的名字。』

門外有人匆匆進來的聲音，原來是楊常年等人。

「你們回來啦？太好了，情況怎樣了？」楊常年叫起來。

芊雲如釋重負地衝過來，一頭栽進他懷裡，林諾緊緊地擁著她。

「你們上哪兒去了？」

「還能去哪兒？當然去找你們！」楊常年瞪眼。

「楊大哥擔心你們給陰了，我們在內城門口等了好些時候，後來雲兒姑娘說你們會不會從另一個側門出來？我們才想起來，匆匆回來看一下。原本是想，你們若還沒回來，就讓雲兒姑娘和趙大哥負責在這兒等，我們還要再回內城那兒看看呢！」黃軍補充道。

「我們沒事，一切很順利。」林諾將最新的進展告訴他們。

趙虎頭聽完，皺了皺眉。「那什麼儀的……」

「星球光能量轉換儀。」林諾補充。

「它就是你們說的那個會爆的東西嗎？危不危險？」黃軍連忙問。

林諾頓了一頓，最後終於說：「它有一定程度的危險性，不能隨便留在那裡，須得妥善處置才行。」

趙虎頭道：「它藏的位置是說清楚了，可藏在那樣的地方，也不知能不能不引起主人注意的取出來。」

「先進來再說。」林諾領著每個人進入小廳裡。

坐在桌前的凌葛已經在白紙上寫下更多的字，他探頭一看——

Cybill. Cyble. Sibble. Sible. Sibo. Sibol.

Woods. Woos. Ooze.

都是同音或近似音的字，歐本口舌有傷，發音並不清楚，這樣猜永遠猜不完。

偏偏其他幾個人對英文一竅不通，完全幫不上忙，只能在一旁乾著急。

凌葛把每個字的全大寫或全小寫都寫下來，每寫一個字，就拿起來正反面看一看，看半天卻看不出有什麼玄機，到了最後她有些煩躁。

「爲什麼需要第二組字？」林諾忽地問：「Peas Ape引導我們找到星球光能轉換儀，這第二組字又有什麼作用？」

「歐本說Peas Ape是留給我的訊息，是歐瑞科學圖畫館的檔案編碼，我在猜這第二組字才是密碼。」凌葛頭也不抬地道。

林諾一想頓時明白。「是啓動光能轉換儀的密碼！」

這就麻煩了。因爲密碼不必非得有邏輯，可能是隨機字母的組合。除非現在轉換儀就在手邊，他們完全無法驗證到底哪一組字是正確的。

即使轉換儀在手邊，歐本也不可能沒設保護措施，誰知道輸入錯誤太多次會不會有什麼後果？說不定會自爆之類的。

『聽著，你回去之後到西班牙聖母醫院找一個凱特．央醫師。如果有誰能治得好你的病，一定是凱特了。』凌葛告訴他。

『我不會丟下妳自己一個人回去。』

『這不是我們現在該討論的問題。』

『Grace，如果我一個人回去，我就要再等五年才能夠回來接妳，我們兩邊的時間是同步的，並不是我回去三個月開完刀之後就能立刻傳送到這裡的五年之後。我不會把妳一個人丟在這裡！』

『我說過了，我們先把手邊的謎底解開要緊。』她不打算現在和他爭辯。

凌葛提筆寫下更多字，不外乎是這些字母的重新組合。

「林諾，怎麼了？」芊雲拉拉他的衣袖。她聽不懂他們的話，可是從他們的態度可以感覺到兩人之間有些衝突。

林諾望著他的小妻子。

他不知道該不該告訴她，他們很有可能只能回去一個。目前一切都還是未知數，科學部的蟲洞儀再加上光能轉有可能把他和姊姊都一起送回去，或他最後死在時空的夾縫裡，永遠消失。

事實是，即使五年之後他再回來接葛芮絲，他們依然有可能要再回去。他不可能讓葛芮絲一個人回去面對各方的追索和亂局，而他留在這裡過逍遙的日子。

她的一生都在保護他照顧他，他不會在她最需要他的時候拋下她不理。

最後，他選擇先不告訴芊雲，以免讓她升起不必要的期待。

「沒事，我只是擔心。」他搖搖頭。

凌葛忽然提筆寫下 Peas Ape。

「Appeace。」她捶了下桌面。

「什麼？」

「什麼？」

「什麼?」所有人通通問。

「Appeace是Peas Ape的變位語!」她迎上面前的每張臉孔。

每個人的臉孔都非常茫然,林諾對著紙上的「Appease」皺起濃眉。

「變位語就是把一個字的字母拆開重組成另一個字。我之前就發現Peas Ape可以重組成Appease,可是這個字在那個當下對我沒有任何意義。」她把Appease寫在紙上。這個字是「舒緩」或「平撫」的意思,

「四年前,由科學部主持了一場全球科學高峰會,叫做『Appease The Chaos』,『平息紛亂科學高峰會』。主要是宣示以科學對抗恐怖主義,尋求更有效的再生能源扶助第三世界國家,減少因爲資源爭奪而掀起的戰爭——」

「妳眞的相信這種廢話嗎?」他插口:「要解決地球爭端只有一個方法,就是人類他媽的不要再打仗了。」

她揮揮手。「這不重要,重點是,歐本會公開嘲笑過這場會議是『先進國家自爽的白日夢』、『沒有任何具有建設性的成果發表』,還有恐怖份子揚言要去會場放自殺炸彈客!」

她快速寫下一個日期。「那場會議是在二二〇〇年八月十二日,因爲八月十二日是薛丁格的生日!」

她期待地看著林諾,林諾皺著眉搖搖頭。

「薛丁格?薛丁格的貓?」看弟弟繼續搖頭,她不可置信地喊:「你怎麼會

不知道薛丁格呢？每個上過高中物理的人都知道！他設計的實驗是量子物理學的重要指標，測不準原理的基礎，混沌理論一個很重要的依據，所以科學部才選在薛丁格生日的這一天……就是一隻貓被關在一個盒子裡面，裡頭還有一個毒氣瓶……你不記得？」

林諾有些尷尬地搖搖頭。好吧！他不是個好學生那又怎樣？她如果問他手槍如何保養、叢林如何求生，他就回答得出來了啊。

「爲什麼要把貓關在一個盒子裡？」芊雲問。

「爲什麼盒子裡要放毒藥？」黃軍問。

凌葛看著他們，表情有點無助。

「他沒有眞的把貓放在盒子裡，那是一個假設性的實驗，主要是在解釋量子力學與傳統物理學的差異……唉，算了！太複雜了！」她兩隻手亂揮一下。「總之，22000812。」

她像李博士一樣把數字寫得方方正正的——

2200 DB12

反過來看它的鏡像文字——

SIBO OOSS

「凌姑娘，妳的字……寫得不大好。」芊雲想了很久，終於很遲疑地批評。

凌葛臉紅。在他們的年代幾乎沒人在用筆了好嗎？大部分都直接電腦輸入，她還記得字怎麼寫就不錯了。

「SIBO OOSS！」林諾突然捶了下桌面。

西波．伍斯。

「Sibo Ooss，不是Cybill Woods。」陸海爾斯身上紋的是這兩個字。

「所以密碼是英文還是數字？」林諾銳利地盯著她。

「如果陸海爾斯身上的是英文，那正確密碼應該是數字，總之看裝置的輸入方式就知道了。」如果都是數字鍵，自然不需要傷腦筋。「我認爲歐木不可能帶太複雜的電路板過來，必須騰出空間放核心裝置，所以他很可能只是放一個最原始的九宮格數字鍵而已，越簡單的機件越不容易壞。」

「太好了！接下來呢？」

「接下來，出去叫人哪！」她挑了下眉。

林諾笑得很燦爛，露出芊雲第一次發現她夫婿可以用「可愛」來形容。

林諾大步走到小院去，兩手往胸前一盤，也沒怎麼提高聲音，對著空無一人的小院道：「我們有事見你們家主子，他最好過來一談。」

話甫說完，一條黑影突然從旁邊的樹上躍下來，對他一點頭，轉身一躍又不見人影。

林諾愉快地走回來。

「搞定！」

接下來，就等某人和他們聯繫了。

✶

芊雲推門進房時，林諾正在整理他的十字弓。

只見他俐落地將一把大弓化整爲零，再俐落地重組成一張完整的弓，瞧著就像變戲法。

林諾偏眸對她一笑，調整了幾個部件的接點，重新再拆開來，拿起油和布細細地擦拭。

芊雲走到桌前坐下，看著他忙碌的動作。他的大手靈巧得不像一個他這種體型的人該有的速度。

「林諾……」她欲言又止。

「嗯？」他溫柔地應了一下，把油抹在把手上擦拭。

「你教我怎麼用這把弓好不好？」她突發奇想。

「怎麼突然之間想學？」林諾輕笑道。

因為等你離開之後，我才知道如果照顧這把弓。只要弓在我身邊，你就在我身邊。

「當然不是練到像你那樣百步穿楊，我是指教我怎麼把它拆開再組起來，我瞧著挺好玩。」

「好。」他笑。

他坐在她身旁，將她抱進懷裡來，一個部件一個部件教她：「這是把手。這是準星。這是弓臂……」

他整個灼灼的體熱包裹著她，吸進去的都是他的味道和氣息，她根本一半心思不在他說的話上。

「妳有沒有在聽？」林諾笑了，輕彈一下她的鼻尖。

「噢。」她撫著鼻尖，軟軟地枕在他肩頭。「林諾……」

「嗯？」

她欲言又止。

她最近很常這樣，明明要說什麼，等他一問，她又收了回去。

「林諾……我們明天就要去拿那個儀了嗎？」

「嗯。」

「那……拿到了，你們就要回去了嗎？」

林諾頓了一頓。她在煩心的是這個嗎？

「雲兒……」他開口。

「我知道，我都明白，你別說。」芊雲輕掩住他的口。「我不是要說讓你爲難的話。你現在病著……就算你說不回去，我都要趕你回去！凌姑娘說，你們那兒有人治得好你的病，你一定要回去！」

林諾嘆了口氣，將她的手握在唇邊，一根一根嫩嫩的手指輕吻。

「妳瞧妳現在見了我都只顧著我的『病』，被妳說得倒像我已經作古了一般。」林諾突然將她整個人扛在肩上，在房間裡轉了幾圈。「我倒要讓妳看看病人能這麼做嗎？」

「放我下來！快放我下來！」芊雲驚呼一聲，被他嚇了一跳，隨即被他繞得咯咯直笑。

林諾轉了兩圈轉到床畔，將她往柔軟的枕褥上一拋。

芊雲俏顏緋紅，迎著他魁梧的身軀往她的嬌小壓下來。他總是非常小心，從不曾壓壞她，他是最溫柔的巨人。

她和他唇齒纏綿，膠著地吻著，他靈巧地除去兩人的衣服，挑逗她全身的敏感點。

他們兩人都太熟悉彼此的身體。他知道碰哪裡會讓她舒服地呻吟，她知道碰哪裡會讓他酸麻舒暢。

感覺到她的身體準備好了，他分開她的腿，安置好自己，粗鈍的前端抵著她，緩緩地往內推……

她感覺到他龐大的壓力往自己體內推來，突然驚慌起來，輕輕拍著他的肩頭。

「林諾……林諾……慢一些……」

「嗯？」他整個人壓抑不住地喘息，硬生生地停下動作。「弄疼妳了……？」

「不……你輕一些……」她嬌顏映著汗濕的緋紅。

「妳不舒服嗎？不舒服就別作了……」他輕喘道。

他已雄雄勃發，提槍上陣了一半，讓他停下實在太不人道了，但他喘了口氣，硬逼自己翻開身。

「不，不是……」芊雲緊緊扣著他硬厚的肩膀，俏顏紅成了一片豔彩。「你輕一些就行了，我最近……有些侷促……」

林諾見她不像痛苦，放鬆下來，潔白的牙在黝黑深邃的臉龐一閃。

「那讓妳來吧！」他突然帶著她翻過身，讓她跨騎在自己腰上。

芊雲驚叫一聲，差點從他腰間滑下去，他強壯的大手立刻握住她的腰枝。

「讓妳來，妳就不怕了。」他在下頭懶洋洋地望著她。

他們試過很多不同的姿勢，有時在林子裡，有時在桌上，他一時興起，讓她扶著東西他從後頭來的都有，唯獨沒有她在他身上過。

芊雲羞臊欲死。這太……太悖德了……女人怎能在男人之上？

「林諾……不行，不行……」

「乖，別怕。」他輕哄她。手探下去調整自己，對住她，幫她先起個頭。「夫妻床笫之事，只有妳知我知，有什麼好害羞的？來，動一動……」

芊雲俏顏豔紅，半晌後終於克服了心理障礙，握著他緩緩下壓，將他完整地納入自己體內。

兩人都舒服地嘆息。

這個姿勢確實讓她比較能掌握節奏，片刻後情慾上湧，她跨坐在他的腰上，輕輕地騎騁著他……

✶

書齋前的一小片桂花叢動了一動。過了片刻，又動了一動。

坐在院中看書的人故作不見。

那桂花叢又動了一下，伴隨一聲「哎唷」，躲在後頭的人滑跤了。

石桌前的人終於笑了起來，可依然坐著不回頭。

桂花叢分了開來，一條活潑的小影子跳出來。

「好啊！大姊姊，原來妳早看到我了。妳還裝著不知道呢！」陸淺淺笑嘻嘻的。

「妳怎麼自個兒跑到這兒來？」漂亮的大姊姊溫柔地看著她，陸淺淺記得她叫凌葛。

「這兒是我家呀。」她哥哥家就是她家。陸淺淺再度發揮自來熟精神，跑到她身邊捱著坐。「凌姊姊，妳在瞧什麼？」

「治頭風的書。」凌葛對她溫柔微笑，幫她拂去額角黏的一片樹葉。

「凌姊姊，妳這麼厲害？妳會醫麼？」陸淺淺瞪大眼。

「我不成的，就小時候隨一個老家的郎中學過一點兒，成不了氣候，我只是無事愛翻翻書而已。」

「像我就不成了，我最討厭讀書了！」陸淺淺噘起嘴。「我父王請了老師教我讀書，可讀的都是些什麼《女書》、《女條》的，煩都煩死了。」

凌葛輕笑了起來，她笑起來真是好看，陸淺淺都要看呆了。

宮中的老冬烘還說，女子要「清」，要「秀」，最忌豔麗，一豔了就妖冶。可她看凌葛姊姊豔麗是一定的，哪有半分妖冶？真該叫那老冬烘自個兒過來瞧瞧。

「可以讀書是很幸福的。」凌葛輕柔地說。

「那凌姊姊妳教我這醫書要怎麼看。」陸淺淺興致勃勃地道。

「好啊，不過有很多字我也不大認得，或者反而要妳教我呢！」

陸淺淺便湊在她身邊，兩人把書上的醫文一句句唸了，再討論一下。她每每有些天馬行空的想法，總把凌姊姊逗得直笑。

陸淺淺覺得幸福無比，如果她有個親姊姊，她就想要一個像凌葛這樣的姊姊，美麗溫柔又有耐心。

她已經有一個全天下最好的哥哥了，她就想再要個全天下最好的姊姊。

宮裡其他娘娘生的姊妹和她向來不親，她知道她們瞧不起她是宮婢生出來的孩子，即使有世子哥哥寵愛又如何？她終究是個上不了檯盤的小公主。

芊雲端了一籠蒸糕過來，一眼就見到一大一小湊在石桌前讀書。

「公主，妳怎麼也來了？」她訝異地笑了起來，把蒸糕放到石桌上。

「噯，妳別叫我公主，叫我淺淺行了。」陸淺淺湊近一聞。「好香啊！這是雲姊姊自己做的麼？」

「是啊。」

「清和苑裡有廚子，妳不用自己做飯的。」陸淺淺道。

「可這蒸糕清和苑的廚子可做不出來。」芊雲笑道：「這是道地的涼國銀絲蒸糕，凌姊姊極愛吃的。」

彷彿印證她的話一般，凌葛素手一伸，拈了一小塊放入口中，立刻陶醉地閉上眼睛，陸淺淺馬上跟著吃了一塊。

「嗯！又綿又好吃，雲姊姊，妳明兒教咱廚子學會了，以後他就可以做給我吃了。」陸淺淺快樂地道。

「當然好。」芊雲提起桌上半溫的清茗為每人斟了一杯。

「雲姊姊，妳是淩姊姊的妹妹麼？」陸淺淺好奇道。

「不，她是我大姑子。妳見過的那個大漢叫林諾，他是我夫婿，是淩姊姊的弟弟。」

陸淺淺恍然大悟。「我明白了，你們根本不是兄弟姊妹，你們都在騙人！還騙我他又聾又啞，他開口跟我說話的時候，我險些嚇傻了。」

淩葛又被她逗得笑了起來。

芊雲看見淩葛似乎和陸淺淺極投緣的樣子，有些驚訝。她一直以爲淩葛不喜歡小孩子，難得有個小姑娘讓她這般喜愛。這就是緣分吧！

「我們在外頭走江湖賣藝，當然要說得越可憐、越博人同情，客倌給的賞銀才會多呀。」芊雲笑道，拾掇了一疊蒸糕給她。

「對了，淺淺妹子不是說好了要帶我們去玩兒的嗎？」淩葛笑問。

「淩姊姊妳提醒了我。」陸淺淺連忙把剛放進口中的蒸糕嚥下。「再過三天就是萬佛節了。萬佛寺那天可熱鬧了，各地香客都會前去進香，祝持那天還會在子、卯、午、酉這四個時辰敲響寺後的大鐘。姊姊妳們見過萬佛寺的大鐘麼？」

見兩人都搖頭，她越發興奮地說下去：「那大鐘聽說足足幾千斤的銅下去做的，又厚又沈，鐘一敲響，嗡——嗡——嗡——一直震下去，震得妳心神亂跳的都有。」

聽說？

「妹子妳也沒見過麼？」凌葛問。

「我……呃……咳！沒有，我……我往年都待在宮裡，我是聽出宮祭拜的宮女說的。」她有些不好意思。

「不如今年我們一起去看吧！」凌葛約她。

「好啊好啊！」她開心地道。

「可是妹子，妳出得了宮嗎？」凌葛娥眉輕皺，現出一抹難色。

「呃？」

「世子說不定也不大喜歡妳跟著我們。」凌葛輕嘆一聲。「妳是千金之身，我們只是尋常賣藝的老百姓，世子知道妳和我們走得太近，一定不開心。」

「你們是哥哥的朋友嘛！不然他怎麼會讓你們住進清和苑來？」她忙道。

「我們不是來作客的，是受僱來的。世子近日要宴客，希望我們在宴席間表演舞刀耍劍，讓我們先進來等著。」

「哥哥還讓你們住到青雲居來呢！」陸淺淺奇異地道：「青雲居是內進別苑，尋常外客進不來的，我記得上一回住在這兒的好像是我二皇兄。」

「哦？」凌葛淡淡道。

陸淺淺想了一下。「好像是幾個月前的事了。二皇兄說他在萬佛寺許了願，要連還七天的願，天天得上寺裡去唸經朝拜。清和苑離萬佛寺最近，所以向三哥借住了幾天。聽說當時他累累贅贅帶了好幾個人，幸好這青雲居夠大，住得下。」

現在一想，異光乍現就是在那幾夜之間發生的。後來朝上有大臣說，二皇兄許的願就是佑我陳國國勢昌隆，神明定是聽見了，才會有吉光之兆，父王聽了甚是歡喜。

「是嗎？我都不知道。」凌葛淡笑道：「連二皇子都來誠心禮拜，這萬佛寺定是很靈驗的了，可惜妹子不能陪我們一起去看那大鐘……」

「這不是問題，我一定出得來！我們就這樣說定了，不見不散。」陸淺淺連忙咬定。

自她第一次出了宮之後，便常吵著哥哥帶她出來玩，哥哥當然不是每次都有空；後來她見了哥哥身邊跟著幾烏漆抹黑的人，覺得好玩，哥哥便撥了兩個人給她使喚。有時候她故意跟母妃說去世子府找哥哥，其實是抓著那兩個烏漆抹黑人偷溜出來玩。後來那兩個烏漆抹黑人跑去給哥哥通風報信，哥哥抓到過她幾次，可也拿她無可奈何。

她只要一撒嬌哭鬧，哥哥就拿她沒轍了！

「好，那我們就這樣說定了。」凌葛笑吟吟地伸出手，和她擊掌為誓。

「說定什麼？」一把清徐的聲音響起。

陸淺淺翻個白眼。每回她找凌姊姊聊天，她哥哥就會冒出來，真是捉魚抓蝦都沒那麼準。

「說定了凌姊姊要教我唸醫書！」她機靈地應道，撲進世子哥哥的懷裡。

「我不是跟妳說了嗎？自個兒去玩，別來這兒吵客人。」陸衍之溫和地摸摸她頭頂。

「可她們說她們不是客人啊！」陸淺淺抱著哥哥的腰笑道：「成了成了，我知道你要趕我回宮了，我這就回去。」

離開前，她回頭對凌葛狡黠地眨眨眼睛，開開心心地哼著曲兒離去。

陸衍之看一眼妹妹離去的背影，無可奈何地搖搖頭，回身坐進凌葛對面的石凳上。

「舍妹生性頑皮，打擾凌姑娘了。」

「不會，她很可愛。」凌葛微笑。

陸衍之一笑帶過，不再多提。他今日穿著一襲淡藍長衫，腰懸佩玉，素巾白綰，一把摺扇在手，甚是清雅。

「不知姑娘要找的東西可找到了？」陸衍之摺扇輕搧。

兩日前，凌葛讓人帶話給他：「故友到訪，陋室棲居豈是代客之道？」然後明白表示要住進清和苑裡。

更明確一點，她要住進二皇子之前住過的地方。

他們兩人都知道他不會拒絕，也知道他在聽到訊息的第一時間已經讓人將整片青雲居搜查個徹底。

他沒找到什麼不該在這裡的東西，也沒有遺失本該在這裡的東西。

她住了進來，只帶了芊雲和林諾。

他以禮相待，渾若無事，聲色不動。

「我很好奇，你是怎麼讓歐本鋃鐺入獄的？」她偏了偏首。

陸衍之搖了搖摺扇。「我將他自涼國而來，陷人瘋魅，身染奇毒，跟涼宋官府勾結，與黑風寨來往可疑等諸般情事交與二皇兄，告訴他此人心懷叵測，卻仗著二哥之名作威作福，殺人毀屍，居心不良。內城皆是王孫貴族，豈可讓他久留於此？」

「就這樣？」就算他多加油添醋了些，這點手段在不把市井小民當人命看的皇子眼中應該不算什麼吧？

陸衍之微微一笑。

「異光乍現之後，青雲居前的兩座水塘連夜抽乾換水，滿池死魚死蝦祕密處理掉之事，可能不小心讓他看到了……」

「他當然不希望你們父王知道了。」

「青雲居外滿庭花草突然枯敗，園丁趕緊換掉，應該也不小心被他知道了……」

「他就更不希望你們父王知道了。」

倘若吉兆變成凶相，而且就在異光乍現的左近，二皇子的居苑裡，他可能很難向父皇解釋爲什麼。

所有帝王都有同樣的毛病——疑心病重。

無論是再寵愛的妃嬪子嗣，只要一涉及帝王自身的安危，那些人都可以被犧牲。若是二皇子身邊頻頻發生異象，身旁又帶著一個「豐功偉業」的門客，甚且有引人瘋昧的紀錄，陳王再如何寵愛這個兒子都會不由得疑心。

所以，對二皇子來說，最簡單的方法就是割捨掉一個對他還未有大用處的門客。

凌葛和陸衍之兩人互視一眼，撫掌大笑。

芊雲在一旁嘆氣搖頭。難怪林諾說，跟他們這些一肚子曲裡拐彎的人在一起最累了。

「所以你一開始就知道我們在找歐本，幹嘛躲躲藏藏，不乾脆些說出來？」芊雲忍不住抱怨。

「我幹嘛要乾脆些說出來？」陸衍之微笑。

芊雲被他問住了。這人真會耍賴！她給他一個大白眼。

凌葛只是笑。

「林兄弟呢？」陸衍之四下看了看。

「出去賣藝了。」

「賣……藝？」她說得這麼乾脆，倒讓他傻眼了一下。

「男人就應該賺錢養家的啊！難道還要我們兩個賺錢養他嗎？」她奇道。

陸衍之眼睛眨了一下，最後只能搖頭苦笑。

「既是如此，不打擾姑娘了，在下告辭。」他起身作了一揖。

走到月牙門前，他的步伐停了下來。

「姑娘可願告訴我，妳自何而來，欲往何處而去？」

「我的來處和去處，與那夜的異光一樣，都不屬於這裡。幸運的話，或許我們永遠不會再相見。」

陸三定定看她一眼，末了，他微微一笑，轉身而出。

「真奇怪，同一個皇宮裡，養出了他和大將軍、二皇子那樣的人，也養出了淺淺這樣可愛的姑娘。」芊雲心裡只覺得堵。

凌葛只是微微一笑，沒有多說。

「凌姊姊，妳真的很喜歡那小女娃是嗎？」她想起凌葛對待淺淺的那份溫柔，不禁露出笑意。

「不，我並不喜歡小孩子。」凌葛淡淡地道，低頭繼續看她的書。

✶

晚上林諾回來了。

他一進門，場景跟早上出去沒太大差別，凌葛依然坐在桌前看書，只是從院子裡換成了書齋裡，日光換成了油燈的光。

這裡是世子的別苑，財大氣粗，點油燈就沒在客氣的了，一整個書齋被照得明晃晃的。

林諾坐在她的對面，看著姊姊寧靜的神色，心裡也感到一份安適。

『你拿到了嗎？』她對弟弟微微一笑。

『嗯。』林諾點了點頭。

芊雲在內裡聽進聲響，端了一壺她新換過的茶水出來。

他接過小妻子為他倒的茶，謝了一聲，一口飲進。見他渴得厲害，芊雲忙再幫他倒一杯。

林諾把她按下來貼著自己坐著，不讓她再忙。

『它就在歐本說的地方。』雖然現場只有他們三人，背地裡不知有多少耳目，所以他依然使用英文和凌葛說話。『那座寺廟有一個極有名的鐘塔，是陳王唯一御准可以蓋得與王宮的屋頂齊高的。那鐘塔被視為佛門禁地，連王公貴族朝拜都要看日子才能進去，森嚴得緊。黃軍今天溜進去將鐘槌換掉了。』

他們白天換到萬佛寺前的廣場賣藝，他和楊、趙兩人負責吸引人的目光——包含那些暗衛的——黃軍負責「攬客」，順便去探路。

黃軍研究了那根鐘槌兩天，好不容易才找到一支類似的將它換掉——那可不容易，因為那鐘槌其實就是一根小樹幹粗——一時應該不會有人發現。

『它長得什麼樣子？』凌葛好奇道。

『圓形管狀，黑色鎢鋼一類的材質，粗細長短約和我前臂差不多。』沒有人想到星球光能轉換儀就藏在一根鐘槌裡。『我們挖出來後放進我的箭筒裡，大小剛剛好，趙負責保管它。』

『你研究過如何啓動嗎？』

林諾點點頭。『它是一個很陽春的原型，構造並不複雜。底部蓋板有一個九宮格數字鍵，可以設定密碼。側面有一個光標顯示它現有的儲存量，目前只剩二分之一多一點，充飽的速度並不快，可能還要好幾天才能全滿。』

『辛苦你了。』她輕握他的大掌。

距離兩個星期的期限，已經快到了。

林諾抬頭看了眼這屋子。

『我能請問我們爲什麼在這裡嗎？』他的食指繞了一圈。

凌葛微笑。

『陸三知道我們在找東西，我主動要求住進來，還指定住他二哥之前來訪時住過的房間，他一定把這裡翻過一遍了。這兩天我和雲兒在清和苑裡四處亂晃，我敢保證，等我們離開之後，他會把我們走過的每條路，碰過的每棵樹、每棵石頭都挖開來找個徹底。』

正在喝水的林諾嗆到。好個聲東擊西的欺敵之計！

『我為什麼突然對陸三感到十分抱歉？』

『你不給他個地方找，他一定坐立難安，我是好心幫他一把。』她聳了聳肩。

林諾拍桌子直笑。芊雲看他笑得歡，雖不懂他們在說什麼，也露出小小的笑容。

『別鬧了，你明天見了他們幾個，跟他們說三天後行動，到時候你們四人盡快出城。』

她提筆寫下「三天」給芊雲一看，隨即用燈火引燃燒掉。

芊雲心頭一沈。

『妳們呢？』林諾的視線銳利起來。

『我們自有出京的方法。』

林諾偏眸看向芊雲，她輕輕點了點頭。

三天後。

只剩三天可以準備了，一切在此一舉。

14

三日後

芊雲一清早便起床了。

她先到沐房去，全身洗漱過，然後回房坐在妝鏡前細細地妝點自己。

黛眉淡淡掃，腮紅細細勻，紅脂在唇間輕輕一抿，點破一抹紅。

林諾做完拳操推門進來，看著她反而愣住了。

「這麼早就打扮得這般漂亮？今天要去哪裡？」他眼中的驚豔讓她覺得犧牲睡眠早起都都值得了。

「和凌姊姊到萬佛寺上香。」

今日可能是你最後一次見到我，我要你記住我最美麗的模樣。

林諾將她拉進懷裡，密密地吻住。

「咳。」

門口有人輕咳一下。

林諾將妻子放開。

「抱歉，不過我們的時間有點趕。」凌葛在門口道。

林諾拿起弓和包袱，芊雲跟了出來。

『記住，你們照樣上街賣藝，休息時間趁機出京，不要再回來，讓他們一個月後在說好的地方等。這一段時間每個人分散開來走，不要湊在一起。』

『她呢？』他看著芊雲。

『她跟我們在一起，直到最後一刻為止，一個月後她會在約定的地方跟他們會合。你——』

『一出了京就在京外十里事先約好的地方等妳們，我知道。』他接口。

凌葛輕捏一下他的手臂。

芊雲依依地送到門口，直到他走遠了才回頭。

凌葛看著她精心打扮的妝容，心下瞭然。

「一切都會沒事的。」她溫柔地握住芊雲的手。「妳如果想，可以回房休息一下，我們一個時辰後才出門。」

芊雲勉強笑了一下，輕輕點頭。

★

情況不對！

凌葛幾乎是一踩到京城大街就知道出事了。

數十騎兵衛在街上疾馳吆喝，讓所有店家關門，街上的市集、小販通通趕回家去。

她們趕快退到路邊，讓一騎快馬從她們身前奔過去。

放眼望去，每條街道上都有官兵在趕人。

「一個時辰後街上若還有閒人，全部下獄！」一名軍官站在街頭大喊。

所有市井小民「嘩」的一聲，收拾的收拾，奔跑的奔跑，街上亂得跟即將發生戰爭一樣。

這場景不管現代古代都一樣，是城市進入緊戒狀態的徵兆。

「出事了，跟我來。」凌葛緊抓著她，往街尾快奔而去。

「怎麼回事……林諾他們會不會有事？」芊雲跑得上氣不接下氣，一顆心在胸口裡狂跳。

凌葛抬頭一看天色。運氣好的話，他們已經出京了。運氣不好……那就運氣不好再打算吧！

「跑什麼跑？還不快回去？」一名官兵衝到她們旁邊虛揮一下鞭子。

「官兵大哥，今日是萬佛節，我和妹妹正要去萬佛寺上香還願呢！」凌葛連忙低頭裝出害怕的樣子。

「什麼萬佛節？今日萬佛寺閉寺一天，所有人通通在家不准上街。再讓我見到妳們，通通到牢裡去還願！」

「是、是。」凌葛拉著芊雲鑽進小巷子裡。

發生了什麼事？

這裡是王京，如果不是出了大事，陳王絕對不可能下令封鎖王京。

她在巷子裡鑽來鑽去，往城東十四街的「玲瓏閣」而去。她必須立刻弄清楚狀況。

咻的一閃，一道黑影忽地落在她們眼前。

韓必生！

「凌姑娘，城東的門尚未封禁，妳們還有一炷香的時間，快快出城去！」韓必生的臉色十分難看。

「你是壞人，我們不相信你！」芊雲很勇敢地站在她身後說。

「凌姑娘，你我各為其主，這也不必多說了。但韓某誠心敬重姑娘和林兄弟，亦不忘死人林中同舟共濟之情。今日干冒逆主之罪前來通報姑娘，盼姑娘速速離去。」

「發生了什麼事？」凌葛語氣緊繃。

韓必生遲疑了一下，終於說：「陸將軍死了。」

凌葛腦中轟然一響。

「怎麼會……」

「將軍身首異處的屍體，今日清晨被高掛在中城旗桿之上。吾王震怒，下令全城封禁，凶手應該還在城中。世子今日進宮面聖，已扛下擒拿凶手之責。」韓必生的嗓音有些沙啞。「凌姑娘……」

他的神色讓她感覺不祥。

「還有呢？」

「世子已經捉住林諾。楊常年他們趁亂逃走，現下不知所蹤。」

芊雲倒抽了一口氣，緊緊捂住嘴巴，大顆大顆的淚珠掉下來。

凌葛的腦子飛快轉動。

陸三沒有理由殺陸征。他一定已經安排好了線索，讓二皇子的人去救陸征。人若不是陸三殺的，只有一個人有可能——

二皇子一定看出這個功是帶著馬蜂窩的功，搶不得，甚至有可能猜出陸三跟此事有關，自己的動靜皆在對方掌握之中。

既然如此，索性魚死網破，派人暗殺陸征。

她和陸三都被二皇子擺了一道。

現在球又發到了陸三的場子裡，他是世子之尊，長兄慘死，他一定要站出來才能服眾。

凌葛無法去想秋重天那些人現在如何了。

陸三唯一能做的事，是先自薦以排除自己的嫌疑，再在這個過程中消滅對他不利的證據。最後，他需要凶手。

林諾這幫人是最好的人選。

七星蕪的民工一定有人記得他和楊常年。他是宋國新虎，楊常年是宋國校尉，更何況還有一個宋國大將夏論功，他們有充分的理由行刺陸征。

陸三的腳底下必須踩著別人的屍體，讓他自己的頭浮出水面，所以他選擇犧牲她的人。

凌葛冷笑。

陸三，你太小看我了。

眞遺憾我們必須走到這一步。

「知道了，多謝。」凌葛二話不說，牽著芊雲的手就走。

「凌姑娘！」韓必生在身後呼喚。

凌葛不再理睬。

「凌姊姊，我們……我們怎麼辦……林諾……我們不能不理他！」芊雲哭道。

她們當然不能不理他。

她終於來到這一步，不是爲了看她弟弟死在天牢裡。

「凌姊姊，我們到底要去哪裡？」芊雲見她沒有反應，急得大叫。

「萬佛寺。」凌葛平靜地道：「我們去上香，祈求佛祖保佑。」

✶

陸衍之沒有想到他在搜索的人竟然主動找上門。

林諾已經先被他抓了起來，這得歸功於林諾在追捕的過程舊疾復發，抽搐昏厥，否則過程可能不會那麼輕易。

他並未將林諾送進天牢，而是先關押在他自己的地盤上。

現在還不是找到「眞凶」的時候，他還需要一點時間佈置，他可以想像凌葛知道之後會有多憤怒。

入了他手中的人，很難再逃出去，除非是他有意放人——而他絕對無意放走林諾。

有太多人見過林諾和楊常年出現在陸征最後一個出現的地方，安排在他們兩人頭上是最簡單的方式，他們兩人的背景讓他們成了絕佳的凶手人選。

陸衍之很希望情況不必如此。老實說，他很欣賞他們姊弟倆，如果能夠不走到魚死網破的局面，他很希望和凌葛繼續維持這種亦敵亦友的關係。

可惜，他必須先保住自己，所以他需要林諾。如果能再加上楊常年那是最好。

陸衍之看著前來通報的家丁，好像沒聽見他的話，家丁只好再重複一次：

「殿下，凌姑娘在門外求見。」

原來他沒有聽錯。

「只有她一個人？」

「還有兩個年紀大些的漢子，一個年輕小夥子，和之前一起住在這兒的雲姑娘。」

他們通通到齊了。

趙虎頭、楊常年和黃軍到底沒有丟下林諾自己逃走。他對這愚蠢的義氣半是讚許，半是譏嘲。

他微微一點頭，身後正在把青雲居翻個窩底朝天的侍衛全都住了手，躍入小院，聽憑主子發落。

暗衛之首井熙默默立在他身後。

「傳他們進來。」他掀開袍角往石椅上一坐，婢女立刻換上新煮的熱茶。

他以為他會看到一個譏誚冰冷、充滿怒氣的凌葛，他錯了。

她的眼圈微黑，髮絲略微凌亂，看起來疲憊不已，甚至……有一絲脆弱。

陸衍之的手微抖一下，立刻不動聲色地將茶杯放下來。他沒想到他會看見一個脆弱的凌葛，「脆弱」這兩個字彷彿和她搭不上邊，

他心中淡淡的期盼消失，轉變成一股說不出來的失望。

她終究只是個平凡女子而已。

凌葛在他對面坐下。

不久之前，他們也在這張桌前對坐閒談過，那彷彿是許久以前的事了。

芊雲坐在她的身旁，其他三個男人在她們背後直挺挺地站著，趙虎頭肩上揹

著林諾的箭筒。他們五人看起來都風塵僕僕，形容有些狼狽。

黃軍將一個沙漏往凌葛的手邊一放，然後面無表情地退到後面去。

「這是……？」陸衍之對那沙漏淡笑。

凌葛盯著那沙漏，好一會兒沒有說話。

「那是時間的流逝，也是生命的流逝，」她終於道：「我弟弟的生命。」

陸衍之淺嘆一聲。「凌姑娘……此情此景，實非陸三所願。我答應妳，妳若將他們三人留下來，我絕不與妳為難，甚至可以考慮放林諾出去。」

他瞄楊常年一眼。以楊常年的性子這時應該跳出來大嚷「凌姑娘，妳讓我去換了林兄弟回來，有事我楊常年一人扛便是」這一類的蠢話，難為他今天不為所動，看來跟在凌葛身邊，對他的躁性子頗有助益。

「我從小父母早亡，沒有任何的親戚，只剩下這個弟弟……」凌葛彷彿陷入自己的思緒裡。「他小時候體弱多病，當時我娘也病著，我爹全心全意在照顧我娘，所以林諾就成了我的責任。他半夜尿了床是我幫他洗澡，他發燒嘔吐是我帶他去看醫生。很多時候我常覺得他不只是我弟弟，更像我的孩子，這種唇齒相依的感情，你明白嗎？」

「凌姑娘……」

她彷彿沒聽見他的聲音，盯著桌上的沙漏，繼續自言自語：

「後來我爹娘都死了，他更成了我的責任。他說要去從軍，我擔心得不知如何是好。我眞怕有一天他戰死在沙場上，那該怎麼辦呢？他一次一次地回到我身邊來，茁壯成一個男人，可是每次他一出征，我的擔心永遠不變。不管他多能幹，多強壯，多會照顧自己，在我心中，他永遠是小時候那個體弱多病的孩子。這種恐懼，你能體會嗎？」

「我明白。」陸衍之嘆道。

「不，你怎麼會明白呢？你沒有見過你摯愛的人受傷、流血。你沒有感受過捱在他身上的刀子就像捱在你自己身上一樣的痛。你能理解每天見他出門都不曉得他能不能回來的心情是多難受嗎？」她的神情十分脆弱，眼中幾乎要落下淚來。

「凌姑娘，在下實是……」

她緩緩從懷中掏出一包物事，推到他面前。

轟！

陸三盯著桌上的那包物事，腦中如五雷轟頂。

「你能理解那種猜測他現在是受傷了、還是死了的驚慌嗎？你能理解失去摯愛親人的恐懼嗎？陸三，你能理解嗎？」

包在錦布之中，是一只小小的玉戒指，上好白玉碾成細緻的紋路。

他親手碾的玉戒指。

這花紋是我和妳的名字。

他猶記得自己將它送給那個女子時，青澀又興奮的心情。

她甚至不是女子，只是個女孩，比淺淺大不了多少歲。

後來她死了。這玉戒指成了她留給女兒的唯一遺物。

他抖著手將錦布攤開，布上沾著一團殷紅的血跡。

他胸口一股氣血往上衝，眼前一陣發黑。

「你可以抓走我的弟弟。」凌葛傾身上前，對他低語：「不過，我弟弟死了，你的女兒就死了。」

她的眼神不再脆弱不再退縮不再盈滿淚水，而是充滿了冰冷的殘酷。

她將那只沙漏往他眼前一推。

沙不斷地往下流去。

這是時間的流逝，也是生命的流逝。

陸衍之抬頭看著她，他的臉色慘白，雙眼卻發紅。

「有太多線索了。」她輕輕道：「她長得跟你像同一個模子印出來的。你長得像梅貴妃，她卻和你不同母，沒有理由也像梅貴妃——因爲她長得像她生父。誰能想得到機關算盡、冷血無情的世子，卻對一個小女孩如此心愛寵讓？你最初的愛戀，永世不悔的深情，她就是那段深情的產物吧？她的母親並沒有在七個月時早產，她是足產，因爲她母親早在去君王身邊之時就已懷有身孕。告訴我，你有多愛她？她就算要天上的月亮，你會不會摘下來給她？」

殿下，我……我有孕了。

她去到父皇身邊，兩個月後第一次返回梅貴妃的寢宮，以姊妹之禮問安。她的眼神如此驚惶，卻又帶著欣喜。驚惶是因爲她知道孩子的父親是誰，欣喜是因爲她將爲自己心愛的男人生下子嗣。

陸衍之無論如何都壓抑不住手的抖動。

後來他有許多侍妾、如夫人，有一天會有世子妃，但他並不在乎她們。他的心在十四歲那年就給了一個淡淡如梅的娟婉姑娘，也在她死去的時候徹底碎去。

他需要女人，紓解身心慾望，幫他生養子嗣，但他不在乎世子府中現在有多少兒女，因爲在他心中他只有一個女兒——一個以他妹妹之名被扶養長大的親生女兒。

他最心愛、最心愛的女人爲他生的女兒。

凝結所有他愛情的美善與想望的女兒。

這個世間，再也沒有人比玉澤爲他生的女兒重要。

淺淺，淺淺。

他突然站起來，一點頭。

樹上跳下幾道黑色人影，與井熙一起抽出兵器，轉瞬間將滿院侍衛、婢女、下人屠戮殆盡滅口。

「妳若傷了淺淺……」他緊握在身側的雙拳。

「你要在意的不是她受不受傷，而是她還能活多久。」凌葛毫不容情地打斷他的威脅。「她現在被埋在地下三尺，唯一讓她活命的是一根通氣的管子。當這個沙漏漏完了，那根管子會被水淹沒，她會被活生生嗆死。她到死都會想：哥哥爲什麼還不來救我？」

陸衍之重重一拳垂在桌上，目眥欲裂。

凌葛冷冷看著他失態。

他以爲她會躲起來，伺機救回弟弟嗎？他以爲她會推敲再推敲、算計再算計，像之前救楊常年、毀黑風寨或助七星蕪那樣嗎？

你錯了，陸三，當你和我正面對決時，沒有任何手段，沒有任何心機，我會找到你最痛的點，然後使勁一掐。

就像你現在對我做的一樣。

「這沙漏是一個時辰，現在幾乎過去一半了。」她看著那沙漏。「從這裡趕到她埋身的地方需要兩刻鐘的時間，將她挖出來需要兩刻鐘的時間，所以你快沒時間了。只要你立刻將我弟弟帶出來還我，你還來得及去救你女兒。」

陸衍之渾身發抖。

「這是另一次的換俘，如何？你換不換？」她輕扯一下嘴角。

他用力一揮袍袖，兩名黑衣人迅速奔出。

不須多時，他們拖著一具癱軟的人體過來。

芊雲硬生生捺回一聲尖叫，凌葛在桌下按住她的大腿，不讓她亂動。

「淺淺在哪裡？」陸衍之咬牙切齒。

暗衛將林諾放在地上，凌葛立刻過去檢查他。

他的臉色發青，雙眸緊閉，牙齒咬得緊緊的，顯然在昏迷中亦承受了極大的痛苦。

「林諾？林諾？」她輕拍他的臉。

「我沒對他做什麼，他自己病倒了。」陸衍之冷冷道。

林諾竟然睜開眼睛一下，看見是她，他微弱地對她笑笑，一陣強烈的抽搐突然攫住他。他全身亂抖，鼻血迸出，趙虎頭、楊常年、黃軍飛快衝過來按住他。

病重的他卻力大無窮，三個人勉強將他押住，凌葛翻開他的眼皮一看，他的眼白竟然全變成血紅色。

她回身對芊雲打個手勢，芊雲捧著她的包袱衝過來。她翻開包袱，抽出一包長針，在頭頂幾處大穴迅速施針。

這是她第一次做，她沒有把握……

林諾突然像斷了線的娃娃軟倒，又昏迷過去。

「淺淺在哪裡？」陸衍之厲聲道。

凌葛對趙楊兩人點了點頭，趙虎頭扛腳，楊常年扛頭，黃軍在前開路。

「東一街，天香客棧，西字四號房，你會在那裡找到線索。我建議你盡快行動，你的時間不多了。」

凌葛、芊雲和其他人扛著林諾迅速衝出去，陸衍之的速度不亞於她。

尾聲

他們出了清和苑，直接往萬佛寺奔去。

陸三是不是派人跟著他們不重要，現在最重要的是立刻趕到萬佛寺去。

凌葛很清楚她留下的線索會帶陸三繞遍整座京城，最後他會在城南的一間小房子裡找到被五花大綁的小公主，哭花了臉卻毫髮無傷。

她或許心狠手辣，卻不是禽獸。

奔到寺門口，大門緊閉，他們猛捶門，卻被知客僧攔了下來。

「今日閉寺一天，請施主明日再來。」知客僧半掩著門道。

「動手！」凌葛二話不說。

黃軍和趙虎頭馬上將幾個守門的知客僧打退。幾個和尚頻頻大呼小叫，吆喝人來幫手。

幸好這不是少林寺，會武的和尚不多。

凌葛一行人直闖入大廳，寺廟住持雲隱大師臉色鐵青地奔過來。

「大師，我弟弟病重將亡，最後心願是來萬佛寺上最後一炷香，難道大師如此不通人情？你盡可叫街上的官兵將我們攆出去，可要我們走，除非將我們六人都打死了！」凌葛厲聲道。

雲隱大師被她震住，再見林諾確實奄奄一息的模樣，惻隱之心大動。

「既是如此，在此處祭拜便是，內殿卻是不允香客擅自進入。」雲隱大師道。

凌葛不理他，直接和其他人拖著林諾往後面的鐘樓所在之處衝去。

外面開始響起一些騷動，想來是知客僧去找了官兵過來。現在街上處處是官兵，要叫人不難。

「上鎖！」凌葛輕喝。

楊常立刻將內殿的門鎖上，一堆大和尚在外頭拚命拍門，卻是不得其門而入。

趙、楊兩人將林諾放在地上。林諾低吟一聲，微微張開雙眼。

「林諾！」芊雲撲在他的身畔。

他勉強想擠出一個微笑，突然全身又是一陣強烈的抽搐，趙楊兩人連忙將他按住。

「林諾，林諾，你別怕。凌姊姊要帶你回去了，你回去就能瞧大夫了。」芊雲哭道，拉起他的大手貼在自己的小腹上。「我……我有孩子了。你別擔心我一個人寂寞，有孩子陪我，我一定會堅強的。」

「什麼？」凌葛吃了一驚。

林諾的抽搐終於過去，眼睛一半翻白，神智早已不清醒。

「楊大哥、趙大哥、黃軍，你們快走！我必須開啓轉換儀將林諾送回去。我不確定它會產生多少輻射性。你們如果看見異光，附近有水就躲進水裡，有洞就躲進洞裡，沒水沒洞就跑得越遠越好。如果我沒能一起回去，一個月後大家在約定的地方碰面。」

「凌姑娘，我們怎麼能在這時候丟下妳一個人？」楊常年吼道。

「沒有時間了，你們別和我爭論，我自有辦法脫身，你們和我爭論的時間越久，只是讓我們更危險而已。」她轉頭道：「雲兒，妳有身孕了，和他們一起走，不要暴露在輻射光下。」

「不，我跟著你們到最後一刻，這是說好的。」芊雲胡亂把臉上的淚抹去。「義兄，你們快走，別再拖延時間，照凌姊姊說的做。」

趙虎頭看了他們一眼，毅然一點頭。

「好，凌姑娘，我信妳，一個月後見。」他不再多說，將肩後的箭筒卸下來，左手牽黃軍，右手拉楊常年，直直往後殿奔去。

楊常年依依不捨地看他們一眼，消失在照壁之後。

芊雲將林諾的頭扶在自己的腿上，溫柔地替他拭去鼻血。

只剩下他們了，儘管外頭一片混亂，她的心反而定了下來。

「我必須啓動光能轉換儀……不，先開林諾的傳送定位器。等一下，他的大腦在出血……」凌葛腦子裡一團亂。

她在原地轉了幾圈，突然之間停了下來。

「凌姊姊？」芊雲不解地看著她。

凌葛望昏迷的弟弟。他的四肢不時會抽動一下，他可能會死……

「我不曉得……我不曉得該怎麼辦……」她突然坐倒在地上，淚流滿面地看著虛弱的林諾。「我不曉得該怎麼辦……他腦子裡都是血……他中風了，我不知道該怎麼辦……」

凌葛哭了。

芊雲從來沒想到凌葛會哭。

她是如此強大，永遠能將危機化爲轉機，世間再沒有難得倒她的事，可是她這時竟然哭得像個無助的孩子。

芊雲的心一下子堅強起來。

「凌姊姊，妳可以的。只要盡力了，沒有人會怨怪妳。」她溫柔地按住凌葛肩膀。

前面的大門開始碰碰響。

「開門！開門！」官兵在殿門外大喊。

再過不久他們就會撞門，她們可能沒有太多時間。

凌葛閉了閉眼，將所有的驚慌失措恐懼不安心魂俱亂全部關進大腦的一個抽屜裡！

她可以等離開這裡之後再抓狂。

她睜開雙眼，從腰間抽出一柄小刀。「按住他！」芊雲見她終於恢復清明，心中舒了口氣，將林諾按住。小刀刺進林諾的前臂，將埋在他體內的定位器挖出來。

按下定位器之後，它會發射穿透時光壁的波長，蟲洞儀在這一頭接收到訊號，一分鐘之內會打開時空壁，將你們傳送回來。

按下去之後，她只有一分鐘的時間。

她爬到林諾身旁捧起他的頭，緊緊地對他說：「聽著，你的大腦現在充血腫脹，傳送會增加你的腦壓和血壓，我必須在你的頭骨鑽幾個洞釋放壓力。你會覺得很不舒服，很吵，但這是必須的，知道嗎？」

林諾眼睛半翻白，全身頹軟，不知道是懂了或是不懂。

「包袱給我。」她接過芊雲遞來的包袱，拿出一個形狀奇怪的物事。

古代就有開顱手術了，叫做「環鑽術」，只是失敗率非常高，大部分都死於誤傷腦組織或術後感染。她今日繞到京城最大的醫館半買半搶的要了一組環鑽術的鑽子，果然醫館裡有。

這種鑽子看起來就是平凡無奇的尖椎，椎端有螺旋紋，有一根橫向的把手可以轉動椎子，將腦骨鑽開，其實跟戰地醫院的手動鑽子差別並不大。

「凌姊姊，妳……妳要鑽開林諾的腦子？」芊雲臉色雪白。

「對，我們必須釋放腦壓，讓他的腦組織有空間。按好他！」

她神情緊繃，在林諾的腦殼幾個部位用血點上紅點，然後開始鑽洞。

「啊——啊——」林諾放聲大叫。

「我知道很不舒服，你必須忍住！」她大喊回去。

「林諾，千萬別動！」芊雲不知哪來的神力，臉色慘白地坐在林諾身上，竟然眞的壓制住了他。

凌葛快速鑽好六個洞。血液從其中兩個洞裡汨汨流了出來，看起來怵目驚心，她卻反而安心一些。瘀血排出來，他的腦組織就有空間了。

她快速脫掉他的上衣，手指沾了他的血在他的胸口寫下幾個字——

39A 2A39

Dr. Kate Young

Spain

（凱特・央醫生，西班牙）

她必須賭，賭光能轉換儀足以將林諾傳送回去，賭他撐得過傳送過程，賭他不會死於感染，賭科學部的人爲了知道轉換儀的下落一定會救他。

「來！」

她拖著芊雲來到大鐘下面，左右看了一下，銅鐘的升降機括在大殿旁邊。

「這個銅鐘的厚度應該阻擋得了輻射線，妳得待在裡面，保護孩子，知道嗎？」

芊雲勇敢地點點頭。

她轉動齒輪，將數百斤重的銅鐘緩緩降下來。

碰！碰！碰！

前面已經開始撞門了。

她最後對芊雲點了下頭，將她完全罩在銅鐘裡。

碰！碰！碰！碰——其中半邊的門板快要裂了。

她取出星球光能轉換儀，只充電了三分之二，她只能賭這個能量足夠。

『林諾，聽著，我知道你能聽見我說話。等你回去之後，把腦瘤治好，不要再回來了，知道嗎？好好過生活，不用擔心我們，千萬不要再回來了！』

她打開底板，在數字鍵按下「22000812」，燈號變綠，第一次就成功。

她拿起林諾的定位器，這裡面設定了他的DNA資料，蟲洞波長只對定位器的DNA起作用。

定位器細細地「滴」了一聲，開始細細地震動。她將定位器綁在林諾的腕間，回頭按下轉換儀的啓動鍵……

★

萬佛寺的內殿突然異光大現，奇亮無比，見者皆稱如日之當空，難以直視。

待異光褪去，門外兵衛破門而入——

但見大鐘懸於半空，地上一灘鮮血，殿內卻已杳無人跡。

（破空宇宙：待續）

國家圖書館出版品預行編目資料

破空・卷三/凌淑芬作. -- 初版. -- 臺北市：春光出版,
城邦文化事業股份有限公司出版：英屬蓋曼群島商
家庭傳媒股份有限公司城邦分公司發行, 2024.08
冊；　公分（奇幻愛情）

ISBN 978-626-7282-75-5（卷3：平裝）

863.57　　113006670

破空・卷三

作　　者／凌淑芬
企劃選書人／李曉芳
責任編輯／王雪莉、高雅婷

版權行政暨數位業務專員／陳玉鈴
資深版權專員／許儀盈
行銷企劃主任／陳姿億
業務協理／范光杰
總　編　輯／王雪莉
發　行　人／何飛鵬
法律顧問／元禾法律事務所　王子文律師
出　　版／春光出版
台北市 115 台北市南港區昆陽街 16 號 4 樓
電話：（02）2500-7008　傳真：（02）2502-7676
部落格：http://stareast.pixnet.net/blog　E-mail：stareast_service@cite.com.tw
發　　行／英屬蓋曼群島商家庭傳媒股份有限公司城邦分公司
台北市115台北市南港區昆陽街 16 號 8 樓
書虫客服服務專線：（02）2500-7718 /（02）2500-7719
24小時傳真服務：（02）2500-1990 /（02）2500-1991
服務時間：週一至週五上午9:30～12:00，下午13:30～17:00
郵撥帳號：19863813　戶名：書虫股份有限公司
讀者服務信箱E-mail: service@readingclub.com.tw
歡迎光臨城邦讀書花園　網址：www.cite.com.tw
香港發行所／城邦（香港）出版集團有限公司
香港九龍九龍城土瓜灣道86號順聯工業大廈6樓A室
電話：（852）2508-6231　　傳真：（852）2578-9337
E-mail : hkcite@biznetvigator.com
馬新發行所／城邦（馬新）出版集團　Cite（M）Sdn. Bhd
41, Jalan Radin Anum, Bandar Baru Sri Petaling,
57000 Kuala Lumpur, Malaysia.
Tel:（603）90578822　Fax:（603）90576622　E-mail:cite@cite.com.my

封面設計／朱陳毅
內頁排版／芯澤有限公司
印　　刷／高典印刷有限公司

■ 2024 年 8 月 27 日初版一刷　　Printed in Taiwan

售價／399元

城邦讀書花園
www.cite.com.tw

版權所有・翻印必究
ISBN 978-626-7282-75-5

廣 告 回 函
北區郵政管理登記證
臺北廣字第000791號
郵資已付，免貼郵票

台北市 115 台北市南港區昆陽街 16 號 8 樓
英屬蓋曼群島商家庭傳媒股份有限公司
城邦分公司

請沿虛線對折，謝謝！

愛情・生活・心靈
閱讀春光，生命從此神采飛揚

春光出版

書號：OF0105　　書名：破空・卷三

請於此處用膠水黏貼

讀者回函卡

謝謝您購買我們出版的書籍！請費心填寫此回函卡，我們將不定期寄上城邦集團最新的出版訊息。亦可掃描 QR CODE，填寫電子版回函卡

姓名：________________

性別：☐男 ☐女

生日：西元________年________月________日

地址：________________

聯絡電話：________________ 傳真：________________

E-mail：________________

職業：☐ 1. 學生 ☐ 2. 軍公教 ☐ 3. 服務 ☐ 4. 金融 ☐ 5. 製造 ☐ 6. 資訊

☐ 7. 傳播 ☐ 8. 自由業 ☐ 9. 農漁牧 ☐ 10. 家管 ☐ 11. 退休

☐ 12. 其他 ________________

您從何種方式得知本書消息？

☐ 1. 書店 ☐ 2. 網路 ☐ 3. 報紙 ☐ 4. 雜誌 ☐ 5. 廣播 ☐ 6. 電視

☐ 7. 親友推薦 ☐ 8. 其他 ________________

您通常以何種方式購書？

☐ 1. 書店 ☐ 2. 網路 ☐ 3. 傳真訂購 ☐ 4. 郵局劃撥 ☐ 5. 其他 ______

您喜歡閱讀哪些類別的書籍？

☐ 1. 財經商業 ☐ 2. 自然科學 ☐ 3. 歷史 ☐ 4. 法律 ☐ 5. 文學

☐ 6. 休閒旅遊 ☐ 7. 小說 ☐ 8. 人物傳記 ☐ 9. 生活、勵志

☐ 10. 其他 ________________

請於此處用膠水黏貼